郎文庫 3

戴冠詩人の御一人者

新学社

装丁　水木　奏
カバー書　保田與重郎
文庫マーク　河井寛次郎

目次

使用テキスト　保田與重郎全集第五巻（講談社刊）

戴冠詩人の御一人者

緒言

日本は今未曾有の偉大な時期に臨んでゐる。それは傳統と變革が共存し同一である稀有の瞬間である。日本は古の父祖の神話を新しい現前の實在とし有史の理念をその世界史的結構に於て表現しつゝ行爲し始めたのである。蒙疆や滿洲支那の大陸にゐる我らの若者は新しい精神を、現實を、倫理を、發想を、感覺を、未形の形式でつくりつゝ、その偉大な混沌の中に日常を生きてゐる。すでに我國は新しい決意の體系と、新しい神話を心情で感じる。この時、一切の近代日本の惰性的知識を舊とし、その理論を陋とした、彼らは劍と詩によつて、知識と秩序の變革を始めたのである。生と死が互のその肌をふれ合つてゐる瞬間が、彼らの精神の教育であり、倫理の生理である。この廣大にして深遠な事件の意味は、選ばれた一國の青年大衆を變革しつゝあることである。恐らくこの遠征と行軍は、日本の精神と文化の歷史を變革すると共に、世界の規模に於て世紀の變革となるであらう。私はそれを希望しまた信じる。日本は今日、歷史がその莊嚴な抒情を展き奏へるあの光榮と感謝の日に臨んでゐる。我々は雰圍氣をもつ時代に出會つたのである。それは正しく我らの遠い古の父祖から語り傳へられてきた神話の曙である。

戰爭は一箇の敍事詩である。戀愛は敍事詩でなく抒情詩の一つである。この時期に我らは物語小說と詩文學を區別する。今は英雄が各個人の心に甦り、個人が國民と英雄を意識し、己の中にみいだす日である。英雄とは歴史の抒情に他ならない、人間の抒情がまさに詩人であつたやうに、意志と精神の決意は一つの抒情を歌ひあげる。

去る晩春より初夏にかけて大陸を蒙古に旅した私は、この世界の變革を招ぶ曙の思ひに感動を新しくした。今日日本の拓かうとする新しい世界の交通路は、その體系は、舊來の百科全書の誌す構造ではない。我々は今創造の原始の混沌を住家としてゐる一つの民族、一つの國民を知つてゐる。我々の民族は今その行爲を通じて、わが太古の大倭宮廷より傳へられ、己が父祖によつて語りつぎ云ひつぎゆかむと信念された、日本のこゝろの形もつ日を見るのである。正氣が大なる自然のものにふれて開花する如き現象を眺めるのである。我々は己の父祖たちが語りつぎ云ひつぎゆかむとのべて祭場に誓ひ祈つた理念が、世界の規模で展かれようとする稀有の幸ひの日に當面してゐる。我らの歴史と民族との英雄と詩人に描かれた、日本の美の理想は、今こそ我らの少年少女の心にうつされねばならない。今日世界に於て唯一に浪曼的なもの、理念をもつもの、自體が價値であるもの、未だ形式をもたなかつたもの、世界の秩序を變革するもの、混沌の原始を住家とするもの、それらはたゞ日本に集る。しかも日本は初めて浪曼時代を經驗し、アジアは昔日の光榮を恢復するであらう。

生を日本の故國に享けた私は、その年少の日々の見聞と遊戯に、國の宮址を知り、歌枕を憶え、古社寺を聞いた。その山河草木は我らの子供心に大倭宮廷の英雄や詩人や美女の俤を口承として暖く教へたのである。それは私のなつかしい回想である。少年の憧憬に文章のことを思ひつゝ、その意識せぬ心の思ひに描くものは、それらの日本の美と精神の回復であつた。その少年の日より、早くも日本の失つた古代のものを知る機會にめぐまれてゐたからでもあらう。今この小さい著書に、日本論への一つの試みと題する程に私は不覺ではない、私は謙遜を思はないが不敏を恥とする詩人だからである。さうして私は己をも批評しうる好ましからぬ詩人である。だが一つの「日本」の體系を文藝によつて描くことは、文藝批評家としての私のつゝましい野望であつたとぐらゐは云つてよくはないか。

私は殊さらに議論の骨組を云ふ理論を誌さない。考へ方、云ひ方、發想、方法論など、みな文中に明らかにして人の批判に待つ。これらの文藝評論が、世上のそれと異るものは讀者が見るであらう。その文章は多く激しい反對の中に反對と戰ひつゝなつたものである。就中巻初と巻末の二篇は、各々發表當時の年の文壇に於て最も問題となり、稱讃と共に夥しい反對を蒙つたものである。

こゝに集めた論文は見らるゝ如く一定の系統をもつが、それらは決して國文學的ないし美術史的研究ではない。しかしそれらの古典に卽して現代文藝を語ることは、現代文藝の批評家としての著者の、一つの義務であり倫理であり、矜持であると私は信ずるにすぎない。現代の文藝批評家の當面の任務は、今世界史的時期を經驗せねばならない日本の、その「日本」の體系を文藝によつて闡明し、より高き「日本」のために、その「日本」の血統を文藝史によつて系譜づけることであるとは私の信ずるところである。

詩人は常に歴史の意志と國民の決意に對して先驅の誇りをもつ。既にその恥多いわざを已に知るゆゑに詩人は謙譲の辭を述べない。

この書の諸篇が多く日本の宮廷の詩人を中心とすることは、わが國文藝の醇乎たる本流が、代々そこを以て貫流したからである。この事實さへ近來の人々の絶えて語らなかつたところである。私は別にこの數年、後鳥羽院を中心とし、中興とし、契機とし、或ひは始祖とする日本文藝に於ける院の流域を考察する若干の文章を草した。私はその一書を來る七百年の御遠忌に、水無瀬宮に奉る唯一人の現代の詩人であらうことを思ひ、今日の同じ心で文章を思ふものの千載一遇の光榮と感じたのである。

本書の校正中に私は友人の應召出征のことをきいたので、それを送るために急に大阪に赴いた。九月一日の嵐が、二十年振りの記録を殘して慘として京濱を襲つた朝、僅かに數十人の乘客をのせた特別急行列車は二時間遲れて東京驛を發車した。京濱の被害は車窓より見える限りでも激しいものと思はれた。しかもその夕方私は晴れた靜かさの中に伊吹山の麗らかな眺に眼をみはつたことであつた。昨夜とも今朝とも樣異る奇妙の思ひである。私はその尊げな山の相を眺めつゝ、不知にかの皇子の命の熱田の宮の記にのみ傳へられる二つの短歌を口誦んでゐた。その二首の御歌は思ふところあつて本書「戴冠詩人の御一人者」中に引かなかつたものである。

本書は私の三册目の文藝評論集である。前二著中にもむしろ本書に集めたいやうな文章がある。私は日本の偉大な人物たちを描いて、一つの日本の血統の樹立を考へる。それは今日公共の決意の一つである。しかし本書全體の構成は時々の文章を集成したにすぎない。

「コギト」昭和八年十一月號に發表した「當麻曼荼羅」が最も古く、「更級日記」は最初「國語國文」昭和十年八月號に發表し次いで「コギト」昭和十一年一月號に再錄した。「戴冠詩人の御一人者」は「コギト」昭和十一年七、八月號に分載、「大津皇子の像」は「三田文學」昭和十二年一月號に、「白鳳天平の精神」は同じ年「新潮」の七月號に、「齋宮の琴の歌」も同じ年の「雜記帖」に、次いで四月號の「コギト」に再錄した、「雲中供養佛」、「饗宴の藝術と雜遊の藝術」は共に今年の「コギト」に一月二月の順で發表したものである。「建部綾足」は本年九月號の「俳句研究」に、「明治の精神」は昨十二年の四、五、六月の三回に「文藝」に連載したものである。

本書の上梓については總べて、本間久雄氏、增山新一氏の好意の結果になる。深く感謝する次第である。故人辻野久憲は生前この書のなることを常に鞭撻してくれた。既にその日より一年を經て、漸く一書となる量を得て形を與へられた。私は故人の靈にこの一部を獻じたく思ひ、いつか感傷の言を弄するのである。

昭和十三年九月初

保田與重郎

戴冠詩人の御一人者

一

河内古市の近くに日本武尊の御陵と傳へられる白鳥陵がある。書紀巻七景行紀に、「……仍りて伊勢國の能褒野陵に葬しまつる。時に日本武尊白鳥に化《な》りたまひて陵より出で、倭國を指して飛ぶ。群臣等因りて以て其の棺槻《ひつぎ》を開きて視れば、明衣《みそ》空しく留りて屍骨《みかばね》は無し。是に使者を遣して白鳥を追ひ尋ぬれば、即ち倭の琴彈原に停れり。仍りて其の處に於て陵を造る。白鳥更た飛びて河内に至りて舊市邑に留まる。亦其の處に陵を作る。故れ時人是の三陵を號けて白鳥陵と曰ふ。然れども遂に高く翔りて天に上りき。徒に衣冠《みそつもの》を葬《かく》しまつる。因りて功名《みな》を録《つた》へむと欲して、即ち武部《たけるべ》を定む。是の歳、天皇踐祚四十三年」とある。因りて功名を録へむと欲し武部を定むといふことは、なかなか重要な上つ代の日本の思想であるが、こゝではそれらをおいて主として尊の御傳記にふれるにすぎない。さらに三陵成立の由來についても、道聽塗説に類する小説的作爲の解が、又巷間に傳へられてゐるが、今はそれにもふれないで、たゞ專ら現在の古市のあたりの美しい風土を回想することから、この戴冠の御詩人を語り始めたい。古市のあたりとは、今の大阪鐵道の沿線の土地である。赤埴の色のあざやかに恐らく日本で一等美しい土の香空の碧したところといつて過言でないだらう。記の埴生坂わが立ち見ればの歌どころも、その一帶につゞく土地である。土の色の赤く美しく、樹の緑のあざやかさ、そのうへの空の色は限りなく深い。だからこのあたりは山越しの大和の地と共に最も早く開けた日本の風土である。回想の中では、僕の少年の日と共に日本の少年の日が思はれる、限りもなくありがたいことである。

古事記の構想では人の知るごとく、日本武尊の悲劇は巻中就中中巻の中でもその最もリズムの高調した部分をなしてゐる。

古事記の時代の帝室の詩人の最も優れたる御方を上巻に於ては八千矛神とされる。その妃の宮たちの御歌のうち、嫡后須勢理毘賣命の長歌は、情愛のおもひ纒綿としてしかもまことに璞石の如きひゞきの素樸さを以て、婦女の孤愁を又は別離玉關の情を述べた古來の傑作であらうから、次にかいてみる。

八千矛の、神の命や、吾が大國主、汝こそは、男《を》にいませば、打ち見る、島の崎崎、掻き見る、磯の崎落ちず、若草の、妻持たせらめ、吾《あ》はもよ、女《め》にしあれば、汝《な》を除きて、夫《を》は無し、汝除きて、夫《つま》は無し、文垣《あやがき》の、ふはやが下に、蒸被《むしぶすま》、柔《にこや》が下に、栲被《たくぶすま》、さやぐが下に、沫雪の、弱《わかや》る胸を、栲綱《たくづな》の、白き腕《ただむき》、そ叩き、叩きまながり、

眞玉手、玉手差し纏《ま》き、股長に寐《い》をしなせ、豐御酒、獻らせ

この歌にはまゝ直言に類するところがあるので、記の著者は「これを神語と謂ふ」と誌し註してゐるのである。

中卷に及べば神武天皇を初めとし、下卷に仁德天皇や雄略天皇があり、このやうに一國文學史中に戴冠の詩人が嗣出する現象は他國の文學史に類見ぬところである。例へば萬葉集が雄略天皇の御製を以て始つてゐることも思ひあはされる。紀に傳へる齊明天皇の御製など今さへ完璧の傑作である。その萬葉集中帝室の歌人を古義の列傳に從つて數へると、帝王御十方、太子御五方、皇后御三方、皇子御十五方、皇女御十一方、と概數ながら數へ得る上に、諸王と申すべき御方が四十八人女王が二十三人とある。これらの中で詩人として今に一家を稱しうる御方のみを數へても十數人に亙るのである。こゝに謚號を以て誌した方々の作品の他にも、天智天皇、天武天皇、元正天皇、聖武天皇、高市皇子、倭姫皇后、磐姫皇后、志貴皇子、長皇子、大津皇子、弓削皇子、舍人皇子、有間皇子、さらに思ひつくまゝに誌すなら、大伯皇女、紀皇女、軍王、長田王、門部王、湯原王、市原王、厚見王、安宿王、額田王、高田女王、山口女王、笠縫女王と數へあげ得らる。この中で有間皇子はたゞ二首の短歌で過現の人をひきつけ、わけて紀皇女、軍王、笠縫女王に於ては僅かに一首の短歌を以て恐らく誰人にも心なつかしい思ひ出を與へる詩人である。湯原王や額田王は喧傳してゐる筈と思へるが、今城王に贈つたといふ六首の歌の作者高田女王、家持に贈

つた六首の歌の作者山口女王の御方たちはこの度初めて眼にふれた。森鷗外の「戴冠詩人」と題する文章はルウメニア妃を通じて乃木大將の思ひ出を主として描いたものであるが、これは「明治天皇御製やまと心」と題する佐佐木信綱博士の著書の跋につけられた短い文章である。その中に「古來帝王后妃と云はれる方々が同時に詩人を以て聞えたと云ふことは、極めて罕である。我國には世々のみかどきさいの宮をはじめ、皇族の方々の御歌が傳へられてゐるが、さう云ふ例は他國には少い。中にも先帝陛下は御歌數の多いこと、又國民の口々に誦して聖德を仰ぎまつるよすがとする類の御歌も少からぬことに於いて、未曾有である。現今のところ、他の國々を見渡すに、私の寡聞を以てすればルウメニアの妃Carmen Sylva と云ふ方が只一人詩人の譽を有してをられる丈である」とある。

日本武尊を戴冠の詩人と云ふはあるひは不當かもしれない。さらに御一人者といふのは比較の後のやうに恐惶を感ぜられる。たゞ尊の片歌を愛誦し、この薄命の貴人の生涯の美しさにむしろ感傷に似た憬れを感じてきた少年の日を思つたからである。だから紀の皇子東征にあたつての詔勅を見て、さらに常陸國風土記の中に、「倭武のすめらみこと」なる言葉が古老によつて語られてゐたと錄されてゐるのもなつかしいのである。さてすでにこゝにあげた帝室の詩人たちの作品にもみるごとく、上代日本の文藝が劍舞詩のやうに粗野でなく、民藝のやうに第二級的素樸でなく、心情のあらはれのおだやかで纖細な、文様のうつり心にいたましい程に美しかつたことは、實例をあげる繁をさけるゆゑに、上記の方たちの遺品について思ひ起すべきである。日本武尊は日本の最も上代の一人の武人の典型であつたから、又日本の詩人の典型であらせられた。詩人であつたから意味がある、といふだけでなく、武人であつたから同時に思つて意義がある。この壮大な二つの調和は、おそらく僕らの環境と教育の中で與へられなかつた。現代の若者が今日になつて武人としての尊の詩人を論じねばならぬことを、僕は日本新文學に於ける宇宙精神の缺如と歎き、新文學に於ける國際の心の缺乏と嘆じるのである。僕らは日本の歴史のほのかに鮮かならんとする日に發見された、悲劇の英雄について、未だかつて、語られなかつた。僕が資質ある文學者であれば、兒童文學をなすの可能の力あれば、僕は日本の子供らのために、僕らの弟妹らのために、日本武尊と日本武尊的なものを與へることを苦勞するであらう。西洋の童話の模倣をして、彼らに人間についての美しさ、人間の本性の姿を知らせるまへに、西洋人が世界文學の可能のために苦しんだ人間性を古典期にさぐるあの精神の方法を、日本の上代にさぐるのである。心ときめかし涙流して味つた近世人文精神の日の浪曼家たちのやうに、僕も亦日本の上代に涙流すことを誇るのである。尊が運命のつらさに支持されて味つた憬れ心を、日本の子供らは詩人としての尊に感じねばならない。日本の今日に若い詩人の中で、日本の戴冠詩人を論じた一人もありえないことは理由あつて止むを得ぬとしても、日本語の美しさを知る特權だけは、たとへ今日といへど後世のためにも語りつぐ必要がある。

日本武尊が上代に於ける最も美事な詩人であり典型的武人であつたといふことは、僕らの英雄の血統、文化の歴史、ひいては文藝の光榮のために云はれることである。しかるに僕らの先人は、日本の血統をあまりにも尊重したために、この半ば傳説の色濃い英雄の、悲劇と詩についてゐては、明治の國民傳説の變革の中からも省略してゐた。國民的英雄とするには餘りにも時代の距ての遠く懼れ多い御存在かもしれない。しかし僕はこゝでもことさらに「日本武尊」といふ一等通りよい御名をかりる。日本の新文藝と新詩は一切の日本の神典的詩人、古典的英雄を詩情する時期を失つた。日本風な自然主義が流行したからである。その原因を僕は單に社會制約云々で逃避せぬ。省みるまでもなく僕らに於ける藝術的資質の缺乏といふ暗憺たる唯一原因につきるのである。ともかくも國民的英雄から、英雄と詩人の神典的時期の血統を發見する期間をもたなかつたから、日本では世界文學の可能は文藝資質以外の別のところで考へられた。このあはれむべき藝術的誤謬をよく考へよ。國民文學と世界文學との關係とひいての決意は明らかにされず、現代かやうななさけない時代を作つたのである。日露戰爭を前後する時代、僕が以前からかりに「明治の精神」と呼んだ精神を生んだ時代はまたゝくの間にその詩星たちの詩とともになくなつた。「明治の精神」には安住がない。それらの優秀な精神は世界と國粹の兩者を切々と知つたから安住がなかつた。發生的順序は異るがそれを後に回顧すれば、世界文學の意識があつた日に初めて國粹文學と國民文學があり得る。あまりにも偉大な外國作家といふことは、國民文學を思ふからであつた。ところで明治の精神の俊敏な數個は、世界文學と東洋文學の關係を完全に知つてゐた。外國の體系の組織を知つてゐたのである。文學と文學論に關してのみ云へばや、明瞭であらう。僕らしかしながら依然として、武人として、悲劇人として、詩人と英雄としての日本武尊を知らなかつた。

　かりに文化の歴史の上からと僕はかいたが、日本の文化史の中にかつて日本武尊の悲劇が英雄の悲劇として描かれなかつたことが歎しいのである。だから試みにその眞相を了解するために古事記をよみ給へ。日本の今日最も信用ある日本文化史といふのは、道具の文化史である。この滑稽で意味ない言葉をよみとるがよい。詩人として現された日本武尊の悲劇、つひに英雄の悲劇を形づくつたもの、たとへばその最後に三度陵を白鳥となつてとび去り、たゞ明衣をとゞめたのみ、止むなく時の天皇が武部といふ血統を殘すための假形を作つたといふことは、あり得ぬ不思議を描いたのでなく、切なる眞を倒言して、「言靈の論理」によつて描かれたものである。日本武尊を文化の精神の歴史、本來の形の上で描くことは、かつて日本のあはれむべき一切の國粹家によつてなされなかつた。記はその記述の「順序」で、尊の英雄の意味を言靈してゐる。日本の英雄の論理では「秩序」がなく自然な「順序」がさきである。このことは多神教と異教との國の論理と一神教とローマ教會の國の論理と氷炭相容れぬところである。すでにそこでは、つまりこゝでも「順序」が、一切のまやかしを許さぬ。たとへば希臘悲劇の精神は「順序」に發生する。「自然」を最も探求したのは文化人である。人工を自然にまで醇化する、詩に現れる人工よりも、人工に現れる自然としての詩を尊ぶ。自然、道、といふ考へは、順序によつて運命が考へられたのである。似てゐるから同一性のありさうに思つてはならない。こゝではさういふ論理は許されてゐない。個々の異同を發見することに論理の國際性がある。

日本武尊の悲劇の根本にあるものは、武人の悲劇である。神との同居を失ひ、神を畏れんとした日の悲劇である。言あげと言靈の關係をつくる、神を失つてゆく一時期の悲劇として、この說話は古事記中でも重大な意味を言靈したのである。こゝで尊は武人であり詩人であつた。日本の現代の文化史家たちは、神典時代の喪失の時期を考へない。彼らは比較と原始を現代の野蠻國の中にさぐること以外に何ごともなさない。人間の代りにモルモツトしか研究しないのである。しかもそれが文化史の上である。又彼らは日本人の旅心に、西南へゆくうれしさと、東北へゆくかなしさの二つあつたことを忘れてゐる。蕪村の心は西南へばかり行く、芭蕉は東北を思つて西南で逝いた。日本武尊は最も早く日本人の旅ごころの一つ東北への道にいたましく倒れてゐる。そして日本の精神文化も千三百年來たいして進歩してゐない。日本の古い文化を南海の諸島の原始野蠻の今と比較してゐることが、そんな文化史が僕には恐ろしい滑稽と見えるのだ。開花した文化と開花せぬ文化との根柢的の差異を知るこそ文化の歷史學ではないのか。東洋人の旅ごころは、文化の中で詩として英雄としてあらはされる。西洋人の旅ごころは主として英雄として詩として現される。日本人は「歌」を愛し、西歐人は「冒險」を愛した。形の上でも日本武尊の東征は、日本の上代文化經營上の一大問題の最初の實行であつた。たゞ眞の日本の文化經營の意味を考へるものは、文化經營から日本武尊の生涯を考へてはならぬ。有史以來の大旅行者なる尊の事蹟から、日本の文化經營を考へる必要がある。文化史の教へるところでは日本の東北には土壤がなかつたのである。絶えて開花と貯蓄の根がなかつた。一時に絢爛と開くかもしれない可能性のためにだけ彼ら旅行者は生命を浪費した。しかるに日本武尊は、その東への旅ごころを、最も早いころに歌つた。その片歌は、尊の資質だけが日本の文學史上に殘し、たゞ尊一人の描いたユニークな形式であつた。その時代は恐らく西暦の二、三世紀のころであらうと思はれる。その時に尊はまことに日本の民族の血統的な悲劇を詩情したのである。我々は尊を尊敬し、古事記の記述の美事さを尊敬せねばならない。

僕らはつねに迂回してきたからか丶る英雄を知らなかつたのである。最も一般的な意味から云つても、後の詩人はつねに日本武尊といふ存在を詩情せねばならない。その國民的英雄の意味を詩情せねばならない。さらに尊の詩は、あらゆる文學史上の作品に比してすぐれてゐるのである。尊の生涯は、その武人としての勳は痛ましい悲劇の光榮を帶びた、詩人と英雄の血統である。最も一般的な文化史家も海彼國の影響關係をのみ云々するまへに、僕らの東洋人の血統を思ふために尊を思はねばならない。さらに一箇の埴輪に詩情し歴史學することはわるくはない美しさであるが、そのさきに一人の日本武尊を詩情することを忘れてゐるならば、このおろかしい道具の歴史學を日本人の若い血統は嗤はねばならぬ。むしろ憤らねばならない。

好戰的で野蠻といはれる日本とアジアゆゑに、上代後世を通じて武人の典型とも思へる日本武尊に依て、か丶る俗物論理の誤謬を改めることに今日の英雄的意味がある。尊の日本史最初の悲劇は、遊離したその日だけの個人的なものでなく光榮の文化史上のものであつた。それは何よりも尊の詩が意味する。いづこで神と人との上代に於ける分離がかくも美事に言靈されてゐるか。その後千五百年に亙る代々の英雄と詩人の試みた東北への旅ごころ、この東洋風な道の求め方、その「自然」に由來したものは、恆に人爲を思はねばならぬ北と曠土への情熱のために、ゆくりなくもさけがたい悲しい患ひに出あはねばならぬ。そこに崇高な悲劇の美事さがある。日本人の上代にもつてゐた「自然」といふ考へは、道のやうな考へである。創造を存在のまへにかけるのである。この最も藝術的な道を尊も歩いてゐる。尊の詩はその悲劇の上にのみ開くやうな花であつた。僕らは日本人の「自然」を果して知つてゐたか。「自然」と「藝術」の意味、その間にある人工の意味を知つたか。尊の生涯は上代の意味での人工と自然の相剋の悲劇である。それの初めてなされた言靈である。尤も人工が開花するとき、尊の生涯の光榮の遠征が示すやうな悲劇を示すばかりである。その遠征には一切の野心と計畫がない。今日の世に云はれる政治といふ概念がないのである。本居宣長は上代日本人の「自然觀」を明らかにすることに生涯を費した。御杖がその見解に反對し、如何にも粗放めかしいところを訂正した。この二人の論爭家の一方は世評にのらない。さういふところにも近世日本の姿がある。ところで宣長の理解した「自然」さへ現代では完全に理解されぬのである。上つ世といふ考へ方を今も南洋の原始野蠻の人と風土の中にある一切の荒廢と粗放に同一として了つて驚かぬ。日本の上代と中世の區別は、桓武天皇の延暦四年に一線をひかれる。この年に續紀によると、延暦四年十一月壬寅、祀㆓天神於交野柏原㆒とある。それは高天原や天つ神の天ではなく、昊天の如き天を祭ることを意味した。まことに云はれる如く日本思想史上重大な一事件である。日本人の血統的文化は憬れと自然である。これが僕の御杖解釋である。御杖は高天原傳說を以て神武天皇の神氣に發した創造と斷じた。その神人論は言靈學說から入つて神祕な象徵の說をなしてゐる。神と人との近接的意識、高天原を永久に憬れの對象とすること、さういふことに言靈論が起る。ところで延曆四年とつゞいて六年に昊天を祭つたのである。上代の神人論の高天原を中心とする人と神との血統意識は、これら支那思想の天の中にはあり得ない。ところでこの最初の墮落の時代に初めて復古思想が一般にあらはれた。中世といふ時代の性格である。この復古思想のあらはれを示すものに大同年間に齋部廣成の撰した古語拾遺がある。古語拾遺は中臣氏の橫暴に對する齋部氏の不平と反對から表されてゐるゆゑに、撰者が敕令を帶びてなしたものにかゝはらず、その文辭極めて激調である。例の如く序文めかしたところの一部をひくと「蓋聞、上古之世、未レ有二文字一、貴賤、老少、口々、相傳。前言、往行、存而不レ忘。書契以來、不レ好レ談レ古。浮花競興、還嗤二舊老一……愚臣不レ言、恐絕無レ傳。幸蒙二召問一、欲レ攄二畜憤一」とある。周知の如く後半激調甚しいものである。その中に人皇の初めころを誌して「當二此之時一、帝之與レ神、其際、未レ遠。同レ殿、共レ床。以レ此爲レ常。故神物、官物、亦、未二分別一」とある。上代の神人觀の神祕深奧さを知つたとき、初めて宣長の「自然」がとき終へなかつたものの了解を感じうる。日本の「自然」を卑俗にしたのは西洋論理を輕薄に知つた才子たちである。何ゆゑに、日本の上代が自然であり直な心もつてゐたか、一體上代とは何か。それら古の宣長の意圖は簡單な原始復興ではない、より以上な文化への變革を意味した一箇の秀拔な決意の表現であつた。現代の墮落を見、次に現代の彈劾と摘發、かくて「自然」を上代にみた。同殿共床の思想、血統感の純粹さ、その上つ世に於てはみやびがあつてもかざりは不用であつた。上代と中世の一線は延暦四年昊天の祭事の御時にひかれたのである。その時に高天原と範疇のちがふ天が祭られた。すでに天つ神の天ではない。祭りはあつても上代の祭りでない。人民はなほ神に祈る。しかしわが上代「自然」の日、すめらみことは神と共通してゐたゆゑに、神を祈る要なく神を祭り神に卽つたのである。從つて倒言の言靈論が藝術論としてあつた。今よりも上代が立派であつたからといふのではなくとも、たゞ言靈の藝術論を云ふだけでも今日と未來のために意味がある。今僕らも亦言靈から語る、一體問とは何か、何に問ふものか、說服と說明とは何か、つぎに直言の可能性とは何か、諷とは何か、歌とは何か、かういふ順序の論理が理解されようか。

さういふ「自然」の中に見出されたものが、神の血統の自然としての順序であり、人爲の政治的秩序ではない。宣長の中世以降排斥の說には、かつて以上な憧憬の現れとしての上代の自然を見てゐたのであつた。その自然觀があつた。日常の言葉としての「自然」を以て、泰西近世の「自然に還れ」と語呂合せ的に解釋してはならない。その注意はけふの科學的精神の精密の誇りのために必要である。「自然」を具體的に云へば、同殿共床である。神皇の區別未だ定かならなかつたころの雄大な宇宙觀を、原始粗野としたものが往時の「漢心」である。今日の言葉で云へば「われわれインテリゲンチヤ」の借用論理に當るのである。日本武尊の悲劇の中の伊吹山の物語の構想の中心をなすものは言靈信仰である。

神人一如の悲劇的に崩壊するを敍した象徴的表現として、人間的なと今のことばでそれを云へ、この事件の表現は言靈冒瀆に中心を結ばれてゐる。しかしこゝでも武人は祈る冒瀆にまでは行つてゐない。記述が餘りにも深重であるから、世の識者たちは原始信仰と云ふ。僕らはもう一度古事記の時代と表現に卽する必要を感じる。

神皇の區別ないころの宮廷の祭りを誌した文章として、日本古典中の雄篇は古語拾遺の記述と思へる。その文章を加藤玄智博士の平敍に沿つて引用する。「爰に仰いで天照大神及び高産靈神たる皇天二組の詔敕に從つて、神籬《ひもろぎ》を樹てて祭つた神々は、所謂高皇産靈、神皇産靈、魂留産靈、生産靈、足産靈、大宮賣神、事代主神、御膳神、生島、座摩。日臣命は來目部の人達を帥ゐて、宮門を衞護し、其の開闔を掌つた。饒速日命は、禁裏に仕へ奉る物部の子らを帥ゐて、楯と矛を造つた。それらの物はすでに準備できた。そこで天富命は齋部の一族を率ゐて、天璽の鏡と劍を持つて、正殿に奉安せしめ、同じやうに瓊玉をも懸け、其の幣物を陳ねて、殿祭《みあらかまつり》の祝詞を讀誦させ、次に宮門を祭つた。然うしてから、物部の一族が矛や盾を立て、大伴來目の諸人が兵器を建て、門を開いて、四方の國の人々を朝參させ、天位《あまつひつぎ》の貴さを觀せしめた」。當時に於ては大御寶はまづ祭典を共にしたのである。官吏はその飾りであつた。わが國柄の原始には官尊民卑がなかつた。順序があつたにすぎない。同殿共床とはこの頃である。富士谷御杖は上卷非史辨の中で神代卷を「みかどの御はじめ也と思はぬ人なく」と意味深くかいてゐる。これは當然堂上の學人としての當時國學のすぐれた科學的立場である。だからかの不分別な上卷史說論者を「言靈におもひいたらざる」人々として彼らの無知のなす肯定から神典を救はうとしてゐるのである。眞に眞の意味の系譜學をわが神典に發見したのである。御杖の主張は、宣長のみやびと直毘靈卽ちその師眞淵の直傳なるみやびに對し、言靈を主張することである。そこで御杖は宣長の說をなすときのひとへ心を指摘する。それは宣長の重厚な科學否定の論法の否定であり、さういふ感傷を明瞭に指摘してゐる。神典の不思議を如何に合理づけんかとの思考に於て宣長のとつた態度の非を論ふのである。くしくありがたきものゆゑにそのまゝに信じよと、宣長の直毘靈としてかゝれたものの意趣について、古事記燈の反對論はなかなか辛辣に美事なものであるが、宣長の誤解の發生を、あまりにもきそひたゝかひの心論敵征服に急なるあまりとしたあたりは、彼此を考へさらに興味深い。御杖は神代卷を史とすることを否定したのである。それは高次の立場からであつた。そこで宣長の判斷中止の最後の線をなしたすなほな心に對し論爭を必要とする。だがこれらの「漢心の否定」といふそのことによつて、上代の日本の「自然」は一そう深奧に哲學されたのである。まことに上代人は人事を人によつて語らず內なる神にかりて諷し又歌つた。それの場所が言靈であつた。そして記の上卷を御杖は上代人の心の內なる產物にして偉大な非史の神典と論じる。古語拾遺も亦人皇卽位の時代を以て、神皇に定かなる距てがなかつたと語つてゐる。漸く神威を畏れだした經過は古語拾遺によつて明瞭にその偉大な時期の事情が描かれてゐる。そこには「磯城瑞垣朝に至りて、」とある。神典時代が失はれて、古典の時代へ入つたのである。かつて神敕に述べられた「同殿共床」の思想は、その一つの場合以上に象徵的思想であつた。かういふ歴史を自分らの民族の血統の中にもちわが民族のことばで描いた自國の古典をもつ幸ひは多く知られぬ。人間が發見した偉大な敗北の第一歩の場所をわが父祖の古典はかき誌してゐる。その敗北は同時に人間の勝利のイロニーであつた。古語拾遺の作者は神典の時代から古典時代への第一歩の顚落をいみじく注意深く誌した。しかも日本民族は坦々とその道を歩いて、古典期の開花へ人間を入らせてゐる。

國學者の人々の思考の中心には、漢心と大和心を鮮明にする必要があつた。それは一つには論理學上の問題であつた。さういふことにきびしい學的精神があつた。方法や手段ではなかつた。手段だけでは古事記傳は描かれない、御杖の脚結研究などなされるものではない。不明不敏に化したものは一むきの政治主義文學論の亞流だけである。國學の中心の思考は上代人の自然を闡明することであつた。近世に於ける發見の喜びである。宣長が直毘靈を考へ御杖は言靈を考へた。現代の日本人は概して原始粗野の風土學から、この上代の魂のみた憧憬のやうな美しさであつた「自然」を構想してゐる。上代人が人として神の血統に卽したやうに、僕らは今日上代人に卽する必要が深い。卽《の》つたといふことから、祝詞《のりと》といふことに意味がある。言靈が御杖によつて發見せられた。上代の自然人によつて、神と人との近接意識は實在せられた。記の文章の中に日本武尊の伊吹山の難のことを誌して「言擧し給へるによりて惑さえたまへるなり」とある。そしてこの神典時代の最後の英雄にけふの僕らは人間と詩とを發見する。その神よりの分離の時代と、及びその內包した混沌の住家のもつ悲劇の最初の場所を發見する。我々は傳統した文化をもつてゐるのである。

さういふ傳統はその初めに於てすでに開花して了つてゐる。殘るものはおほはれたものの發見の喜びだけである。僕らは過去に英雄をもつてゐた。たゞ日本武尊の英雄の光榮とすべき悲劇は、專ら上代の心で語る必要がある。

二

孃女《をとめ》の、床の邊に、吾置きし、つるぎの大刀、その大刀はや。

日本武尊の能煩野に到つて病急になつたときの御歌である。「歌ひ竟へて卽ち崩《かむあが》りましぬ」と記の作者はつたへてゐる。私は武人としてその名顯な日本武尊の辭世の歌にむしろ耐へがたい至情を味ふのである。かういふ美しい相聞歌を何人の英雄が歌つてその名に價したか。わが神典期の最後の第一人者、この薄命の武人、光榮の詩人に於ては、完全に神典の自然な神人同一意識と、古典の血統意識とが混沌してゐた。紀によれば尊その時齡三十歲とある。武人の最後に、別れてきた少女を思ひ、少女の枕べに留めてきた大刀を思ひ、その大刀はやと歌ふ、武人でなくて可能であつても、詩人でなくては不可能である。日本の自然と人間の心を示した最もすぐれた典型の詩である。をとめの、とこのべに、わがおきし、つるぎの大刀、その大刀はや、といふこのことばの響も調べも、まして詩情するのも、優にやさしく纖細の極である。しかもそれは最後の歌であつた。

日本武尊は周知の如く、纏向日代宮の大帶日子《景行》天皇の皇子である。この天皇の御子たちは、書に錄した二十一王と記さざる五十九王、倂せて八十王おはしたが、その中で太子とまをす名をもたれた方は若帶日子命、倭建命、五百木之入日子命の三王であつて他は國々に、國造、別、稻置、縣主と別け賜られてゐた。

大碓皇子と小碓皇子は、一日に同胞にして雙に生れられた。そのとき天皇は非常に歡び驚かれて、碓に向つて誥びせられたといふので、大碓小碓と申し上げることとなつた。小碓尊の亦の名は日本童男《やまとをぐな》、亦日本武尊と曰ふのである。この尊は幼くて雄略の氣があつたが、壯年になるに及んでは容貌魁偉、身長一丈、力よく鼎をあぐことが出來たといはれる。これに比して大碓尊にはむしろ氣鬱といつたやさしさがあつた。それが昂じ父天皇の命にもはかばかしくいらへなくなつた。天皇があはれんで共に朝の大御食に出るやうにと呼ばれたが一週も顏を見せにならない。そこで小碓尊に呼誘つてくることを命ぜられた。そのとき小碓尊が答へられて、朝廁に入れられた時にお捕へし搤み批いでその枝を引き闕いて薦に裹んでお庭へまろび投げよう、きつと病氣はよくなるでせうと申し上げた。この大碓命はさきに天皇の命を蒙つて當時美人の噂が高かつた美濃國造神骨の二人の女、兄遠子と弟遠子を召にゆかれたことがあつたが、その時も用務を延して歸るを倦んじられ、この少女らと遊びしひれて復命をおこたつたことがあつた。この間の記、紀の記述ははばかりあるのでこゝにはひかない。だがそれとは別にかういふ非常のことを考へられる小碓尊を天皇は惶まれた。それでこの雄々しく荒い心もたれる命を西の方熊曾建二人の再叛を機會にその征服にゆかせることとされたのである。

景行天皇の諸國巡幸は三年春二月庚寅朔、紀伊に、四年春二月甲寅朔甲子、美濃。そのうち十二年秋七月熊襲の反あつたから、八月乙未朔己酉筑紫に幸された。道々周防豊前筑紫と諸國を平定して十一月日向行宮に入られた。そこで討伐を議してまづ策をまうけて熊襲梟帥の二人の女を召さうとされた。二女市乾鹿文《いちふかや》と市鹿文《いちかや》があつたがさきに召された市乾鹿文は寵を得んと謀つて、父梟帥を酔はせ弦を断つた。そして導き入れた一人の皇軍の兵士に已が父を殺させた。天皇は姉女の不孝を憎んで罪とされ、妹女を火國造とされたのである。やがて十三年夏悉く襲國は平定した。十八年春三月から九州を巡幸し、十九年秋九月久しぶりに歸國されたのである。

日本武尊の西征の門出は廿七年冬十月丁酉朔己酉、時に御年十六であつた。その從者には美濃國人弟彦公といふ射を善くする者と、それの率ゐてきた石占横立と尾張の田子の稲置、乳近の稲置等であつた。かくて西邊に着かれたのは師走十二月である。乃ち川上梟帥の宴遊に皇子は叔母倭比賣命から贈られた女装をつけてまぎれ入り、孃子の姿で梟帥兄弟をあざむかれたので、兄弟は皇子をまことの少女と思ひ喜んで二人の間に坐らせて宴遊した。宴はてるころに皇子は急に兄熊曾の衣の衿を取つてその胸を剣でさし通された。弟建は之を見て、畏れて逃げんとするのを室の隈に追つて、肩をとらへて剣を尻より刺し通された。「こゝにその熊曾建白《まを》しつらく、その御刀をな動したまひそ。僕白すべきことありとまをす。かれ暫し許して押し伏せたまふ。こゝに白しつらく、汝が命は誰にますぞ。吾は纏向之日代宮にましまして、大八島國知ろしめす、大帯日子淤斯呂和氣《おほたらしひこおしろわけ》天皇の御子、名は倭男《やまとを》具那《ぐな》王にます。おれ熊曾建二人、伏はず、禮《ゐや》なしと聞こしめして、おれを殺《と》れと詔りたまひて、遣はせりとのりたまひき。こゝにその熊曾建、信に然かまさむ。西の方に吾《あれ》二人を除《お》きて、建く強《こは》き人無し。然るに大倭國に吾二人にまして建き男は坐しけり、是を以て賤しき賤の陋しき口を以て尊號《みな》を奉らむ、若し聽したまはむや。曰く、聽さむ。卽ち啓して曰く、是を以て吾御名を獻らむ、今より以後、皇子を號けたてまつりて、應に日本武皇子と稱へまをすべしとまをしき。この事白し訖へつれば、卽ち胸を通し熟苽《ほぞち》のごと、振り拆きて殺したまひき」（記、紀）この歸途に海路を通つて途々吉備穴海の惡神を殺し、亦難波の近くで柏濟の惡神を平げられた。なほ出雲の國に入つて出雲建をも殺された。

八雲《やつめ》刺《さ》す、出雲建が佩ける劍、黑葛《つゞら》多《さは》纏《ま》き、眞身《さみ》無しにあはれ。

といふ歌はその時のかちどきの歌である。出雲建とは殺さむとして策を構へて結友された。神代卷以下戰ひの記事の主たるものはみな策謀に關する部分を主としてゐる。これは何によるかといふ言靈は、語るまでもない。尤もまことに素樸極るフモールもある。さうしてかういふ計畫は洋の東西に於ける一種の古代的誇りであつた。恐らく近世の技巧の入つてゐない古典と說話の一般に同種のことが發見される。尤もかういふものに對立する一種の悲劇的人格も發見される。たとへば素戔男命の行動には、猪突にまで明朗勇敢で策謀がない。日本武尊はこゝで策謀をして、そして共に一日河に沐みしたが、その時にあらかじめ作つておいた赤檮の刀を建の太刀とかへようと申し出で、建の河より上るのをまつて、いざ刀合はさむと挑まれた。出雲建は詐刀だから拔き得ない。卽ち命は建の刀を拔かれて建を打ち殺さる。その時のかちどきの歌である。平明にして勝利の快感にあふれた御作である。かういふ素樸に露骨なしらべの古代さは神武天皇の御製のあるものに比較されるのみである。勝ち進むことは徹底した非常である。喜びに醉つて嗤ふ。こゝへくればもはや原始でも素樸でもない。すゝんで進歩が負目とする人の昂奮の客観的滑稽化が示されてゐる。つひに無内容である。敵将の首級をさかなにすることは、勝利の祭である。あらゆる敵への憎惡も輕蔑も、その限界の一線に到り、勝利にいたつてまことに祭られる。眞身なしにあはれ、とこの高らかな晴れがましい調べの中では自他は境を撤して祭られてゐる。勝利の悲しみは、客觀的に虚しく空ろなところにある。たゞ英雄はそれだけを祭りうる。時に詩人は敗戰を描く。しかるゆゑに完全に共通する。日本武尊もつひにはこゝでも英雄、悲劇人であつた。「汝の爲るるを欲せざるところを敵にほどこせ」とは日露海戰の東郷元帥の名訓であつた。日本の代々の英雄の自得してゐた勝利のもつ敗北の場所の熟知である。後世の武人の詩歌に於てはこの境の撤回のみが意識的に歌はれた、それが一つのモラルとなつた。しかし彼らは自殺を與へまた與へられることを光榮としてゐた。武士のなさけである。敗れたる强敵には熟れた枝子をさくやうな殘忍な死を與へよ。勝利の眼のまへにあるものは敗北である。眞身なしにあはれと歌ふべきである。英雄と詩人とは日常な同情の念を去る、彼の敗れた敵の光榮を熟知する。從つて思ひやりを眞に知るゆゑに卑劣な憐憫の情を棄てるのである。

日本武尊の悲劇は東征にある。古事記の作者はそれをために美事に描いてゐる。西征より歸つた尊は天皇の御感にあづかり、異常な愛情を以て遇される。しかるにやがて東方の蝦夷がまたも叛いて人民をかすめるのである。史に傳へるところではそのさきに武内宿禰の東方視察があつて、一應は平定してゐたのである。又々叛したので天皇は征討を群臣に謀られた。何人をその軍の大將につかはすか群議は一致しなかつた。日本武尊は奏して、自分は西征に勞して疲れてゐる、この度は何卒大碓尊を遣はされるやう、と申し上げた。大碓尊はこれをきゝ、諸役の難、遠路の勞を倦んじて草の中に逃げて出られない。天皇は使をやつて、欲せぬものを遣はしはせぬ。たゞ臆病らしく見えたのがいけないと曰され、美濃の國造とされた。日本武尊は雄誥《をたけび》して「熊襲既に平げて、未だ幾年も經ず、今更た東夷叛く。何日か太平に逮らむ。臣勞しと雖も、頓に其の亂を平けむ」とまをされた。心勞してゐるが止むを得ないところを嘆かれたのである。詩人であつた尊は戰を知つてゐた。勝つといふことのほかにその永久な内容をもたない意味を知つてゐたのである。好惡の感情でないものを知つてゐたのである。

　天皇は尊のために斧鉞を持つて授け次のやうに敕された。「朕聞く、其の東夷識性暴強、凌犯を宗と爲す。村に長無く、邑に首勿し。各封堺を貪りて竝に相盜略む。亦山に邪神あり、郊に姦鬼あり。衢に遮り徑に塞りて、多くの人を苦ましむ。其の東夷の中に、蝦夷是れ最も強し。男女交居て、父子別無し。冬は則ち穴に宿、夏は則ち樔に住む。毛を衣、血を飲みて、昆弟相疑ひ、山に登ること飛禽の如く、草を行ること走獸の如し。恩を承けては則ち忘れ、怨を見ては必ず報ゆ。是を以て箭を頭髻に藏め、刀を衣の中に佩けり。或は黨類を聚めて邊界を犯し、或ひは農桑を伺ひ以て人民を略む。撃てば則ち草に隱れ、追へば則ち山に入る。故れ往古以來王化に染はず。今朕汝の人と爲りを察るに、身體長大、容姿端正、力能く鼎を扛ぐ、猛きこと雷電の如く、向ふ所前無く、攻むる所必ず勝つ。卽ち知る、形は卽ち我が子にて、實は卽ち神人なり。是れ寔に天、朕が不叡、且國の不平たるを愍みたまひて、天業を經綸め宗廟を絶たざらしめたまふか。亦是の天下は則ち汝の天下なり。是の位は卽ち汝の位なり。願はくば、深く謀り遠く慮りて、姦を探り變を伺ひて、示すに威を以てし、懷くるに德を以てし、兵甲を煩さずして自らに臣隷はしめよ。卽ち言を巧みにして暴神を調へ、武を揚ひて以て姦鬼を攘へ。」

皇子は吉備武彦と大伴武日連を從へゆくこととなつた。その他に最後まで御伴したものは久米直の祖である七拳脛、これは膳夫として從つた。出發されたのは冬十月壬子朔癸丑、途中伊勢の大御神の宮に參り、さきに西征のときにも暇乞ひにゆかれた叔母倭比賣命をたづねた。この肉親の叔母は齋宮にいまして淸らかに美しい方であらせられたと思へる。尊は父天皇のまへで歎かれた時のやうに再び嘆じて申された言葉は、「すめらみことはやくあれをしねとや思ほすらむ。如何なれか、西の方まつろはぬ人どもを撃《と》りに遣はして、返りまゐ上り來し間、幾時《いくだ》もあらねば、軍衆をも賜はずて、今更に東の方の一二道の惡人《まつろはぬひと》どもを平《ことむ》けに遣はすらむ。これに因りて思へば、猶吾早く死ねと思ほしめすなりけり」とまをして、患ひ泣いて罷ります時に、叔母の宮は尊の至情がどこにあるか正しくわかつたので、卽ちそれがたゞ日ごろ戰の苦難でなく、もつとふかい神の歎きに卽したものであることがわかつたので、共に悲しみあはれんで、草薙の劍を賜ひさらに御嚢を與へて、この嚢は火急のときに臨んで始めて解けと申される。嚢中には火打があつた。そしてこの二品のために尊は燒津の難をのがれられた。日本の祭りは火を中心としたが、その意義は、人類文化の始源たる天上のものだつた火を代々の地上につぐ、火つぎによつて、氏族の首を確保することであつた。この異教的な文化擁護の傳統の大精神を考へるなら、この間の言靈の意義にも思ひあたる筈である。さて日本武尊が叔母宮のまへで申されたおことばをよめば誰人もこの宮の淸らかな美しさになつかしむであらう。さうしてさきに朝廷で申されたことばとこゝで申された尊のことばにある矛盾の如きものは尊の詩人を示すものである。

尾張を通つて走水海を過ぎるとき、急の難航のために征旅を共にせられた妃弟橘比賣命が海に入られた。そのさきに海のまへに立つて尊は「これ小さき海のみ、立跳にも渡りつべし」と申された。この言擧があつたゆゑに海はあれたのである。つねに尊は言擧のために難にあつてをられる、そのために悲劇の生涯を終つた。そこに神に對する人間性の高揚を見て喜ぶのではない。記に描かれた尊はさういふ寓意ではなくして、一つの悲劇の實相である。尊は神のまへに神に對してなされるおろかしい暴力を尊ばれたのではない。皇子の行ひそのものは一つの悲劇の描かれた抽象があつたのである。弟橘媛は穗積氏忍山宿禰の女であつたが、此の時王船が波に漂蕩するさまをみて、日本武尊の征旅の犧牲となることを決心された。卽ち荒れる波の上に、菅疊八重、皮疊八重、絁《きぬ》疊八重をしきその中央へ下りられたので、暴浪は忽ち止んだ。その時の后の歌はれた御歌、

さねさし、相模の小野に、燃る火の、火中に立ちて、問ひし君はも。

「王の命を贖ひて海に入らむ」とあるやうに、それが記の方では「妾御子に易りて海に入りなむ。御子はまけの政遂げて、覆奏《かへりごと》まをしたまふべし」とあるやうに、この歌は犧牲の歡喜の中で最も美しかつた古の時期の昂揚を歌ひあげてゐる。そしてさういふ場合といふ要素を超越して、獨立して美事な相聞の歌である。云ふべき氣持は何一つ露骨には語らず諷することさへできぬかそけさと、たゞ場所を歌ふ纖細で智的なみやび心は、この古い上代の女性によつてすでに巧みに描かれてゐる。かういふ美事な、心情を自虐し得た歌心はこの拒絶のきびしさは、一般に上代人の精神文化的な卓越さによるのである。媛の投身を記紀以上に思ひ改めることはこゝも亦はゞかりあれば語らぬばかりであるが、たゞこの美しい戀愛歌を、今日巷間に流布する流行歌的詩とくらべて清涼の美を感じるがよい。七日ののちに媛の御櫛が海邊に流れついたのでそこに御陵を作つた。

上總より轉つて陸奧國に入るときは、王船に大きい鏡をかゝげて進んだ。蝦夷の首《おびと》らも戰備をとゝのへてゐたが、この御威勢に怖れて、心中でたうてい勝ち得まいことをさとつたので、弓矢を投げ棄てゝ拜跪して申し上げた、「仰ぎて君の容を視れば人倫に秀れたまへり。若しくは神か。御名承はらむ」尊は答へて「吾は是れ現人神《あきひとつかみ》の子なり」と申されると蝦夷どもは悉く戰慄して、裳をかゝげて浪をわけて海に入つて、王の船を岸にひきあげる手助けをして服罪した。尊はその罪を許し、そこに留ることはせずに首の中の中將を俘虜として歸途についた。その途中東國を過ぎて足柄の坂下にこられたとき、又惡神が白鹿の姿で出てきたが、尊は食事中であつたので、食ひのこした蒜の片端でその鹿をうつと、忽ち目に中つて鹿は死んだ。それからその坂に登り立ち、遙かに東のあたりをのぞんで、ねんごろに歎かして「吾嬬はや」と嘆じられた。これから東國をあづまといふやうになつたのである。

足柄から甲斐に出たとき酒折宮に留まられた。そのとき一夜燭をつけて食をとつてゐられた。そのとき傍の侍者をかへりみて

新治、筑波を過ぎて、幾夜か宿《ね》つる。

と歌はれた、侍者は何とも申し上げない。すると御火燒の老人が、尊の御歌につゞけて、

かがなべて、夜には九夜、日には十日を。

と歌つた。尊はこの秉燭の老人のあはれを知つて聰いことをほめられ、東國造となされた。

東方東北方の蝦夷はみな罪に服したが、まだ信濃や越にゐる未化の國津神島津神のことが御耳に達したので、これを從へねばならぬと思はれた。それで甲斐から、武藏、上野に出て、碓日坂へかゝられた。こゝで山を越せば再び東の海のある國々は見えない。このあたりへくるまで足柄山のときにもかいたやうに、ずつと久しい間弟橘媛をしのびたまふ情に耐へないものがあつたが、この峠にたゝれたときも、三たび歎いて「吾嬬はや」と太息された。この峠をこして軍は二手に別れ、吉備武彦を越の國に遣し、自らは信濃に出られて白鹿に化身した山の神を殺し、坂の神を言向けられた。記では白鹿の出るあたりを足柄の峠とし、紀では碓氷になつてゐる。ともかく東國を平定して尾張に出られ、さきに約しておかれた尾張の美夜受比賣の邸に入られた。この美夜受媛は尾張國造の祖である。東征

の初めにここへこられたときに、尊は媛の美しく優れた姿を見られて、その場で忽ち親しい心がおこり、婚を結ばうとされたがまた還り上つてくる時にこそさうしようと思はれ、たゞ契り置いて東國に幸でました。今は東の山河の荒ぶる神や伏はぬ人どもを悉く平げての歸途ゆゑ、心和かにこゝに留ることとなつた。紀には「宮簀媛を娶りて、淹しく留りて月を踰えぬ」とあり、古語の中にも「纏向の日代の朝の御代になつて、日本武尊をして、東夷を征討しめられた。日本武尊は征途、伊勢へ廻られ神宮に詣で、倭姫命に御暇乞を申された。其時倭姫命は、草薙劍を日本武尊に授け、誨へ諭されるに愼んで怠る勿れと仰せられた。日本武尊は、東夷を平げてから尾張國に還つて來られて宮簀姫を娶られてそこに滯在遊ばすこと久しく月を踰えられた。そして草薙劍を御身から離して姫の宅に捨て置き、徒手空拳徒歩で近江の膽吹山に登られたが、山中で毒に中つて薨ぜられた。其の草薙劍は、今尾張の神社に在らせられるが、未だ朝廷祭祀の禮典に與つて居られぬ」とある。古語は朝廷祭祀の方法についての奉敕上奏書ゆゑにかくの如く描かれてゐる。

記では「先にちぎりおかしし美夜受比賣の許に入りましつ。ここに大御食獻る時に、その美夜受比賣大酒盞を捧げて獻る。ここに美夜受比賣その襲《おすひ》の襴《すそ》にさはりのもの著ゐたり。かれ之を見そなはして、御歌よみしたまはく」とおん二人の贈答のしやれ歌が出てゐる。尊の御歌、

久方の、天の香山、利鎌に、眞《さ》渡る杙《くひ》、弱細《ひはぼそ》、手弱腕《たわやがひな》を、
枕《ま》かむとは、吾《あれ》はすれど、眞《さ》寢《ね》むとは、吾は思へど、

汝が著《け》せる、襲の欄《すそ》に、月立ちにけり。

そこで美夜受比賣の答へられた歌、

高光る、日の御子、安見しし、吾が大君、新玉の、年が來經れば、新玉の、月は來經《きへ》往く、諾《うべ》な諾な、君待ち難に、吾《わ》が著せる、襲の欄に、月立たなむよ。

美夜受比賣の許には久しく月を越して留つてをられたが、伊吹山の神の荒ぶる噂をきいたので、草薙劍をこゝに置いて徒手で伊吹山の荒神を捕へるために姫の家を出られた。劍は叔母倭姫命が「愼みてな怠りそ」といふお言葉とともにいたゞいたもので、こゝまでの征旅に常に携へてきたのである。尊は山路へ入つたとき山を眺めて「この山神は徒手《むなで》に直に取りてむ」と申された、ところがその山路で大きさ牛程の白猪にであつた。尊は又も言擧して「この白猪になれるものは、その神の使者にこそあらめ。今殺《や》らずとも、還らむときに殺りてむ」と申された。こゝまでの話は周知のことである。さて記には次に、「この白猪に化れる者は、その神の使者にはあらずて、その神の正身《むざね》にぞありけむを、言擧したまへるによりて、惑さえたまへるなり」と註されてゐる。この記の註の象徴し言靈してゐる意味は古事記と上代人の世界觀の理解のため努めて深刻に解さねばならぬ。さて日本武尊の言擧があると同時に忽ち雲がおこり氷雨が零つてきた。峰は霧り谷は冥みさらに一歩もすゝみ得ない。途方にくれつゝも辛くも霧を凌いで僅かに山を下つた。しかし全く失意して醉つたやうなありさま、漸く山下の玉倉部の清泉に到つて、水をのんで息はれたときいくらか疲勞囘復したが、この時から痛身が起つてきた。この泉をよつて居醒の泉と云ふとある。紀によると、白猪は大蛇となつてゐる、尊はその大蛇をふみまたいで「この大蛇は必ず荒神の使ならむ、既に主神を殺すことを得ては、其の使者豈求むるに足らむや」と言擧げされたとある。

勝利は問ひ得ない。それは神氣の智である。問ひ得ない、言擧し得ない。一般に神の血統は答へられぬものとときとにだけ問をもつ。だから直言は無意味である。答へとしてはさらに冒瀆である。問を以てすれば、それは抱擁にすぎない。眞を思へば、言擧げせず諷すのである。神の系統を一般に認め信じうるもの、美しい謙譲な心のあらはれである。

居醒の泉で憩つてゐるうちに、漸く起上り得るやうになつたのでそこから尾張に還らうとされたが、この度の難に疲勞困憊し、あまつさへ寒冷と妖氣のため身心痛傷を感じるので、いまは尾張までゆき宮簀姫の許に立ち寄ることは出來難く、直みちに妃たちと御子たちの在す大和へ向はれた。當藝野のほとりに到りましし時に、悲しんで申されたことばは、

「吾心恒は虚《そら》よりも翔《かけ》り行かむと念ひつるを、今は吾足得歩まず、舵《たぎし》の形に成れり」

この野を過ぎて進まれたころには、杖をつかしてやうやく歩くことができた。この邊りを杖衝坂といふのはそれからである。かうして伊勢の尾津濱へと出られた。こゝは先年東征の際に一つ松の下で御食をとられ、その時止め置かれた劍が未だに殘つてゐたので、なつかしみ歎いて歌はれた一つの歌がある。

尾張に、直に向へる、尾津の崎なる、一つ松、吾兄《あせ》を、

一つ松、人にありせば、大刀佩けましを、衣著せましを、
一つ松、吾兄を。

以前を思ひ、今を歎かれたのである。今は疲勞困憊した。尾張に、そこに向へば、とは宮簀姬のことも諷されてゐるのである。わが國ぶりの歌は、すべて相聞である。相聞以外に歌はない。これは既記の御杖がなしたすぐれた說である。政道は諷しうべし、相聞の道は諷しも得ぬ。そのとき戀情の表現として歌があるとは、この宣長學派の唯一の科學的反對者だつた、堂上學徒の說である。日本の秀れた歌はすべて戀愛歌であつた、すべてが相聞歌であつたといふことは、上代人の自然と藝術を考へる上で必要である。日本の藝術の抽象と象徵の精神のために必要である。倒言、諷、歌、と言語表現の藝術を組織して、かゝるつねに以上なものへの變革し開花してゆく藝論體系を作つてゐたのは、日本の上代人だけである。歌は語ではないのである。神と人との道にのりとがあり、男と女との道に歌がある、それは自然を了解し偉大になした上代の人の考へである。みやびもうたも、自他對象する上で考へられる。ひとりごとでなくつねに對話である。たゞ直きを直きといふは許されない。許されぬといふよりも、その力なく意味ないことを上代の人は知つてゐたのである。理窟のためならば藝の表現はいらないのである。省みれば、現代の自覺した詩には未だ倒言さへもない。自覺でなく近世狡智を知つただけだからである。子規の寫生說は說明せずしてあると信じた自虐の精神のため、その意味の重要さのために亞流によつて失はれた。子規の內外身心の病患と苦惱、日本文學の自覺と世界文化の光彩の中に立つた決意

から、彼の一つの寫生說を考へる。かなしい生涯の中で、草花に直な生命托せよと語つた眞意、その言靈を考へよ。近頃の日本人は、日本人の傳統國語の藝用の聯想形式を失ひ、日本人の血統とした論理を失つてゐる。言語表現藝術のために組織した藝術哲學の深重な意味と內容を知らない。日本の藝術を西洋の借用の論理でかたる似非國際主義、擬似進步主義をむげに排するのではない、それではつひ困るといふことを理解せぬ頓馬者を排斥するのである。今日日本の詩人と文學者と歌人と俳人に、劍舞はわかつても、歌は、日本の「歌」の意味する體系上の位置は勿論わからぬのである。

當藝野から尊は三重へこられた。「また吾が足三重の勾《まがり》なして、甚く疲れたり」と申された土地である。

尾張に、直に向へる、一つ松、あはれ一つ松、人にありせば、衣《きぬ》きせましを、大刀はけましを。

尊のあの歌は長く人々に歌はれてゐたから、紀にはこのやうになつて傳つてゐる。歌はれたやうなことばも久しく人々に傳へられるやうに美しかつた。當藝野とか杖衝坂が地名になつたし、この三重も亦今でも地名にされてゐるのである。こゝからさらに能褒野へ出られた。その時いよいよ病が重くなつたので、俘にしてきた蝦夷らを神宮に獻り、吉備武彥を遣して上奏の言葉を奉らせた。その文句は「臣、命を天朝に受けて、遠く東夷を征つ、則ち神恩を被り、皇威に賴りて、叛く者罪に伏し、荒神自ら調ひぬ。是を以て甲を卷き戈を戢めて、愷悌還れり。冀ひしく、曷れの日、曷れの時に、天朝に復命さむと。然るに天命忽に至りて隙駟停め難し。是を以て獨り曠野に臥して誰にも語ること無し、豈身の亡せむことを惜まむや。唯不面を愁ふ」と申し上げた。いよいよ病ふかくなつたとき歌はれた歌は、

倭は、國のまほろば、たたなづく、青垣山、隱《ごも》れる、倭し、美し。

またつゞけて歌はれた歌は、

命の、全けむ人は、疊菰、平群の山の、隱白檮《くまかし》が葉を、髻華《うず》に插せ、その子。

この歌は傍の人々を眺めかへりみて歌はれたのである。髻華に插せまでは、臥せつたまゝ傍の人々にかへりみて歌はれたが、ふと南の空に眼をむけると涙ぐんで、「その子」とつけられた。これは非常に深奥な意味ある言葉ゆゑに、歌心ない禽獸の類にはわからないのである。これらの歌を思國歌と云うてゐる。この二つの歌をうれひて歌つてからつゞけて、又一つ片歌を口ずさまれた。

はしけやし、吾家《わぎへ》の方よ、雲居起ち來も。

尊はなすべきことをなし、あはれむべきものをあはれみ、かなしむべきものをかなしみ、それでゐて稟質としての美しい徒勞にすぎない永久にあこがれ、いつもなし終へないものを見てはそれにせめられてゐた。それはすぐれた資質のものの宿命である。このために言擧しては罪におちた。しかし尊は詩人であつたから、その悲劇に意味があつた。まことに

尊は戰ひのあとの地上の凱旋の如きを輕蔑してゐた。

いよいよ病重くなつたときの御歌は冒頭にかいた、「孃女の、床のへに、吾置きし、つるぎの大刀、その大刀はや」の御歌である。これは宮簀姫とそこに止められた御劍を歌はれたのであるが、まことに限りなく美事な作品である。そしてこの御歌を歌はれると共に崩御された。御年僅かに三十歳であつた。そこで驛使《はゆまづかひ》が直ちに都に上つた。尊はなすべきことをなし終つた中で、なほ宿命として歎きと憬れをもつてゐられた。そして陵墓の中から三度變貌して外界にとび出したが、いづこにも安んぜずつひに天上した。

能褒野の陵に崩つたとき、尊の倭にいます后たちや御子たちがこゝに下つてきて、地にふし田にはらばつて陵の廻りをもとほりつゝ、哭して歌つた歌がある。

靡附《なづ》きの、田の稲幹《いながら》に、稲幹に、蔓延廻《はひもとほ》ろふ、薢葛《ところづら》。

さきに引用したやうに尊は魂となつても一つ所のこゝに安んずることを得なく、白鳥に化して倭をさしてとび出し琴彈野へ行かれた。それを追つた歌が他に三つあり、この稲幹の歌と合せて葬歌といふのである。濱に向つて飛びゆくとき、后たち御子たちはあとを追はれた、そこは小竹の苅杙が多く、そのため御足は切れ皮は破れて血が流れたが、痛さも忘れて、哭く哭く追ひゆかれた、この時の歌

淺小竹原《あさじぬはら》、腰煩《なづ》む、虚空は行かず、足よ行くな。

さらに追ひ進んで海鹽《うしほ》の中に入り、煩みつゝ行かれたときの歌もある。

海が行けば、腰煩む、大河原の、植草、海がは、いさよ

ふ。

次は磯に居たまへる時の御歌、
　濱つ千鳥、濱よは行かず、磯傳ふ。

これらは切々の歌でなく、さきの思國歌と同趣の一つの長歌である。

琴彈原にとゞまる間もなく又も河内の古市にとばれ、つひに天上にかけあがつた。このことを描いた文章は首めに引用した。その部分の前にあたる部分を次にひく。尊の崩御をきかれた天皇の御嘆きのさまを記した部分である。「天皇聞しめして、寝《みね》ますこと席《みまし》安からず、食《みもの》たてまつること味甘からず、晝夜咽《む》喉《せ》びて泣《いさち》悲び摽擗《みむねう》ちたまふ。因りて以て大に歎きて曰く、我が子小碓王、昔、熊襲叛きし日、未だ總角《あげまき》にもあらぬに久しく征伐《たたかひ》煩ふ。既にして恆に左右《かたはら》に在りて朕が不及《かけたる》を補ふ。然るに東夷騒《さわぎどよ》動み、討たしむる者勿《な》し、愛を忍び以て賊の境に入らしむ。一日も顧《しの》ばざる無し。是を以て朝夕進退《さまよ》ひて還らむ日を佇《つまだ》ち待つ。何の禍ぞも、何の罪ぞも、不意之間《ゆくりなくも》、我子を倏亡《あからめ》さすこと。今より以後誰人と與に鴻《あまつ》業《ひつぎ》を經綸《をさ》めむや。卽ち羣卿に詔し百寮に命せて、仍りて伊勢國の能褒野陵に葬しまつる。

……」

三

　初め日本武尊は兩道入姫皇女《ふたちのいりひめのひめみこ》を娶つて妃としたまうた。この妃の宮に三人の御子があつた、稻依別王《いなよりわけのおほぎみ》が御長子で、次に足仲彦命《たらしなかつひこのみこと》、次に布忍入姫命《ぬのしいりひめのみこと》、次に稚武王である。兩道入姫命は伊玖米《垂仁》天皇の皇女であつた。稲依別王は犬上君と武部君の二族の祖先にあたる方で、足仲彦命は成務天皇の次の御世に天下を治された天皇《すめらみこと》である。又吉備臣武彦の妹大吉備穴戸武姫を妃とされて生れたまうた御子は建具兒王と十城別《とをきわけの》王である。この建具兒王は、讃岐綾君、伊豫之別君、登袁之別《とをのわけ》、麻佐首《まさのおびと》、宮首之別《みやぢのわけ》らの祖である。尤も伊豫之別君の祖は十城別王とも申し上げる。また走水の海に入りました弟橘姫命の遺された御子に若建彦王があつた。それから山代の玖玖麻毛理媛の生ませた御子足鏡別王《あしかがみわけのおほぎみ》は鎌倉之別、小津君、石代之別、漁田《ふきた》之別らの祖である。またある御名の傳らぬ妃の生める御子、息長田別王があつた。この御子たちの御事は記紀の傳承に相當食ひちがひがあるが、ともかくこのやうに御子孫は御繁榮した。

大和にいました妃たち御子たちが歌はれた御歌はさきに誌したが、その音調の古雅にして金鈴を振るやうな美しく悲しい響は、日本のことばの古への俤を末長く今日にまで止めてゐる典型とも云ひ得て、誦するときに現代が失つた日本語のきびしく愛しいひゞきが必ず回想されるのである。

五十三年秋八月丁卯朔、景行天皇は群卿に詔されて「朕愛子《めぐみしこ》を顧《しの》ぶこと、何日に止まむや。冀はくは小碓王の所平《ことむ》けし國を巡狩《めぐりみ》むと欲ふ」と申された。久しい間依然絶え間なく小碓王をかなしんでをられたからである。この月に乗輿は伊勢に進み、やがて東海に入つた。そして冬十月上總に至り、海路の淡水門を渡られた。その海を渡るとき、覺賀鳥《かくかのとり》の聲が天皇の御耳にきこえた。天皇はその鳥の姿をいたく見たく欲されて、海中にまで進まれたが、もはや鳥はをらず、白蛤《うむき》を得た。その時御供の中にゐた膳臣《かしはでのおみ》の遠祖、名は磐鹿六雁《いはかむつかり》といふ人が、蒲をたすきにしてその白蛤を料理し、膾に作つて大御食に奉つた。天皇は六雁の功を賞され膳大伴部を賜うた。この東國の旅から歸られたのは十二月だつた。伊勢の綺宮《かむはたのみや》に居られ、大和纏向宮へ還幸されたのは五十四年秋九月辛卯朔己酉の事であつた。五十五年春二月には豊城命の御孫彦狭島王を東國の都督になされたが、この方は任につかずに崩じられたので、五十六年秋八月その子御諸別王を都督に任ぜられ、この後漸く東國は平定をつゞけた。天皇の崩御遊ばされたのは、六十年冬十一月乙酉朔辛卯の日、近江の高穴穂宮に於てであつた。記には寶齡を壹百參十七歳とかぞへ、紀は一百六歳と傳承してゐる。

　これよりさき、日本武尊が伊勢で崩御されるとき、倭姫命に獻上された蝦夷の俘たちは、晝夜喧嘩して、出入にも失禮なこと多かつた。つひに倭姫命も、「是の蝦夷等神宮に近づく可らず」と申され、改めて朝廷に獻上されたので、朝廷の方では之を三輪山の麓に住はせたが、住みつく間なしに山の樹をことごとく伐りとつてしまつた。これは彼らの傳來の昔の習慣のそのまゝを行つたのである。それから邑里にきては叫び呼ばはつて人民を驚かしたりした。朝廷の方でもこれらの人種は畿内《なかつくに》におくものでないとさとられ、播磨、讃岐、伊豫、安藝、阿波の方へ追ひ放たれた。そのときの天皇の詔に「其の神山の傍に置きし蝦夷は、是本より獸心有りて中つ國に住ましめ難し。故に其の情願のままに、邦畿之外《とつくに》に班ちつかはせ」と申された。日本武尊が俘虜としてつれ歸られた蝦夷らはつひに中國の教化を失つたのである。たゞこれらが凡て五國の佐伯部の祖となつたことは、意外なる尊の方策が、時間をへてつひに現れた形を示してゐる。

日本武尊の第二子足仲彦天皇は、成務四十八年春三月庚辰朔に皇太子となられた。六十年夏六月己巳朔己卯、稚足彦天皇《成務》が崩御遊ばされた。御年一百七歳と紀は錄し、記は九拾五歳と數へる。足仲彦天皇の卽位は元年春正月庚寅朔庚子の日である。この天皇は仲哀と諡申した。日本武尊の功績と薄命を嘆いて、世上往々に足仲彦命の卽位に關して、故皇子の開花を云々するが、これは心餘りあつてつひに不敬の巷説である。日本武尊の功名はすでに詔によつて錄されてゐるのである。その上尊の神靈は三度陵を離れてつひに三度めに天上《あまのぼ》つてゐるのである。足仲彦天皇の御生涯もまことに父皇子の御生涯のやうに壯烈なきびしさがあつた。日本武尊の第二代の歷史的精神をこゝに說くことは、僕らの片語の國語では語り難いほどに美事なものであり、惶れ多いことにみちてゐるのである。その上心餘つてことば足りぬ現代を知るとき、許され難くはゞかりある事どもに滿つゆゑに、思ひふしてたゞ日本武尊の悲劇を概說するに止めた。だが足仲彦天皇は、日本武尊の武人として詩人としての御事業、常に偉大なる方々がもたねばならなかつた悲劇を、御身を以て裏づけられてゐるのである。この間の事情は古來人みなの惶みて釋き記し得ず、たゞ記紀を口承することによつて心情に味つたものである。

戰ひの永劫の運命と生命にふれた悲しみについて、日本の上代人は冒險を知るまへに、運命と順序を知つてゐたゆゑ、極めてふかい思索を可能とした。その間の事情は記紀がつまびらかに誌してゐる。たゞ紀の修辭急なるとき、しばしば眞を眞とするを忘れたが、それは現代の我々がその眞を見るに困る類にまでは至つてゐない。

足仲彦天皇は容姿端正、身長は十尺《ひとつゑ》もあらせられた。立太子の式は御年三十一歳の時である。卽位遊ばされた始め大和にいましたが、紀伊から西海を筑紫に幸され、こゝで熊襲征伐の最中に崩ぜられた。だから天皇は、初め穴門の豊浦宮にいまし、後に筑紫の香椎宮にましまして天下を治しめされたと傳へるわけである。

卽位遊ばされた年冬十一月乙酉朔、天皇は群臣に詔して「朕未だ弱冠《かかふり》に逮らずして父王《かぞのきみ》既に崩りたまふ。乃ち神靈白鳥に化《な》りて天に上りたまふ。仰望《しの》びまつる情、一日も息むことなし。是を以て冀はくは白鳥を獲て陵の域《めぐり》の池に養はむ。因りて以て其の鳥を覩て顧《しの》びまつる情を慰めむと欲ふ」と申され、諸國から白鳥を獻上せしめられた。その年閏十一月乙卯朔戊午、越の國から遠く白鳥四隻《よつ》を貢つたがその時鳥を送るためにきた使者が菟道河《うぢのかは》の河畔で宿泊した。時に蘆髮蒲《あしかみのかま》見別王《みわけのおほきみ》がその白鳥を見て「何處に將去《もてゆ》く白鳥ぞ」と越の國の使者に尋ねられた、越の人が答へて、「天皇父王を戀ひたてまつり、養狎《かひなつ》けむとしたまふ、故れ貢る」と申し上げた。蒲見別王は「白鳥と雖も燒けば則ち黑鳥に爲りなむ」とわらつて、使者の困るのにもかゝはらず、強制して白鳥を奪つて行つた。越の人はこの由奏上したので天皇も怒られて王を罪された。時の人は「かぞは是天《かみ》なりいろねは亦きみなり。其の天を慢りて君に違ひなば、何ぞ誅《つみ》に免るることを得むや」と噂したと紀に錄されてゐる。

足仲彦天皇の皇后は申すまでもない氣長足姫尊である。氣長足姫尊は、稚日本根子彦太日日天皇の曾孫、氣長宿禰王の王女であると傳へる。天皇は皇后と共に西海に幸され、その地で崩御遊ばされた。そして征師は陵の定まるをまたで、卽ち三韓に渡つてゐる。この間の事件は、これを記紀對照して一覽されたい。殊に紀の一書に曰ふところは深い意味をこゝでも言靈してゐる。それゆゑに記の文章も亦恐らく語らざる言靈である。史實的な問題の深い言靈をみよといふのでなく、表現としての日本の文章のもつ性格、その暗示についての考へ方、發想の方法についての深い問題が藏されてゐる。卽ち問題とは日本の文學的表現と聯想の上から云ふのである。御父子二世の悲劇、その戰のもつ歌を巧みに古事記は描いてゐるのである。これらの戰ひは同殿共床の時代になかつたことを知る必要がある。

　記の中巻を通じみて、神武天皇の戰ひと、日本武尊の戰ひ、及び仲哀天皇の戰ひの三つの間に非常なひらきあることを知る。それは事件としてでなく、より思想としてであり、戰爭を思想したことに於てである。

　足仲彦天皇の崩御は、折からの三韓征伐のために一般には祕せられた。天皇の崩御はまことに急なことであつた。この事情は記紀とも一致してゐる。天皇は萬乘の御身を以て、卽位遊ばされたのちは倭にいますこと僅かに一年あまり、それより紀の國を西南海に出で、遠く筑紫にあつて熊襲親征の戰ひの中に崩御されたのである。御年五十二歳と申し上げる。

　記によれば、天皇崩御ののちに、國の大幣を取つて大祓が行はれた。それには、生剝逆剝、阿離《あはなち》、溝埋、屎戸《くそへ》、上通下通婚、馬婚、牛婚、鷄婚、犬婚の罪を求ぎて、國の大祓して、と誌されゐる。なほこの時代に底筒男、中筒男、上筒男の三柱の天津神の大神が始めて、御名を顯されたと傳へてゐる。畏多くも意味ふかいことである。

かつて九州出征中天皇は神託を信じるまへに、御自らの眼で實在を見ようとされた。これは神典時代の御一人の雄大な思想である。記には「その大后息長帯日賣命、當時神歸《よ》りたまへり」と記してゐる。その皇后にうつつた神託に西の方に美女の睩のごとく、金銀彩色多にある栲衾新羅國がある、そこを與へようとさとされたとき、天皇はいぶかしんで一應岳にのぼつて西の方を望まれた。そして海原があつて土地のないことを見られるとつひに神託を信じようとはされなかつた。その上神託に對して一體神はいづれの神か、自分は天神地祇をすべて祭つた、その時にあらはれなかつた神とすれば別つ神であらうと曰された。その時皇后に神歸りたまへる神が表筒雄、中筒雄、底筒雄、と三柱の御名を稱つて、これは天照大神の御心があらはれたと述べ、また重ねて「吾が名は向匱男《むかひつのを》聞襲《ききそ》大歷《おほふ》五御魂《いつのみたま》速狹騰尊《はやさかりのみこと》なり」と申し上げたとき、天皇は皇后に向せられ「聞惡《にく》き事言《のたま》ひます婦人《たをやめ》か。何ぞ速狹騰と言《のたま》ふ」と仰せられた。このことは紀の一書曰くにつたへられたのである。諸人の心こめた注意を僕は欲する。そして御寶身に善からじとの神託があつても、專らに目前の敵熊襲を討伐することに惡戰苦闘され、つひにその業中ばで崩御遊ばされたのである。まことにその生涯には父王の遺業をうけつぐ壯大な精神があつた。人と神と共にあつた神人論の最後の防衛者として、父の尊と同じ精神を表現された。この防衛者にはきびしい眼が輝いてゐる。防衛の日は神を一概に怖れねばならぬ日であつた。この墮落の前夜の哀歌は父子二代が象徴してゐる。日本武尊が戰ひを詩情し哲學された成果のその反面を、卽ちさらに下つた崩壞の日を御子仲哀天皇がやはり哲學されたのである。この天皇の御事蹟と御生涯も亦最もお痛はしい一つの場合であつた。それは名帝の生涯が人間と歷史の苦しみをたゞ衆生のために、御身で以て踏まされねばならないとき、そのときの普くありがたい痛はしさであることを意味する。日本武尊の生涯はひたすら戰の途上の苦難であつた。しかもつねに尊は求めて難につき、氣輕に征途を進まれた。それは人智の計數を超越してゐたのである。その實利の目的は後人の邪心が考へただけである。戰ひを倦んじてゐたゆゑに最も壯麗な個人の戰史を描かれた。足仲彥天皇の叡慮も、戰ひを倦んじつつ、席安んじる憩ひもなく東西に轉戰され、御最期さへ陣中で崩御された。たゞ倦んじ方にやゝに異るものがあつた。神人論の最後の防禦がこの御二方でなされた。八雲たつの御歌は、さういふ戰ひに於ける、神人の關係、その抽象され思索された關係の虛ろな成果を、冷酷にうたつたかちどきの聲である。この歌は從つて朗らかに晴れやいで、しばしば虛ろな恐怖を表情してゐる。神武天皇の久米の子らの御歌二三を較べて、上代日本人が、神典時代から古典期へ入つてゆく過程を考へるべきである。日本の祭りの思想はおもむろに失はれたのである。尊らの悲劇は神より人間への架梁の時期の開花である。その架梁者の當然にもたざるを得ぬ文化的悲劇の開花である。こゝに最も美事な上代自然に於ける架橋の變貌がある。日本武尊に僕らはこの偉大な歷史の又個人の時期を發見しその祝典を永遠の回想としなければならない。日本の神典期はなだらかに古典時代へ入つてゆき、下降していつた。我々は不幸な記憶と不吉な記録を自國語の文獻に發見し、自分らの血統の中にもつことを得たのである。石で作つた文明と木材で作つた文明との區別と比較を意識してけふに始めねばならないのである。そしてその日のあげくに木造五重塔の上に石造九輪を置いた日本の既に降つた上代をも發見したのである。

四

日本の古代の神人論の防衛はそののちつひに再現しなかつた。近世日本の宗とした現代文化の教師は古典の知識はもつが、神典の發想を持たない民族であつたからである。そして漸く辛うじて僕らさへもが、今に於ては何故神宮が笠縫に祀られついで五十鈴川の沿《ほとり》に祀られたかをきゝ誌しうるのみである。その間の記録は明瞭ではない。紀の巻五崇神紀中に「六年、百姓流離《さすら》へぬ。或ひは背叛《そむ》くもの有り。其の勢 徳《うつくしび》を以て治め難し。是を以て晨に興《お》き、夕に惕《おそ》りて、神祇を請罪《のみもう》す。是より先き、天照大神、倭大國魂二神を竝に天皇の大殿《みあらか》の内に祭《いは》ひまつる。然れども其の神の勢を畏れて、共に住みたまふに安からず、故れ天照大神を以ては、豐鍬入姫命を託《つ》けまつりて、倭笠縫邑に祭りたまふ。仍りて磯城《しき》神《ひも》籬《ろぎ》を立つ。また日本大國魂神を以ては、渟名城入姫命《ぬなきいりひめのみこと》に託けて祭らしむ。然るに渟名城入姫命髮落ち體《みやさか》瘦みて、祭《いはひまつ》ること能はず」云々とあるが、これだけでは事情理解されるにははるかに淡いものを感じる。僅かに古語の中に經過の現象を論述してゐることはさきに誌した。垂仁紀廿五年に「三月丁亥朔丙申、天照大神を豐耜入姫命に離ちまつりて、倭姫命に託けたまふ。爰に倭姫命大神を鎮座させむ處を求めて、菟田の篠幡に詣る。更に還りて近江國に入り、東のかた美濃國を廻りて伊勢國に到りたまふ。時に天照大神倭姫命に誨へて曰く、是れ神風の伊勢の國は、則ち常世の浪の重浪《しきなみ》歸《よ》する國なり。傍國《かたくに》の可怜《うまし》國《くに》なり。是國に居らむと欲ふ。故れ大神の教のまにまに、其の祠を伊勢國に立てたまふ。因りて齋宮を五十鈴の川上に興つ。是を磯宮と謂ふ」とあつて、これに續いて「則ち天照大神の始めて天より降ります處なり」と深重に註してゐるのである。兵器が神幣となつたのも垂仁紀の時代である。このことも重大なことである。日本の祭りはその時代から兵器を以て神祇を祭り始めた。省みて僕は神典時代の喪失と、竝びに人間の發見をこゝに註したまでである。恐らく神典時代の喪失といふことと、及び神人論の防禦といふことを思はずば仲哀天皇崩御の後の大祓ひは理由を發見し得ぬ。つまり天皇こそわが上つ代の同殿共床を專らに卽つてゐた「自然」の最後の防衞者であらせられた。紀の一書の曰くの傳は、その間の事情を言靈として傳へてゐる。そしてこゝに日本武尊父子の御偉業に英雄的香芬が上つ代の姿で匂ふ所以がある。その時の大祓ひは、上つ代の精神が無生の中に生かされたものであるか、精神として生きた形式として殘つたものか、それはわからぬのである。たゞ信じてきた上つ代をもととすれば、既に天皇は人工的に上つ代の精神を顯在せんとせられた。超越した神に對する負目など思はず、順序なす運命と神人一體の己に對する負目にだけ僕らの祖先の人間は悲劇を味はゝされる。そこにだけ今の僕らも上代人の悲劇をみる。

萬葉の歌人は神ながらの國を歌つてゐる、言靈の幸ふ國と稱へてゐる、さらにそれを見たり聞きたりと入念に註してゐる。ほゞ五百年の期限依然として衞られてあつたが、嚴密に神典時代を防衞することは、早くも萬葉のころでさへ人工となつてゐた、それはすでに古くこの時を去る五百年とかりに數へる。人皇と神との同殿共床の思想は理由なく、外來文明の移入のさきに失はれて、以後中世に入つては再び神人論は省みられなかつた。一切が垂跡の象徵として論じられたが、我々の祖先の象徵は同殿共床であつた。形あるものと形なきものとの同殿共床である。この二物の調和のため、問と答が思索され、ついでその表現としての戰ひが思索される。そこから語がまづ問はれ倒言が答へられ、諷が問はれて歌が答へられた。問は何に對し何を求め何を問ふものか、問の可能を問ふことは同時に意識下の世界で答の完全な可能を問うてゐた。戰の說明と說服が必要だつたのでなく、人を驅りる祕密の智が必要であつた。彼らは行動としての戰を知つてゐたから、確然とした言擧の意味なさとむしろそれが人にしひる負目を自覺した。理窟が必要でなく、行爲を美化する魂の焚火が必要であつた。日本の「歌」はすべて相聞のものとはさきにもかいた御杖の說である。當時の國學者が漢書生の非難に答へて、「歌」を相聞から離さうとしたことを御杖は美事にも笑つてゐる。記紀萬葉の研究から入つた御杖は「諷語もなほ用ひらるまじき時のためこそ歌の道はあれ、相聞のうへは、歌の專用なるぞかし、しかるに戀の歌どもいにしへあらはなるを、心もしらぬから心なる輩、これをあはむるに國學する人もそれに聞おどろきて、戀の歌はよむまじきもの也などといふひがごとさへ聞ゆめり」と述べてゐる。この古い國學者の傳統の說は、近代の詩人の說とつひに共通してゐた。近代の詩人とは「與謝蕪村」をかき、さきに「戀愛名歌集」を著した、その現代に於て唯一の詩人である。わが詩人は古典の觀賞から入つた、恐らく御杖も古典の遺作を通じてこの斷定を發見し強くなつかしくわが國ぶりを力說したと思へる。御杖によれば家持の詠花詠鳥など題せる詠物の歌も、家持の心は知らず示された作品はすべて相聞と言靈であり、その花鳥のたぐひは倒言であつた。倒言といふときの現代の語弊を怖れるなら、それは拒絕精神と藝術的自覺精神の表情の表現であるといふべきである。

神典時代の崩壞の中で僕らはその防衞者によつて辛くも神典時代を知つたのである。上つ代の自然はこゝに明らかにされる。日本武尊御父子の行爲は、いはば傳統が防衞に他ならぬことを言靈してゐる。最もこゝに及べば、事は記の作者に及んで述べねばならない。たゞこの間の文章は口承の文藝に他ならぬから、大凡にこのまゝの僕の如上の表現も許されるのである。防衞により、わが上つ世の「自然」は辛くも繫つてあつたのである。そしてこの御二代の間に見たものは、生命を犧牲とした人工の發生である。自然から新しい自然への架梁の工作とその必然の悲劇である。神典の時代には道そのものの中にあつた。神典期の崩壞に當つて求道と防衞が志された。こゝに御二代の英業の象徵する意味がある。自然が人工によつて辛くもなほ生きるを能ふことを意味した。

因みに云ふ、御杖は宣長にあらはれた目だたない封建的イデオロギーを精密に科學的に論證してみせ非難してゐる。それは御杖が堂上の御力によつて支持されてゐた學者としての誇りがなしあげた科學的精密さである。たゞ御杖は宣長の感情的な反對者でなく、專ら宣長を尊敬した科學的な反對者であつた。それゆゑ宣長が上代人の權謀術策に眼をふさいだところさへ卒然として論じてゐる。上代人の權謀術策を以て、一つの文化的隔離の優越さと考へる。宣長は松阪の人であつた、御杖は京都の人であつた。つねに樸訥なま丶なる狡さと、自覺して自然な權謀術策の差は分明であらう。神氣と自然に沿つた、生命の戰ひ即ち人間に於ては、敵になさるるを欲せぬことを敵にほどこすことは、天然の理である。これは云ふ迄もなく自然である。自然に背みせる必要はないのであつた。戰爭の方法はつひに進歩してゐない、とも云ふ。生命のやりとりの時ゆゑに、眞身なしにあはれ、と歌へるのである。近頃は溺れる敵兵を救つて名聲をあげた都督があつた。だがそのときいくばくの敵艦の遁走を許したことは、まことに戰爭の、殊に海戰の墮落である。出雲梟帥は敗死したが、燒津の皇子は勝利したのである。日本の神道は最も美事なまでに人間の言葉にいださぬ中心におもふ所に繫るものである。それを意味することばである。表現としては藝術的拒絕と壓搾だけを强要する。人間の否定でなく、人欲と神氣を二つもつた人間を肯定する高次の場所である。人欲のあはさの自覺によつて神人分離が發生したのでないことを、日本武尊の悲劇は象徵してゐる。人間の旅心は、單にあはい目的から發生したものにすぎない。その淡いものを彩る美事さに悲劇が描かれる。開花と上昇との、別離と離合とのそのはかない戀心だけが、自然の中にもあつた。日本武尊はつひに一つの歴史である。この文化の歴史である。當然崩壞すべき「神典時代」の、その美しいくづれゆく日を示す一現象である。

日本武尊と仲哀天皇とに關する記紀の敍述は、殊に秀れたものであり、僕ら又專らこの記録によつて御二方を考へたのである。かういふ形で口承され、文章化されたことに、主として記の筆者のなみなみならぬ苦心がある。と云へば云ひ過しでまことは苦心ではないかもしれない、かくまで今日の僕らは日本の文章表現の考へ方を失ひ、日本の藝文聯想の自虐形式を忘れはてた。悲慘にもそこに苦心を見たりする所以のものは、あるひはこゝらにのつぴきならぬ無知といふ形であるかもしれない。日本の神典、神道の敎へは、言葉にあらはれない、中心にあるものの意味である。表現の機能を完成し、完璧にするための思索が、言靈としてあらはれたのである。完成されてゐる意味での「混沌の住家」を知り、それを描く方法を講じたのが上つ代の表現の思考であつた。人と神とを外に見ず、神人論を考へる、だから人道の表現と神道の表現の象徵の場所を思はねばならなかつた。尤もかういふ記述にすれば、つねに二つの相反するものを構へ考へ、つぎにその綜合としての第三のもの、第三の高次のものを考へる、西洋近世の思考方法に沿はんとする傾きが多すぎる。日本の國ぶりの表現の學は、はるかに混沌の住家を直ぶるに描くことであつた。原始に於て混沌の住家をみ、そこにそのまゝの高次の世界を見ようとした。彼らの順序の考へは、秩序のための三分法を拒んだ。卽ち綜合の場所をとく手段を拒絶した。彼らは上層の自然に住んだ人々であつたからである。彼らは人道に專らよる道を許さなかつた。表現そのものの帶びてゐる人文的負目をあくまで追ふことが求められた。その表現は從つて魂の表情さへをも完璧に象づくるための表現であつた。眞僞をとく理窟や議論でない。これは常に創造を尊ぶ思想の根柢である。

表情や表現のためには、創造といふ作用しか信じられなかつたのである。そのことは專ら重要なことと思へる。創造のための表現でなく、表現さへも創造にかりるのである。表現せねば存在せぬものを描くこと、それよりさきに表現を創造によつてのみ言靈するのである。表現が模寫的精神におうてゐると安心してゐられぬのである。表現と創造をかりそめにも二物と考へることは出來ないのである。表現を既存の何かにたより得るものとして安心できぬのである。混沌の住家としての人間を考へたのである。純一單純な表現の模寫説を日本の上つ代の思想は一度も思はなかつた。彼らは表現すべきものは創造によらねばならぬことを知つてゐたのである。さらに表現そのものが無なるところの創造と考へた。考へるさきに強ひられた。混沌を住家として、混沌の住家を深く一歩もゆづらずに考へたからである。創造が形なすものとして安じられない。一切の限界をこゝに限つてみとめなかつた、永久に追はれてゐたのである。本來の戰ひの精神である。つねに形ないものに追はれる、近代が發見した鬪ひの精神である。これはものを三つの形で思考する考へ方でない。從つて上つ代の言靈の説は絶對に辯證法ではないのである。

論議による説明や説服の無力をよく知つてゐた。これは正しく己に反省し、強く己の日常を顧みるだけでも當然のことである。直言による説明の虚ろな無力さと、及びその反響《こだま》の恐ろしい復讐を知つてゐた。あるひはあまりにも朗らかに和かな無力さの阿呆らしさにも通じてゐたのである。そしてこの日の中で彼らは未だ神を決して怖れてゐなかつた。彼らは言葉で現し難いものの存在を遙かの遠くに信じてゐた。その眞實のために、僕らの今日の言葉でいへば創造や作爲や虛構を考へた。表現が眞實の侍女であるならば、その最も有效な方法と作用を專ら考へたのである。完璧にことばいふ場合を考へ、最も精密な論理を以て、歌を最高に位置づけようとした。

茲に於て日本の上代びとの言語表現藝術に於ける、倒言、諷、歌、といふ順位の開花が構想されたのである。この言語表現による藝術の完美した形而上學を長らく僕らは氣づかずにすごしてゐたことを恥ぢねばならない。この不思議な文化人たちは言語表現の征覇的な暴力と共に、そのもつ負目と發言者に歸りくる復讐に曉通してゐた。この間の事情は、恐らく傳統のない、否文化の人々の間にあつては自覺されない。そして上代人の場合、それが奇しくも自然であつて、自然に言靈としてあつた。それは道の如く自然であつた。たゞ日本武尊と仲哀天皇はその神典期の最後に出世された御父子であつたゆゑにこの道の果に何かを超えつなぐ橋を作らねばならなかつた。すでに萬葉の時代となつては語りつぎとして自覺されてゐる、がこゝに萬葉時代の、想像を超えた立派な文化、移入者を開花せしめる偉大な文化の土壤があつた所以と事實をも示してゐる。

たとへば日本武尊と仲哀天皇のあたりを記した古事記の文章は極めて立派であり、何よりも僕らに日本の上代人の表現についての觀念を知らせる鍵の役目をしてゐる。御方たちの御事蹟の立派さと共に、この記事によつて立派さを示されてゐるのである。僕ら又この記事によつて立派さを語つてゐるのである。ところで何ゆゑにこのあたりに鍵をみるか、そのことを既に僕は折にふれてこの記事を敍述することによつて示さうとして、この時代、つまりこの記事こそ、上代人が神典時代から古典時代へ入つたことを物語として表現しつゝ、さういふ露骨な事實は一言もかかずに言靈してゐる。怖ろしい神々の國のことばを僕らは限りない日の中に發見するであらう。尊のいたましい東征のあとに、仲哀天皇の治蹟が誌されてゐる。人皇以降初めてなされた天皇親征の御盛業は、足仲彦天皇が遊ばされたのである。足仲彦天皇は神武東征以降始めての天皇御親征の師をおこされ、營中の宮に崩じられてゐる。その一方で息長足姫尊には神歸《よ》り給へりと誌されたのである。

この足仲彦天皇の治世を描いた記紀の本文及び紀の一書に曰くのあたりを熟讀すれば、あらゆる深重の言も露骨の言葉も描き得ぬ意味を表現し得た上代の表現の思考に驚くに耐へたものがある。一般的に云ひ今のことばで語れば藝術的なふかい拒絶のあらはれである。その史實にふれるなら、現代の巷語に改めて喜びたいやうに描かれてゐる。ただ今の巷語に改めんとすることは僕らの藝術的な墮落の證據たるは云ふまでもない。他人を強ひるべき言葉はそのさきに已を強ひ已を限定する。そこで逃避を考へるのではない。發言によつて作りあげた形は、對手を規定して、眞を定型するさきに、こちらに心理的暗示として働く、これは噓を作る代りに、欺瞞を作り易いのである。この間の心理學的事實は一般に上代人に理解されてゐたのである。倒言や諷や歌を考へた言靈は、一切の噓にたよつてさへも眞をかすかに保たんとした、文章の道を思ふものの至情である。

その徹底した神人論では、神は祭るが決して怖れではなかつた。惶みの心があれば、それは神氣の創造したものの絶對性を認めることだけであつた。わが祭りの祝詞は別して何もかいてゐない、主として描かれてゐることは、山の物海の物のことごとくを今神の大前に「置き足らし奉」つたといふ奉告であり、豊饒なこの幣帛《みてぐら》を「諸聞し食せと宣る」だけのことである。食物も衣住の具もいまや豊かにみち足りた喜びを神と共にし神のまへにささげて宣るだけである。祝詞に描かれてゐるのは、あでやかな織物の品名とゆたかな食物の名まへばかりで滑稽なほどである。「辭別きて、忌部の弱肩に大手襁《たすき》取り挂けて、持ち齋はり仕へ奉れる幣帛を、神主祝部等受け賜はりて、事過たず捧げ持ちてたてまつれと宣る」のである。祝詞の中で天皇が神の直言を強ひてゐられる場合は、こちらもきびしい直言であらせられ、その兩方の負目のために祝詞の場合さへ過重な幣帛を獻げるのである。日本の祭りは、最も日常の位置と高次の象徴を同時に占めてゐる。平和な沈默、滿足の沈默に人の場所を定めるための行ひと、その場所自身の名であつた。上代の祭りの一つの場面については始めの方に記した。その祭りは久しく千幾百年間の夜にうけつがれ、形はうけつがれてゐた。神皇の區別とその距離が未だ離れてゐなかつた時代を古事記は描き、古語拾遺がそれを説明してゐることに關しても既に記した。その記が描いてゐるといふことに限りない深い意味がある。そのことを、古事記が描いたものの描き方を、例へば日本武尊を描いてゐるといふことを、その古い上つ代の文學の精神をこゝで歡びとしたいだけである。そして顧みれば、神典時代の末期が、わが國史のやうやくに明らかに記されようとした時代である。日本武尊と仲哀天皇の光榮の生涯を描くことによつて、記の作者はこの一つの精神史の末期の英雄的事蹟を表現した。僕らはこの表現に日本の上代の自然の表現の形式と祕密を知らうとするのである。

神を怖れ出した經過とその日を、記は言靈してゐるのである。その神典時代の最後の悲壯なる開花は、足仲彥天皇の口承以來の御親征に象徵されてゐる。かつて同殿共床であつた神が、その齋宮の奉祀者にさへ惶しい限りのものになつたといふ紀の無心の記事はこの文中にさきに引いた。こゝでも僕は事實の史實について、乏しい知識を語るためにこのことをかき、その文章を引いてゐるのではない。僕はたゞ日本人の上代の表現の考へを、又その俤を、自分に向つていくらか闡明したい氣持にかられたにすぎない。從つて日本武尊の御歌を語りつゝ、記の表現に卽して專ら語らうとしたまでである。最も神典時代の崩壞は瞬間のものである。人類の歷史であると共に個人史の瞬間でもある。歷史を負つてゐる個人の瞬間としても回想される。記の口承はそれを物語として父子二代の悲劇によつて、はるかに明らかにしかもほのかな言靈で描かうとしたにすぎない。

記の文學性といふことについては僕らも亦多くの近代の說明をきいた。しかし僕らはこゝに融和したものとしての文學の敎へをまづ知るのである。それは近代の小說論によつて文學性を知る簡單な企てではない。古い御代の表現の敎へ、それがつひに「神道」の敎へであるものを、僕は崇高な日本の藝論の一つとして考へてゐるのである。僕らは上代の日本が如何に言葉にふかい關心をあらはしたかを知つてゐる。如何に表現の負目を深刻に考へたかをほのかに知つてゐる。どれほどことばに對する深い陰影を味ひきびしい形而上つてゐる筈である。ことばと祭りと戰ひとを如何に考へたかを知つてゐる筈である。天皇《すめらみこと》の詔《おほみことのり》敕さへしばしば歌として表されたのである。單なる模寫說にたよつて、ことばの完全無缺な現れを信じるには、上代「自然」の考へは、あまりに心の表情と魂の陰影の自覺にとみすぎてゐたのである。たゞ彼らは可能のために豫め能力を測る俗物の關心をもたなかつた。未來的なものを、創造を愛しすぎた優秀な族であつたのだ。自然そのものであり得た彼らは、つねに「自然」をふかく考へすごさねばならなかつた。「自然」を考へるとき、喪失したものへの無限の怖れしかあり得ない。個人に於て歷史に於てまさにさうである。宣長もその道に苦盃を意識してなめ、あげくになつかしい判斷中止を已と人とに强制した。「自然」をいつに失つたか、それはわからぬし、また知り得ぬ。たゞその失つたものが限りなく目近く見える日があるといふことから、瞬時に失つたものを求めてゐるのである。それは僕らの持たなかつたものかもしれない。その古く遠い時代、上つ代はいつかもわからぬ。たゞ太古に失つたものだけは常に魂の中に回想される。その惜しい遺失物のために、僕らは近代の一部を失ふ決意が必要である。新しい午前を思ふ僕らの少年と青春とその味爽は、むしろ太古にあつたのである。上つ代の人は未だ「自然」であつたから、果敢な拒絕を藝文的に表現してゐる。そのまゝが高い文化の狀態であつた。そのまゝが一つの敎說と說敎の狀態であつた。その狀態をさして僕らは「自然」を見る、すなほさをみる。だからこの同じものに對し過現の二者は同一でない。僕らは永久に新しいものを知り、見ようとする。しかし自然の喪失は既に早く始まつた。その日にあるものは戰ひと怖れである。あるひは兩者の悲劇の結婚である。この天上の風俗は地上の人間にあらはれては悲劇と犧牲を描かせる。日本武尊御父子の光榮の英雄的事蹟はそれを象徴した開花現象であつた。こゝでさういふ戰ひと憬れの象徴として神典期の素戔嗚尊に現された人間を、はるかに純粹な美しい自然の形相を考へる必要がある。

つひに文藝といふものの運命と使命と命令について、記はいさゝかも註してゐない。こゝでこの文章の終りに紀にあらはれた一つの敍述を誌しておく。さきに上代詩歌中の傑作の一つとして誌した齊明天皇の御製を、平常愛誦するあまりにこゝにことさら寫してみる。紀の卷二十六齊明紀に、「四年夏五月、皇孫《すめみま》建王、八歳にして薨《う》せましぬ。今城《いまき》の谷の上に殯《あらき》を起して收めまつる。天皇、本《もと》皇孫の順にして器有ることを以ちて、重みし給ふ。故《かれ》哀に忍びず、傷慟《いた》み極めて甚しく坐《ま》し、群臣に詔して、萬歳千秋の後には、要朕が陵に合せ葬れと宣り給ひき。輒ち歌よみし給ひけらく、

今城なる　小岳《をむれ》が上に
雲だにも　著《しる》くし立たば
何か歎かむ　其の一。
射ゆ鹿《しし》を　繋ぐ川邊の
若草の　若くありきと
我《あ》が思《も》はなくに　其の二。
飛鳥川　水張《みなぎら》ひつつ

行く水の　間《あひだ》も無くも
思ほゆるかも　其の三。

と歌ひ給ひき。天皇時々《より》に唱ひ給ひて悲哭《みね》す」。
「冬十月庚戌朔甲子の日、紀の溫湯に幸し給ふ。天皇、皇孫建王を憶して、愴爾悲泣《いたみかなし》み給ひ、すなはち口づから號《うた》ひ給ひけらく、

山越えて、海渡るとも
おもしろき　今城の內《うち》は
忘らゆまじに　其の一。
水門《みなと》の　潮のくだり
海《うな》くだり　後も暗《くれ》に
置きてか行かむ　其の二。
愛《うつく》しき　我が稚き子を
置きてか行かむ　其の三。

と歌ひ給ひき。秦大藏造萬里《はたのおほくらのみやつこまり》に詔し給ひて、斯の歌を傳へて、世に勿忘れしめそと宣り給ひき」。この歌を傳へて云々は哀傷の傑作をさらに美しく彩るものである。たゞ記の口承の時代にあつてならばこのことばは或ひは異つて錄されたかもしれぬと思へるのである。齊明天皇の哀傷み給うた大言靈を思ひ、あるひはこの二つの御歌を忘れたやうな人々のありやなしやさやかではないが、こゝでは、忘却の人のあるかもしれぬことを惶れて、殊さ

らに筆寫してみた。勿論それはらちもない僕の言訣であつて、言傳へと傳承についての記事をのべんとする目的をもつこともいふ迄もないが、殊に深く久しく僕はこの御製を愛誦してゐるからである。

（附記）　この文章では　天皇は　すめらみことと訓じ、皇子は　みこ、皇太子は　ひつぎのみこ、皇后は　おほきさき、王は　おほきみと訓じるごとく、專ら古語の調を尊ぶつもりであつた。ひとへに古語の調べを尊びつゝ、文辭自ら過現の用法に亂れるところあつて、哀れむべき文章のさま多ければ、まことにそれは僕の明らかに知る無知のゆゑである。專らに好んで古語死語を用ひるのではないが、現代の用語ないものを如何ともなし得ない。振假名の類は好古の趣きを思ふゆゑでなく、此又譯語や代用語のないときに使用した。記紀萬葉の訓讀等は主として岩波文庫本により、時に異るところもあるがことさらに註しなかつた。今日は一般に學問の進歩のために、安易な自由主義の人々は古語や漢字の使用を禁じてゐる。僕ら漢字の知識絶無の若者に對し眞に思ひやりふかい考へである。勿論それは第一彼ら自身の好都合であることはいふまでもないが、しばしば古語によらずんば語り得ぬことも、古い日本の文學を述べるときには時代的な理由からであるが、しばしばある。僕らの科學的良心は、やうやく古語によつて語ることに活路を見出すことも近來は少くない。現代常識なる近世歐洲知識體系のもたない「考へ」は古語で語る必要がある。古語がさういふ純日本の思惟と發想をなほ殘してゐるのである。この眞理精神のうける矛盾は現代我國の文化狀態のゆゑである。機械的な進歩主義を僕は輕蔑するのである。僕らの確信は古語によつて語りたいものもあるのである。古語や漢字制限の議論なす自由主義や進歩主義の自らなる制限と安住と現狀維持とがあきたりない。つねに開花した文化を僕は信じる、彼らは一切の制約を透徹する、試練を專ら求める。漢字を學び難しとしたことは、他のものをも學び難しとしたことと同一の理由からである。僕らの怠慢と共に學園に人の師父たる教師に乏しかつたゆゑである。怠慢に熱意不足が加つてゐた。何ぞ進歩のために方便の枝葉を論ぜんや。古い表現方法によつてしか現代の論が許されぬこと顯はであるゆゑに、輕薄に進歩業者の口車にのつて駟も及ばずの悔を殘さぬのである。

大津皇子の像

秋の日の暗い午後、といつてももう懐中電燈の光が部屋の中ではあかあかと見えるくらゐな、夕ぐれ近い時刻であつた。私は奈良博物館の第三室の南側の陳列箱の前にしばらくまへから立つてゐた。閉館まぎはの入場者たちはさうざうしくゆききし、その人影さへほのぐれてゐるので、私は全く呆然とこの一つの小さい作品のまへに佇んでゐる。見慣れた作品の中で初めて眼に止つた一つの作品であつた。晩秋のなほも心細く疲れた夕暮ゆゑか、その作品は私を感傷させた。しかもそれは何と哀愁に匂ふ作品であらう。大津皇子《おほつのみこ》像との説明をつけた、神像形の小さい、全く小さい作品であつた。

　融念寺地蔵尊、勝林寺十一面観音、安養寺三尊像などといつもなつかしい作品をやはりその日も自分の手帖へ誌してゐたのである。一乗寺の近頃有名な天台高僧傳のまへではこの近代風を愛しむだらう友の誰彼を思ひ、一人ほゝゑんで了つた。それから子島寺の両界曼荼羅の胎藏界の諸相を一つ一つていねいに眺めて深切に感心した。しかし二度歸つてきたこゝで、この始めての作品に私は完全にしばりつけられて了つてゐた。小さいから人眼をよけられてゐるに違ひない。この悲しい作品は、私を限りなく感傷させた。私は告白する、誇らしくはつきりとこの作品の作者と共にゐる時にさへなほ云へるのだ。この作品から私はまづ大津皇子を思ひ、大伯皇女《おほくのひめみこ》を考へてゐた、石川郎女（註一）を想ひつゝあのあわただしくて戰慄にみちてゐる天武紀の文章をも思ひ出してゐたのである。夕ぐれであつた。中央のホールの方では又懷中電燈の光があかあかと光つた。おひるに訪れた夢殿の祕佛のまへで不用だつた私の電燈も、こゝで始めて必要であつた。私はこの作品がそのかみの天武紀の大津皇子の心情を描いてゐると思つて疑はなかつた。

　この木彫大津皇子は鎌倉時代後期の作品である。藥師寺が何故にこの木彫を藏してゐるのか、くはしいことは私には勿論わからなかつた（註二）。木造彩色のものとはいふ、今は色彩は褪せて、たゞ白色に蒼めて殘つてゐるのである。唇は赤く髭はうすい。うつむきがちの顏は心もちかうれひに沈み、兩眉はせばめられて眼尻はいくらか上つてゐる。

　我國の詩賦の始祖と云はれる皇子の俤には、そのかみの知識人の哀れな悲しみや苦しささへもが描かれてゐると思へるのである。皇子の生涯といふものも何かさういふ形の表情であつた。天武紀や持統紀に描かれた皇子には今日の心に悲しいものが濃い。この木像のあらはす哀愁と沈痛の表情にも、私は皇子とその行跡の心を今の自分の心に描いて、そしてこの木像の昔の作者に感謝するのである。

　何ゆゑに皇子がこのやうに悲しんでゐるか、それは皇子の「賜死」のためでないだらう。「賜死」の主觀的な事情の心なすものを私はやはり描いてみる。それは史が語らず皇子の詩歌が語つてゐる心である。彩色の色も褪めかけて、殘る白色さへ蒼ずんでゐるのも、古の皇子の御心を今の私らに心地よくあらはすもののやうである。そして私はこの像に無限に深い古の時とその嘆きを味はひうる。大津皇子の作品は僅かに萬葉集に殘る歌四首、懷風藻にある詩四首、そして生年二十四歳の御生涯であつた。

　天武紀によつて私は語らう、天皇が大分君惠尺や逢臣志摩らを高坂王のもとに遣し、驛鈴を乞はしめ給うたのは壬申の亂の最初の行動であつた。そのときに「若し鈴を得ずば、廼《すなは》ち志摩は還りて復奏せ、惠尺は馳せて近江に往きて、高市皇子大津皇子を喚して伊勢に逢へ」と申されたとある。大津皇子は天武天皇の第三皇子、天武紀にも「先に皇后の姉大田皇女を納れて妃とし給ふ、大來皇女と大津皇子を生む」云々とある。大津皇子は天武天皇の皇子であつたが、殊に天智天皇に慈愛されてをられた。大津皇子を喚して云々とあるのはその間の事情を語るものである。壬申の戰ひに吉野を發した天武天皇は急遽東國に入らうとされたのである。だが三重をすぎて軍を進めるとき冷雨にあはれ、殊に同行の皇后は難路の苦勞に困憊された、ともかくして鈴鹿にかゝられる。そのときの紀の文章のまゝをひくと(註三)、「丙戌、旦に朝明郡《あさけのこほり》の迹太《とほ》川邊に於て、天照大神を望拜みたまふ。是の時益人到りて奏して曰く關に置る所の者は、山部王、石川王に非ず。是大津皇子なり、便ち益人に隨ひて參來たまへり、大分君惠尺、難波吉士三綱、駒田勝忍人、山邊君安麻呂、小墾田猪手、涅部胝枳、大分君稚臣、根連金身、漆部友背の輩從につかまつる、天皇大に喜びたまひ……」皇子の歿年から考へると、御年九歳のころである。なほそのさきに天智天皇と大海人皇子について、人々の云ふやうに蒲生野に狩されたときの、額田王との贈答の歌など考へるべきかもしれない。だがこれは萬葉の著名の歌ゆゑ語るまでもなく、壬申前後の風雲を思ふ人の心にひくところであらう。

天武天皇の皇子たちは、皇后のお産みになつた草壁皇子を初めとし、皇后の姉大田皇女に大來皇女と大津皇子。妃大江皇女に長皇子と弓削皇子。又新田部皇女に舍人皇子、氷上娘に但馬皇女。氷上娘の弟五百重娘に新田部皇子。大蕤娘《おほぬのいらつめ》も亦一男二女を生みたまふ。その一を穗積皇子と曰ふ。その二を紀皇女その三を田形皇女と曰ふ。なほ紀によれば、「天皇初め鏡王の女額田姫王を娶して十市皇女を生みたまふ」とある。その他にも妃尼子娘の生ました高市皇子。擬媛娘《かちひめのいらつめ》の生みたまうた、忍壁皇子、磯城皇子、泊瀬部皇女、託基《たき》皇女などがいました。

「初娶鏡王女額田姫王」の紀の記事は、萬葉集の野守は見ずや君の袖ふるを味はふときにも必要な記事ゆゑに、その間の事情については色々の説明ありと思へる。本居宣長は額田王は先に近江天皇に召されたものと考證したが、古義は本居說を退けて「天武天皇の、いと若くおはしましゝ時に、住わたり給ひし事、のがれ行給ひし後に、天智天皇のめし給ひて……」とある。

大津皇子の御事は僅かに紀の數個所に出てゐるにすぎない。卽ち天武（白鳳）十二年二月朔に、大津皇子始めて朝政を聽きたまふ、とある。天武紀時代は變化多い時代であつた。政體の整備も行はれた。大化の新政が再び修せられた。あわたゞしくたゞならぬ時代である。壬申の亂後の國家整備のために行はれたことは、内治外交の上に遍く及んだ。高麗新羅との修交がある。社寺への施政がある、學問藝術にも修備が試みられた。たとへば歌舞のものはその業を子孫に傳へることを令によつて定められた。初めて占星臺を興し、諸國より侏儒伎を貢せしめた。壬申亂後の諸豪族の整理は皇族にまで及んだ。國司任用の法を定めて人民官仕の道を開かうともした。子女賣買を法によつて禁じた。税法が改正せられ、社寺の經濟も變化した。姓氏をと、のへ、兵庫を備へて關を築いた。神道とともに佛教の流布にも盡力たゞならぬものがあつた。宮中に僧尼を安住せしめ、家毎に佛舍を作り禮拜供養せしめた。この時、萬葉集の最盛期に人麻呂を中心とする大歌人が輩出し、白鳳の藝術は未曾有に圓熟した。

藥師寺はこの天皇の建立である。服飾の制も定まつた。俘人歸化人への政策も改めて力められた。禮式作法も改變された。銅錢銀錢が併用せられた。諸國を檢地し境界を定めるとともに新都造營もつとめられた。律令も位階の制も改められた。(この時大津皇子は淨大貳位をいたゞいた、草壁皇子は淨廣壹位を賜つたのである) 武備と共に文運が振興され、修史のことがあり、才人博士らを殊遇されたと傳へる。これはすべて日本を文化國になさうとする決意の實行であつた。一切がさういふ海外文化への關心から整備された。これは精神に於て前代に異らなかつたが、方法の變化が一つの亂を求めたのである。そしてこの白鳳の壯大な藝文の開花した時代のその紀の長い記事の間に、私は無氣味な記述もよむ。「(八年) 五月庚辰朔甲申、吉野宮に幸したまふ。乙酉、天皇皇后及び草壁皇子尊、大津皇子、高市皇子、河島皇子、忍壁皇子、芝基皇子に詔して曰く、朕れ今日汝等と倶に庭に盟ひて、千歳の後に事無からむと欲りす、如何。皇子等共に對へて曰く、理實灼然なり。卽ち草壁皇子尊先づ進みて盟ひて曰く……」と六皇子互に親愛を誓ひ、天皇皇后また六皇子を抱いて誓ひ給ふとある。大津皇子の朝政を聽くといふ十二年春ころには、すでに多く壬申の功臣は歿してゐた。

　十三年冬には大地震があつた。「國を擧りて男女叫唱びて不知東西《まどひぬ》、則ち山崩れ、河涌き、諸國郡の官舍《やかず》及び百姓の倉屋、寺塔神社、破壞れたる類、勝げて數ふべからず。是に由りて、人民及六畜多に死傷はる。時に伊豫の溫泉沒れて出でず。土佐國の田苑五十餘萬頃《しろ》沒れて海と爲る。古老曰く、是の若き地動未だ曾《むかし》より有らず。是の夕、鳴る聲有り、鼓の如くして、東の方に聞ゆ。人有りて曰く、伊豆島の西北二面、自然に三百餘丈を增益して、更に一の島と爲る。卽ち鼓の如きは、神是の島を造れる響なり」ついで十一月戊辰の日、「昏時に、七星倶に東北に流れて卽ち隕ちぬ、庚午、日沒時に、星東方に隕ち、大さ瓮《ほとぎ》の如し、戌時に逮びて、天文悉く亂れて、星隕つること雨の如し、是の月星有りて、中央に孛《ひころ》へり。昴《すばる》星と雙びて行く。月盡に及りて失せぬ」と天文悉く亂るるさまを誌した。さらに古い壬申前後の紀に描かれた非常時を敍した文章にも鬼氣迫るやうな氣分を溢らせてゐるが、これは單に當時の神祕的自然觀のせゐではないと思はれる。單に無科學時代のゆゑではないのである。

　所謂大津皇子謀反の記事は天武天皇の發哀の條につゞいて、「皇太子をかたむけむとす」

云々とみえ、次の第三十巻持統紀には朱鳥元年九月戊戌朔丙午、天渟中原瀛眞人天皇の崩御の事を誌して、ついで、「冬十月戊辰朔己巳、皇子大津謀反發覺、逮捕皇子（中略）庚午、賜死皇子大津於譯語田《をさだ》舍、時年二十四、妃皇女山邊、被髪徒跣赴殉焉、見者皆歔欷、大津、天渟中原瀛眞人天皇第三子也、爲天命開別天皇所愛、及長辨有才《かど》學、尤愛文筆、詩賦之興自大津始也」こゝに髪を被《くだ》し徒跣《すあし》にして、奔赴《ゆ》きて殉ぬ、と描かれてゐる山邊皇女は天智天皇の皇女であつた。この時には皇子に詿誤された人々、紀に誌された五人の朝臣を始めとし、新羅僧行心ら三十餘人が捕へられたが、丙申の詔によつて、行心は飛驒國の寺に移され、帳内《とねり》礪杵《とき》道作《みちつくり》が伊豆に流された他は赦された。

詩賦は大津皇子に始まるといふ記事は、皇子を思ふときなかなかになつかしい。懷風藻には皇子の詩四首を殘してゐる。

衿を開きて靈沼に臨み
目を遊ばしめて金苑に歩す
澄清苔水深く
晻曖霞峯遠し
驚波絃と共に響き
哢鳥風と與に聞く
群公倒に載せて歸る
彭澤の宴誰か論はむ。

これは五言、春苑宴と題する一首である。倒に載せて歸るとは、醉つて歸るさまを形容し、彭澤宴とは陶潛が彭澤の地の宴に序を作りし故事を語つてゐる。同じく五言の遊獵を。

朝に三能の士を擇び
暮に萬騎の筵を開く
臠を喫ひて倶に豁《ひら》け
盞を傾けて共に陶然たり
月の弓は谷の裏に輝き
雲の旌は嶺の前に張る
曦光已に山に隱るれども
壯士且《しばら》く留連せむ。

次に七言、志を述ぶと題した詩がある。

天の紙に風の筆は雲の鶴を書き
山の機に霜の杼は葉の錦を織る

これに後人が聯句してゐるのは、皇子の知己同情の唱と思へた。その句は、

赤雀は書を含みて時に至らず
潛める龍は用ゐる勿くして未だ安寢《やすい》せず

赤雀は瑞鳥である。禮記の註疏に「人有至誠、天地不能隱、如文王有至誠、招赤雀之瑞也」とある。

大津皇子の憤りのよるところを知るのでない。私は晩秋の一日にその木像を見、深い哀愁と感動にうたれたにすぎない。この詩の作者の像には、二十四とは思へぬ壯年の美しさが描かれてゐた。誇らしい無名の彫刻家の功績である。さうして私は今こゝに皇子の詩をかき歌を寫さうとする。おそい秋の夕ぐれの私の旅愁をむしろ愛しみその感傷をあはれむのである。懷風藻には幼年好學、博覽而能屬文、及壯愛武、多力而能擊劍、云々と誌されてゐる。詩賦この皇子に興ると紀に稱された御方には、それを知らずともなつかしい詩人の俤が今も濃く感じられる。大津皇子像はこの皇子を寫してすぐれた作品といふよりもかかる皇子を實證するやうな作品であつた。人に詩文のあらはれを思ひ、そこに鬱結の心情と反逆の憤りを見ようとするなど、近ごろ我らの感傷であらうか、定かに私らは史書によつて大津皇子の失敗に終つた擧を知るのではない。また皇子については、「性頗放蕩、法度に拘らず、節を降して士を禮す。是に由りて人多く附託す」とある。天武天皇の崩御されたとき、皇子をいたゞかうとした貴族僧侶は一つの勢力をなしてゐたのである。壬申の亂に對立した二つ勢力さへ思はれるのである。しかもその後の天智天武の二皇統の更立が何を意味するかはたゞ私にわからぬだけのことである。懷風藻につづけて、時有新羅僧行心、解天文卜筮、詔皇子曰、太子骨法不是人臣之相、以此久在下位、恐不全身、因進逆謀とある「その良才を蘊みて、忠孝を以て身を保たず、此の姧豎に近きて、卒に戮辱を以ちて自終る。古人交遊を愼む意、因りて以れば深きかも」とその撰者も咏嘆したのである。

私は創造心を以て大津皇子を語る企てあるのでない。人なみに皇子の詩人と英風の所在を述べるにすぎない。青年二十四歳の詩人として、屬文詩賦にまことにめでたい御方であつた。その詩賦もまことにわが上代詩文中愛誦に耐ふる唯一といへずとも僅少のものの中の一つに非ざるか。大津皇子が莫逆の契を結ばれたといふ河島皇子は、天智天皇の第二子である。天武天皇の敕をうけて修史を努められたこの皇子も當代の文化指導者の一人であらう。その詩一首は懷風藻に出るところである。懷風藻の撰者はこの皇子を評論し、「津の逆を謀るに及びて、島は變を告ぐ。朝廷は其の忠正を嘉し、朋友は其の才情を薄みす。議する者いまだ厚薄を詳にせず」とある。さきに述志の七言についての後人の唱和を誌したが、大津皇子の同情者は同時代にもあつた。なほその撰者はこの文句のあとに「然も余以へらく、私好を忘れて公に奉ずるは、忠臣の雅の事、君親に背きて交を厚くするは悖德の流のみ、但いまだ爭友の益を盡さず、其の塗炭に陷るるは、余も亦之を疑ふ」と誌してゐるのは、やはり大津皇子に傾いた言葉といふべきであらう。たゞ皇子の事件に行心を重くみることを私はとらない。

大津皇子の五言臨終の詩も名品である。敗軍の將兵を語らずといふことを、近來私はとみに感ずるものがあつた。しかしこの古來東洋の誇りとした傳統の美風を私に感じさせたものは、今日の我々の同胞でなくして、はるかに西の國の人々であつた。卽ち最近の私はさういふ尊敬すべき人々の審判の場をよみ、事件や事情を別して、我々の高貴とし崇高とした精神の存在をあらはに知つたのである。大津皇子臨終の詩は、

金《くがね》の烏は西舍に臨み

鼓の聲は短命を催す
泉路に賓主無し
此の夕家を離れて向ふ。

これはいゝ詩である。金烏とは太陽のことであり、鼓聲とは時を刻み告げる太鼓の音である。なほ同じ時に詠まれた歌一首が萬葉の巻三に出てゐる、「大津皇子の被死《つみなは》れ給へる時、磐余の池の陂《つつみ》にて、涕を流して御作歌一首」と題し、「右藤原宮朱鳥元年冬十月」といふ左註がある。

百傳《もゝ》ふ磐余の池に鳴く鴨を今日のみ見てや雲隠りなむ

今日では磐余池の所在も、それと想像される地名のみ殘してあとかたも止めない。藤原京址は最近に發掘されその噂はきいた。私はひそかに博物館の歸り途、鹿を追ふ子供らの竹竿を見つつ、この歌を口ずさんで、猿澤池の南の道を歩いて行つたのである。

なほ萬葉集巻二には大津皇子と石川郎女との贈答の歌がある、大津皇子の御歌は、

あしひきの山の雫に妹待つと吾立ち沾れぬ山の雫に

石川郎女が和へ奉つてゐる歌は、

吾を待つと君が沾れけむあしひきの山の雫にならましものを

又「大津皇子、ひそかに石川女郎に婚ひし時、津守連通その事を占ひ露はしつ、皇子の御作歌一首」

大船の津守の占に告《の》らむとは正しに知りて我が二人寝し

大津皇子の御歌は以上の三首と今一首巻八にある。

　經もなく緯《ぬき》もさだめずをとめらが織れる黄葉《もみぢ》に霜な降りそね

なほ石川郎女の名で萬葉集に出る歌は巻二と巻四と巻二十にある。尤も二十巻の歌、天平寶字元年十二月十八日大監物三形王の宅にて宴せる歌と題された一首、

　大き海の水底深く思ひつつ裳引きならしし菅原の里

は、「右の一首は、藤原宿奈麻呂朝臣の妻石川女郎、愛薄らぎ離別せられ」と左註されてゐる。集中には石川郎女又は石川女郎と誌されて混雜してゐる。私は最も信ずべき新訓によつて語るのである。「久米禪師石川郎女を娉ひし時」と題して五首の贈答歌を殘した女性は、大津皇子が歌を贈られた石川郎女と同一人であらう。ところで同じ巻の大津皇子石川郎女に婚ひし時、云々のあとへ、日並皇子尊の歌が出る。（草壁皇子のこと、天武紀に十年春二月庚子朔甲子、中略、是日立㆓草壁皇子尊㆒、爲㆓皇太子㆒とある。皇子のたゞ一首の歌だがこれは思ふべきことと私は考へる。この間壬申前後の史實、この最も重要なわが國家成立期の史實を私らは不幸にも日本歷史と國史の學習の中で教へられてゐないのである）。卽ちその「日並皇子尊、石川女郎に贈り給へる御歌一首」とある歌は、

　大名《おほな》兒《こ》彼方《をちかた》野邊に苅る草の束の間も吾忘れめや

大名兒は新訓の註に「女郎字曰大名兒は金澤本による」とある。さてこの石川女郎は大伴宿禰田主にも歌を贈つてゐるがこの女性は萬葉集巻ノ二の左註にも誌されてゐる女性であらう。奔放情熱の歌をよんだ人はそのまゝの身心をもつた女性であつた。さらにこれに

ついで出てくる歌の序によると、「大津皇子の宮の侍《まかたち》石川女郎、大伴宿禰宿奈麻呂に贈れる歌」云々とある。これらはみな二十巻の石川女郎と同一人であらう、とすれば、大津皇子の石川郎女といふ女性はなかなか、興味深く、殊に大津皇子の事件を思ふとき興ふかいのである。だがそれも私の想像にすぎないことは云ふ迄もない。集中の詩人としてめでたい情熱の歌よみ石川郎女のことも想像にふかく入つて描き得ない。

大津皇子の悲劇を語るとき、私が今一人の萬葉集中の女流歌人を語りたいと思ふとは誰人も豫想するであらう。美しく悲しい女流の詩人、大津皇子の御姉にあたる大伯皇女《おほくのひめみこ》である。大伯皇女が泊瀬齋宮より伊勢神宮に向はせられたのは白鳳三年冬十月丁丑朔乙酉の日であつた。御齢十四歳のときである。齊明紀に、七年正月、壬寅、御船西往、甲辰、到于大伯海、時大田姫皇女、產女焉、仍名是女曰大伯皇女、とある。白鳳二年夏四月丙辰朔己巳まづ泊瀬齋宮に入られた。天照大神宮に向ふまへに泊瀬齋宮に居れとの敕であつた。是先潔身稍近神之所也と天武紀にある。

萬葉集の詞書から、大津皇子は事を計るまへに伊勢に下り御姉宮大伯皇女にあつて、ともにそれを語つたと傳へられてゐる。卽ち皇子が伊勢より又上京されるとき皇女の御歌が二首ある。「大津皇子竊に伊勢神宮に下りて上り來ませる時、大伯皇女の御歌二首」と詞書された、

わが背子を大和へ遣るとさ夜更けて曉露に吾が立ち霑れし
二人行けど行き過ぎがたき秋山をいかにか君がひとり越えなむ

この非常の悲劇を背景に、思へば哀慕に切なるもののあるのは云ふばかりであるが、それらを思はずともこれらはまことに、平常の口に耐へがたくすぐれた歌である。直接のことも氣持も描いてゐるのではない、わが國風の歌の心は、最も美しいものの叡智だけを示すのである。わが國ぶりの道は思ふばかり遙かなものがある。美しいもののもつ純粋の聲である。

この「ひそかに伊勢に下り」云々から皇子が姉宮に大望をうちあけたと傳へる人があつた。たゞ私はひそかな別れを感じるのである。恐らくうちあけたものでない。悲しい別離であらう。わが國の文學の歴史を顧みるとき、古くは日本武尊の御時から齋宮の宮は美と叡智のなつかしく切ない象徴のやうにさへ示されてゐるのである。大津皇子がひそかな別れをなした姉宮も、その歌風の清冽哀調より見れば、その作者はわが國のもつた美女の一人である。皇子の大事を皇女が知つて歌つたか、詩人の直感にうたはれてゐるとだけ今は云ふべきである。聖貞童身の生涯を終へられた大伯皇女の氣品高い歌風は、恐らく萬葉をひもとく萬人が口にしたところである。この二首の歌の美しさも、相聞のやうに美しく、上代に於ける齋宮の純白な美的生活がそれを可能にしたことを私は心からありがたい事どもの一つと思ふのである。

神風の伊勢の國にもあらましを何《なに》にか來けむ君も在らなくに
見まく欲り吾がする君もあらなくに何にか來けむ馬疲るるに

これは巻二に、「大津皇子薨じ給ひし後、大來皇女伊勢の齋宮より京に上りし時、御歌二首」と詞書がある。純なる魂の底のひゞきのやうに正確な哀愁である。何にか來けむ馬疲るるに、など女性の普遍の聲を詩化して眼のさめるばかり美事な作歌である。持統紀に朱鳥元年十一月丁酉朔壬子、奉㆓伊勢神祠㆒皇女大來、還㆓至京師㆒云々とあるのは、この度の旅であつたと思はれる。

　現身の人なる吾や明日よりは二上山を兄弟《いろせ》と吾が見む

　磯の上に生ふる馬醉木を手折らめど見すべき君が在りといはなくに

やはり大伯皇女の歌として巻二に出てゐる。右に「大津皇子の屍を葛城二上山に移葬りし時、大來皇女哀傷して御作歌二首」とある。皇子の妃山邊皇女が、髮をふり亂し跣のまま御殿を出られ、共に殉ぜられたことはさきにかいた。皇子を中心にして妃を思ひ、姉宮を思ふのである。あるひは奔放の歌人石川郎女を思つてゐた。大伯皇女のこの歌には集の左註に「右の一首は、今案ずるに、葬を移す歌に似ず。蓋し疑ふらくは、伊勢神宮より京に還りし時路上に花を見て、感傷哀咽してこの歌を作りませるか」とある。大伯皇女の御歌は以上の六首を集にのこすのみである。六首によつて知らるる、上代の佳人の一人である。續紀に、大寶元年十二月、大伯內親王薨、天武天皇之皇女也と見えてゐるが、この大津皇子薨去前後を除けば、今日では皇女の詩文は知りがたい。閃光のやうに、その一時のためにうたはれた皇女のうたはこれでい丶のである。他になく傳らなくともそれでい丶のである。

大津皇子の生涯は、その精神の俤を示してめぐまれてゐたと思へる。この肉親のなつかしい哀傷の歌は長い國史の上にもありがたい歌である。博物館でみた悲しい皇子の像は、長い長い時間的にも久しい感傷哀咽の思ひを私に與へてくれた。私は猿澤池の南の路を歩きつゝ、なつかしい日本の回想の旅愁をふるさとの國で味はつた。ずつと古い昔である、私は更級の作家を語つて旅愁の自虐を描いた、甘いうつくしさにも似てゐるだらうか。「手折らめど」といふことばを私は口でくりかへした。友だちを訪ひ、一年に數度あはないひとたちと語りあつた。その一人は七夕さまよりは少しはましな、と云ふのである。さうしてその間さへ私はやはり大津皇子の木彫の像を思はせられた。その名まへも知らぬ作者のために感動した。

二上山の陵は式内葛木二上神社の少し東のところにあつた。そこへ私は數度詣でたことがある。大伯皇女の歌に二上山を兄弟と吾が見む、と歌はれたこともありがたいのである。山の陵はほゞ千三百年を經た今さへ美しい土地である。こゝには二十四歳で薨じた大津皇子が今もいました。我朝の詩賦の興り、と私らはやはり少年の日に教へられた、その詩賦の美を知り、皇子の壯擧の精神の一端を推測し、皇子の壯烈の心の哀愁を知り得たのは學校時代を離れたころである。續古今集に家持の歌として、

むば玉の夜はあけぬらし玉くしげ二上山《ふたかみやま》に月かたぶきぬ

とある。二上山は古來著名の歌枕の一つであつた。その山頂男嶺にある大津皇子墓は、けふでも畿内の人々の好ましい春秋の散策の地の一つとして知られるところである。

（註一）　草壁皇子と大津皇子の間の事情に、情熱の歌人石川女郎を思ふのは、今日の私らの不當の興味かもしれない。

　あづさ弓引かばまにまに依らめども後のこゝろを知りがてぬかも

と歌つたこの女性は珍重すべく愛惜すべき上代歌人中の一人である。「あしひきの山の雫にならましものを」と歌つて、萬葉集に名をとゞめたこの女の戀人は集によれば五人であらうか。

　萬葉集巻二の左註に、「大伴田主字を仲郎といへり、容姿佳艶にして、風流秀絶なり。見る人聞く者歎息せざるなし。時に石川女郎あり。みづから雙栖の感を成し、恆に獨守の難きを悲しむ。意に書を寄せむと欲して、いまだ良信に逢はず。ここに方便を作して、賤しき嫗に似せて、おのれ堝子を提げて、寢側に到り、哽音嗝足して戸を叩きて諮ひて曰く、東隣の貧女、火を取らむとして來れりと。ここに仲郎、暗き裏に冒隱の形を知らず。慮の外に拘接の計に堪へず。念の任に火を取り跡に就き歸り去りぬ。明けて後女郎既に自媒の愧づべきを恥ぢ、また心契の果さざるを恨む。因りてこの歌を作り、以て贈り謔戲す」とある、この女性の性格を語るものである。その歌といふのは、

　遊士《みやびを》と吾は聞けるを屋戸かさず吾を還せり鈍《おそ》の風流士《みやびを》

「大伴宿禰田主、報へ贈れる歌一首」が續いて出てゐる。

　遊士に吾はありけり屋戸かさず還しし吾ぞ風流士にはある

與謝野晶子は、この女性と小野小町と和泉式部の三人を我國史の中での共通した性

格の思はれる情熱の歌人としてゐる。この左註は石川女郎を語る唯一のものゆゑ宂を嫌はずこゝにひいたのである。

（註二）「藥師寺緣起」に曰く、

大津皇子

持統天皇四年庚寅正月禁二大津親王一……云々

今案、傳言、大津皇子厭レ世籠二居不多神山一、而依二謀告一、被レ禁二掃守司藏一七日矣、皇子急成二惡龍一騰レ虛吐レ毒、天下不レ靜、朝廷憂レ之、義淵僧正、皇子平生之師也、仍敕二修圓一、令レ呪二惡靈一、而忿氣未レ平、修圓仰レ空呼曰、一字千金、惡龍永諾、仍爲二皇子一建レ寺、名曰二龍峯寺一寺在二葛下郡一掃守寺是也、又七月廿三日、被レ賜二宣旨於藥師寺一、請二定六十口僧差威從四人一、七箇日之間、令レ轉二讀大般若經一也、其布施在二信乃國一也。

大津皇子像が藥師寺に現存する根據とおぼしい說話はこれ以外に私は知らない。この記事によれば皇子は義淵の弟子であらせられたのである。厭世云々の記事も一端と眞と思はれて興深く含味すべきところである。手許の「和州舊跡幽考」の葛下郡の條を見ると、「龍峯寺」の條に、

當麻寺より北半里ばかり當世加守村といふ此所其跡なるべし
龍峯寺又は掃守寺といふいづれの御世の皇子にやまし〱けむ龍と牙して雲に乘じて行方を知らず斷惡修善の御ために寺を建龍峯寺と號し給ひけると也藥師寺緣起

この葛下郡加守村は私には未勘、未訪の所である。「和州舊跡幽考」は延寶九年夏に、林宗甫が大和郡山で撰したものである。宗甫は「大和人物志」に「添上郡大野に住せし藤堂藩の鄉士山本某が日記、元祿五年六月十五日の條に、郡山に到り蠟燭屋甚兵衞宗甫を訪ふとあり、宗甫の下に細註して、當國倭學の秀才と記せり、又俳諧を松江重賴に學びぬ。その筆蹟古短册集にあり」云々とあるのみで、「幽考」の自序に誌した傳以外に知るところがないが、最も古い京畿の國學の一人であらう。

（註三）　書紀壬申の亂の記事は我戰爭記中の最大雄篇の一たるのみならず、世界の戰爭文學中の首位者であらう。書紀は壬申亂を敍して竝びに戰後の文化的變革施設の宣傳を誌す目的を中心にして描かれたものでなからうか、といふ、かういふ批評はかつて三浦常夫の語つたことであつた。

白鳳天平の精神

白鳳天平といふ時代は、人麻呂に始まり家持に終る時代である。かういふ書き方が今の私の氣持に一等ふさふのである。しかしこの始めに大津皇子を加へ、中に旅人憶良を附けたし、さうして爛熟期を象徴する光明皇后を記録すればその時代の文化的性格はもつと明瞭となる。ある一時期に、私の考へた天平文化論は、光明皇后論であつた。推古の聖德太子がかけがへのない我國の恩人であり世界の英主であつた如く、光明皇后も亦二人とない象徴であつた。この我々の歴史上の傳説的御女性を語ることは、天平文化の光りと暗を人間と歴史をあまねく照らすものがあらう。我々の國民的傳説の一つである、その光明皇后の御像が、傳説の犍陀羅人問答師の作になるものと傳へられて、奈良の西郊法華寺に、未だ今日に迄殘されてゐる。しかしこの像は考證から云へばずつと新しく、恐らく弘仁か貞觀ごろの作である。

しかし我らが描かうとした天平文化の爛熟した精神は、東大寺の大佛造營の詔敕を思ふときに於てさへも、一等光明皇后的であつた。のちの藤原氏の勢力のそもそもの淵源をきづかれた皇后である。光明皇后を描かうと思つたのは、舊く昭和七年頃であつただらう、私は「當麻曼荼羅」なる一篇の序を誌して徒らに日をおくり、なすべきこともなさないうちに、求められるままに、ここに天平と白鳳の時代を、僅かの枚數に描くことは、筋がきめく嫌ひもあらうが、すべての人の考へるところに卽して、若干新奇の想でもないことを附け加へる。私が筆をとつて白鳳天平の藝苑の遺品を語るのはこれが最初でもないが、麗々と見出しをかかげてこの光榮の時代を語るのは、これが最初であるから、就中あぐべき資料も少なからず、語るべき遺品の多いのに、實に困却し盡すのである。あるひは天平の遺文に記された、あるひは詔敕集にのこされた、それらの資料によつて、絢爛とした天平文化の内部の暗さをのべ、そのころの遠距離文化崇拜の心理がつくり出した、眞相の悲劇や政治上の矛盾や民衆の流離や百姓の呻吟を云々し、私の天平文化論を揶揄したいものに對しては、あらかじめそれらの條件を認めた上で、今日の日本人としての我々が、思つても及び難い當時の白鳳天平の世界的に絶後の文化と、精神の積極面を、その嚴然とした遺品によつて私はまづ考へたいと申しおく。

白鳳の藝文を代表する人麻呂と、少し遲れた憶良やそれに旅人の間には、最も現代の文化の考へるときにさへ、切實の問題となる文化上の運命が描かれてゐる。人麻呂の呼號的な悲壯の精神は、まことに偉大であつた。そして憶良はおそらく最も早く出でた知識人であつた。すでに年少大唐に旅したと傳へらる憶良の藝術のイデーは、いはば最初の早い早い知識人の文學の形であつた。

しかしその時代が過ぎ去つた今では、天智天皇と天武天皇といふ御二方が、やはり、如何に深刻に當時の文化的日本の建設の運命を政治的に具象されたかが思はれて、切實に今日の日から興味ふかいものがある。まことに天智天皇の御精神は、天武天皇によつて修正されねばならなかつた。それを土着貴族と新興貴族の爭ひといひ終へるものは、むしろ早い文化國建設時代の、前王朝的時代の君主の恣意を、半分以上理解せぬものの言である。そして大津皇子の悲劇はこの時代の一つの場合として、豪華哀愁の詩歌を以て描かれたのである。弘文天武二帝の位置が、動かし難い、宿命的な感じを附加された決斷として我々の時代に、抽象的に考へ合せられるわけである。さきの天智天皇の決斷は、半島の放棄と日本に文化國を建設することにあつた。それには一切の舊勢力への確然とした別離の決意があつた。

國家的詩人人麻呂が、この天武の御世の歌手である。そして早くも憶良では、國家主義と個人精神が二つの白々しい關係のものとして背中を合せて同居してゐた。憶良の遣唐少錄となつたのは、大寶元年のことである。憶良は知識人として、一等先きに、日本と異國の二箇の住家の同時の主であつた。それは單純な外來思想の崇拜者としての幸福に安住しきれなかつたことである。

白鳳天平を比較することは普通に、一つの興味とされてゐた。白鳳の詩歌に對する天平の美術、これが一般に竝稱されたのである。しかしいつも語ることではあるが、この常識に對し、私は大體不服である。たしかに白鳳の詩人は一見天平の詩人に勝るものがあらう。

しかしこの通説を、私は久しく疑ひつづけてきた。わが詩歌の批判が近代的に確立した明治以降に於て、家持の蒙つた待遇はあまりにも不當であつた。それはついでは伊勢物語の不遇と關係するのである。我々はいつか伊勢物語に心ひかれるときがくるであらう、とさういふ形の、日本の民族的な性癖のなりゆきに、すべての解決をもたせかけた説明と批判だけで、多くの國學者の徒さへも、たとへば伊勢物語の理解を放棄して了つたのである。その民族的性癖の究明はこの上ない難事である、しかしそれは世界的な文化財に加へるものを作る事業の唯一のものである。この究明こそ、新しい近代の學の使命であつたのである。だが家持の待遇はもつと悲慘であつた。それは憶良のうけた無條件な、素材的な面からの支持と理解とに、同一な共通した觀點からなされてゐたのである。

文藝批評上のセンチメンタリズムは、憶良の素材に讃仰するやうに、家持の素材に不服をのべた。憶良はこの意味で、一等薄弱の根據で、ある時期に於て萬葉集中第一位の詩人と考へられた。一般に詩歌の時代の白鳳を高しとする詩歌批判上の精神には、二つの感想が主として支持を與へたのである。一つは歌壇の自然主義的感傷であり、もう一つはその系統としての民衆主義的感傷である。しかし同一の感傷からいへば、天平の佛像は、一度もそれらを見ぬ人々の手によつて末世の苦難の眼にあつた。そこには制度社會的惡が底をなしてゐる、と語られたのである。

何かの支持を考へるなら、白鳳のそれには露骨な遠距離崇拜があつたのである。しかも白鳳天平の文化は、東西文化の融合に昂つてゐた。これがこの上ない奇蹟であり不思議である。何の原因もつひに判明しないゆゑに、我々は日本人の資質のよさと一應考へる。不幸にも我々の現代に於ては、東西文化の融合などといふことは愚かしくも云ひ得ぬことである。見渡せば我々は西の文化をも知らず、東の文化をも失つたのである。しかし遺物を通じ、遺物を比較し、そのときうら若い白鳳人はすでに文化融合の崇高な一端を完成してゐたのである。藥師寺や法隆寺に殘る諸佛は、どこの國どこの土地にもかつても今もないのである。法隆寺の壁畫はどこの文化國の人々の眼にふれず、描かれもしなかつたのである。傳説の作者を考へ、假設と空想を混同して、それらの作者に、大唐や犍陀羅の國籍を與へてみても、この日本の作品は、藝術品としては日本以外に比較のない秩序と調和と趣味と美觀とに完璧の作品である。

　白鳳の詩歌は天平の佛像と比較されたのである。あるひは説をなして、まづ詩歌が先驅して、そののち諸他の藝術が興起すると語つた人もあつたが、白鳳の精神はすでに法隆寺の壁畫に於て、藥師寺の諸佛に於て早く絶後の完成をされてゐた。例へば一箇の東院堂聖觀音のまへに立つとき、私はこれが我々の祖先の作になるとの勇氣を思ふまへに、再び來らぬものを思つて限りない悲觀を感じるのである。今日の日本の文化を思ひ、これらの作品を古の日本人が作り得たといふそのことに、絶望の感をいだくのみである。我々はすでに、かかる「日本」を失つたのである。近代の支那人の多くの失つたものを、文化上の日本に於て、同じ失ひを私は感じるのである。

　既に私にとつてはその時代への憧憬さへ、この上なく悲慘である。私は自身の悲慘を意識したときにのみ、藥師寺の白鳳諸佛のまへに立つてゐた。自身と現代の悲慘の意識の件侶なくして、かつて私は藥師寺の廣大な古美術品の中に立ち得なかつたのである。白鳳精神の政治的側面を、天智天皇の事件から考へ、その裏通りを語るのみで得々たる者どもは、定めしこれらの諸佛のまへに立つ幸ひの絶望の日に未だにめぐまれなかつたのであらう。私の疑はないところである。まことに二帝の事件さへ、當時の急激な文化建設の矛盾面の表面化であつた。しかもそれは共に恣意の決意であつた。白鳳は天平よりまだ文化の内面化せぬ人と日の季節である。それはかの偉大な人麻呂の詩歌さへ寓意的に示すところである。

天平の諸佛と白鳳の諸佛との比較に於ても、私はあへて人々の如く前者の流麗に於て或ひは流暢に於て高しとは思はぬのである。この二つを合せて一つの、空前絶後の時代の日本の彫塑は、日本人の造型的天分の秩序と調和と、優麗と豪放を示すものである。私はその一つの季節を思ふのである。白鳳の諸佛の和やかな世界は、むしろ天平に於て冷然とひややかになつた感じである。この冷やかなとき、天平が終る日である。時代は頽廢した、藝術はいよいよ嚴肅に儀軌的に、そしてひそかな冷たさに似たものが、早くも三月堂諸佛にさへ心なしか現れ始めたと思へるのである。東密台密の儀軌藝術が、これに後繼し、ついで王朝の優雅な文化自體の表現に入るのである。さうしてとりもなほさず天平末期の頽廢は、木彫一木彫のやうな嚴格な精神と同居してゐたのである。平安の初期に於ては、兩密教の精神は前代の乾漆法さへ排斥した程に嚴重であつた。爛熟した文化への一つの反動であつた。しかしこの反動は一つの生理學的處置にすぎなかつた。一種のスパルタ式教育を以て、爛熟の子をそのままに成長せしめようとしたものであつた。それはむしろ詩歌の歴史が完全に示してゐる。天平の諸佛の嚴肅な冷やかさは、唐招提寺の諸佛に於ていよいよ深められた。しかし恐らくその末期の最大の傑作、のみならず白鳳天平を通じての一箇の傑作は、大和櫻井の下の聖林寺觀音である。

冷やかなさびしさ、それを心理文學的に追つたものが、王朝の趣味教育の精神であつた。すべてが女性教育の主調であつた。もののあはれの中に、はつきりした丈夫ぶりが生きてゐることを多くの人々は失念したのである。アンニユイの世界に、廣大な心理の世界が生きてゐることを忘れ、蕪雑な自然主義亞流を最も「日本的なもの」としたのが現代である。王朝のもののあはれの時代に生きてゐた丈夫ぶりも、すべて實證されるものである。白鳳天平といふ時代は、しかしこの王朝にくらべるともつと、一道のすなほな時代であつた。人生の痛痕も後悔も未だ意識にない時代であつた。一切の自然が、又は恣意が、一つの文化建設の崇高の行爲の理念と精神に卽してゐた時代であつた。最もはつきりとそれを示すものは、この時代の詩歌の詩情である。天平の最もすぐれた華嚴學の側に於て、觀音信仰の形式は、好女白米財寶を祈るやうな、現世信仰であつた。しかもこの現世信仰さへ、王朝人のそれが反つて、近代に近いエリジユウム思想に變化してゐるのにくらべると、もつとはつきりと素直に現世的であつた。しかもそれは又鎌倉人の信仰の追ひつめられた日の自墮落とは、全く違ふものをもつのである。

天平の爛熟期の精神を描くためには、光明皇后をかることは、一種の物語的興味でもある。しかしそれには事情と事柄をいよいよ具體化したい意企にもよるのである。有名な元亨釋書の逸話などまことに天平的である。問答師傳説も殊に天平の世界精神にふさはしいものである。あるひは佛足石歌の類も、まことに天平の精神である。恐らく天智天武の物語と、光明皇后論を配置し、それに大津皇子を描けばよいであらう。稱德天皇の諸傳ははるかに末期天平にふさはしいのである。しかしはばかり多いことはさておき、人麻呂に始まり家持に終ると語ることが、遙に今の僕にふさふことでもあり、語り易いと思へる。語り易いと思へることは、同時にはばかりあることをあつさりとはばかることでもある。

この人麻呂から家持への系列に、旅人や憶良をその中間に入れることは、恐らく私の主節に説明的な役目を十分になすであらう。それらは白鳳が天平に移るときの二人の早生の知識人である。そして文化建設期の事情を身を以て語る二人の犧牲者である。文藝上のエツセはつねにとりとめない素樸枯淡な談理ではないのである。古典復興がいいか惡いか、日本主義とは何か、日本的なものとは何か、さういふ枯淡の談理は、私の學んだ近代の學は教へなかつたのである。私は巷間の「日本主義とは何か」との形で説かれる概論的エツセをかく能をもたないのである。私の語るものは例へば記紀といふ時代と文化であり、天平といふ時代と人間の相であり、王朝といふ文化の日と、それへの我々の希望と憧憬と、そして可能な現代的變貌を通してのその相姿を描き出すことである。

古王朝の佛教の行つた莊嚴な祭典は、すでに日本人の印象と記憶から失はれて餘りにも日久しいものがあらう。我らの日の知識人の佛教的印象の多くさへ、本願寺の亞流的佛壇佛教となつて了つた。南都の祭典に於ける壯麗典雅な藝術的形式は、多くの人々の印象からも回想からも記憶からも、そして聯想からも失はれたのである。藝術的な造型的な音樂的な演劇的なそして一切の文學的綜合の完備した、古い祭典は、空海や最澄や、のちの惠心の如き大天才の裝置と共に我々の聯想から失はれて了つた。その祭典の日、寺院の前の廣場に參列し、散華吹奏した大衆のまへには、「遊び足」の脇士が立つてゐたのである。王朝の惠心僧都は、恐らくかつての日本人の舞臺裝置的天分を綜合したやうな大天才であつた。さうして惠心の藝術的淨土精神は、つひに平等院の如き綜合藝術を創つた淵源をなしたのである。

古い佛像の「遊び足」こそ、日本の佛像のゆく道をつひに暗示して了つたのである。多くは推古の古拙から天平の豐滿にくる途中に白鳳をおかうとした。しかしもし豐滿や流暢が藝術享受上の語彙とすれば、白鳳の諸佛を代表する藥師寺三尊と天平の法華堂本尊をまづまづ比較すべきであらう。佛像の精神に於て、白鳳に和やかに裕ある豐かなものを味ひ感ずることは、私の久しい思ひであつた。遙かに適切に云へば白鳳の小像と天平の小像を比べ見るべきである。萬葉集の一般的うけ入れ方が、天平を粗にし、白鳳を主としたことは肯んじられることである。しかもその見方をとれば、それは彫塑に於ても亦そのまま一致するのである。このことは詳述するゆとりもないが、つづめて云へば、例へば新藥師寺の天平諸佛が示す世界は、すでに近代の憂愁に、近代の哀歡に、そして一般に近代の理智と神經に近いものがあつて、やがて國民の流れとなるもののあはれの氣分主義が、あの雄大の天平建築の内部に、沈んでゐるさまはまことに驚くべきほどである。さうしてこれらの作品の示すやうに、すでに天平の示すものは、極めて小説的である。白鳳のおほらかに展かれた天來の進取樂天の展けのみの心は、すでに天平に於て内部に沈湎する、その天平に於て、我々は歌に描かれたものに臨んでも、ひたぶるにとなへあげられた希望や勝利の代りに、意識を弄した物語界をみるのである。

新薬師寺諸佛を眺めたのちに、藥師寺に於て見る諸佛に、私は自己の絶望を味はふのである。この幸ひな絶望への日に、しかも私は勇氣をひしひしと感じるのである。藥師寺から新藥師寺まで、この短い間に我々の祖先の人々は何といふ急激の流れをとびこしたことか、そこに獨自に卓越した當時の文化の一つの縮圖があつた。象徴的な「遊び足」を、「運動」を現すリアリズムにまで濃厚にしてゆかねばならぬ日々に、我々の民族は衰微の途を歩いてゐた。鎌倉の幕府以後、その武人征霸以後我々の人倫も趣味も藝術も衰微したのであらう。古いまだ淡い「遊び足」のぎごちない形の象徴のかげに、白鳳の歌があつた。

しかも白鳳の歌はつひに天平の歌とならねばならなかつた。歌から物語が生れるといふ通説、奈良から京都への文化進行を概括した通説を私はあきたりぬものと思ふのである。その日にあつたものは意識世界の發見である。心理文學の場所の發見である。このことも仔細にのべる餘地を既にもたないが、物語から歌へ、この文化上の方向はすでに天平の文化成立の中に暗示されるのである。伊勢物語は古き物語の始めでなくして、歌にあらはされた小説界、天平的な新しさを後世に語りつぐものであつた。さうしてこの天平に於て、白鳳文化は肉體化されつつあるのである。天平の歌に於けるもの、それはとりもなほさず天平の彫塑のイデーと共通してゐた。白鳳の進取のおほらかさや、ひたぶるな直情の代りに、天平末期の歌はすでに意識界の悲觀生活がかなり濃厚に加味されてゐる。

小說的な陰影だけを以て歌は表現され始めたのである。それが天平以後の新しさであつた。早い萬葉の片戀の歌と、王朝の相聞歌の詩情の本質の、全然趣好を異にすることを私は重ねてのべるのである。萬葉の相聞歌の勝利感の高唱は、王朝の相聞歌の世界とまさに異つてゐた。王朝の歌には、すでに豫前の敗戰を殊さらに意識したものがあつた。「我が思ふ君はただ一人のみ」の萬葉と、「あくるわびしき葛城の神」の王朝は、全く異る表現意識により立つのである。

白鳳の歌につづく天平の歌の世界も、非情の洗禮といふ王朝の美觀にはしかしまだ淡いものがある。それは家持ののちに貫之が出た程であつた。貫之のもち來つたものは、一種の民間地下の聲である、形のみの新しい、藝術內容としては家持などに比べるとはるかに低文化な單純の、いはば前期萬葉のうすい水である。天平の歌を思ふとき、一等意味ふかいのはやはり家持である。家持の存在のために我々は天平の歌をかくの如く語るのである。

歌の說明が小說となつたのであらう、さういふいひ分もやはり妥當であらう。しかし歌はその物語の終りで歌はれるといふことが、王朝の發足の意識下にすでにあり、さらにつひにたどりついた日の發見であつた。我々の先人は長い間に歌をくづして俳諧とし、小說と劇を試みようとしかかつた。つひには人麻呂歌集のあるものさへ、俳諧的にくづされねばならなかつた。うちたてたものを再びくづすことが久しく情熱されたのである。

二つの時代の歌の、歌はれた世界の違ひはおそらく二つの時代の、文化と人間との實相を示すものがある。この二つの時代とは天平と白鳳である、そしてそこに今日の我々は文化のみちさへ見得るのである。長い間萬葉の歌から、天平の家持が虐待されてゐたことはこの文化の歴史の見方に於て偏向してゐたゆゑである。萬葉の歌から天平を輕んじることはあたらぬのである、ましてそれらの人々が一方に於て、天平の佛像を主として尊ぶと云ふとき、一そうあたらぬことである。

家持の死は延暦四年八月のことである。事に連座してとも云ふし、又罪を得たことは佞者の讒によるとも傳へられてゐる。續紀には死と作られてゐるが、のち延暦二十五年に舊位に復せられた由が類聚國史に見えてゐるから後者の說が正しい筈である。萬葉集に見える家持の歌は、天平寶字三年春正月一日因幡國廳に於ける饗宴の時の歌で終つてゐるから、それから死の時までほぼ二十六年の缺けたものがある。それは從つて家持の歌が、天平盛時の歌風を、代表すべき人と位置によつて代表した觀のある所以である。

王朝の歌の苗床はやはり家持にあつた。凡そ王朝を一般的に散文藝術の時代とするのはあたらぬことであらう。すでに歌が變化してゐたのである。歌は、歌の新しい世界を見出してゐた、それは新古今集の時代までつづき、つひにそこで日本の歌は終焉した感じさへ人に思はれる。王朝の物語はむしろ歌の世界のてびきとして描かれた。本質的に歌の時代である。抒情詩の文化は王朝に於てつひにたどるべきところへゆきついた。物語が描かれ出したとき、一そうはつきりと歌の領域が自覺されたことである。相聞歌はもともと一つの對話に他ならなかつた。さういふ王朝の歌の緒はやはり家持にあつた。もつとはつきり云へば家持のサロンにあつた。王朝の相聞歌の歌はれた境地であるあの日の罪の意識とエリジユウム觀、哀愁と悲劇をことさらに無いところに作る怠惰安閑の日の心は、古く日本の女性文藝に描かれたヒステリーと嫉妬の二つのみちを文化的にたかめ、最も典雅な後宮中心の優雅と怨情の戀愛文學を建設したのである。

「遊び足」が雲中供養菩薩のやうな古代で、然も近代的舞踊形態にまでたどりつく間には、ここにもやはり家持がゐたのである。あの古拙な形では推古から既にあつた「遊び足」はつひに雲中供養菩薩にまで洗煉され、さうしていつか院政末期から武家時代にかけての天部像的リアリズムの運動描寫に顚落の歩調をたどり始めたのである。運慶的亞流の時代に新古今集のあつたことが一つの不思議と思へるさきに、やはり私は後鳥羽院を、この萬象を包括した常ならぬ一の人をこの時代の中で讃仰するのである。

家持のその歴史の上に於ける、むしろ文藝以上に一般文化の歴史の上に於ける意味は、彼のサロンに偶然に描かれた。萬葉集中にあらはれた家持と贈答の歌をなした女性の數は十數人の以上にあらう、今さだかに數へたノートを見出し得ないが、それらの人々はおそらく家持のサロンに遊んだ人々といふ以上に、一人づつの戀人のやうな存在であつたと思へる。この形態は天平の盛時の俤を直接に寛平の後宮にまでつなぐものの端緒であらう。

そして家持が恐らくわが王朝の世にたぐひない女性教育の創始者であらう。たとへば伊勢物語などに早くあらはれた女性教育風な觀察が、如何に細密典雅な文化かはまことに驚くばかりであつた。

白鳳天平といふ時期は唯一に誇るべき我國の文化時代を示すのである。それはその時代の世界精神の一核としてたしかに十分であつたのみならず、今日の世界の遺物からも論證されるのである。またそれがあつたゆゑに十世紀から十一世紀に亙る日本文化は當時の世界に於て冠絶し得たのである。その間の事情を語るためには、むしろ平等院や道長、わけても道長を論ずべきである。たとへば雲中供養佛のもつ典雅な色つぽさは、同時代のどこにもなく、そして日本の田舍の同時代の作品中にもそれに比較しうるものさへもたなかつたといふことも全く當然である。王朝の教育と趣味は、女性に培はれた。その相聞歌を中心とする文化は、やはり家持の創始である。この家持は、同じ萬葉に於ても前期の精神とかなりの距てをもち、憶良の如き白鳳の知識人傾向との間にさへ距りが感じられる。白鳳の佛像と天平のそれとに距離思ふとき、私は萬葉集に於ても、この二つの時期を一應分つ必要を思ふ。しかしながら二つの時代の一つは一つに對する反動の時代ではない。前代を火中に投ずる時代ではなかつた。完全な發展繼承のなされた時代を、私らは白鳳天平の名で呼ぶのである。さうして有難くもその太古の日が、前後を通じての日本に於て、最も世界精神が名實ともに豐滿に流通した日であつた。それは我々の東海の島國が、かけらもの島國根性をもたなかつた時代である。まだ武人の有力でない日の日本の都大路には、世界の人々が歩いてゐた、すべての世界の文化人が花をかざるやうに、奈良の都大路に遊んだのである。我々の島國が島國根性を得、さうしてアジア的征服に、前代政權の所有物の一切を、學藝も美術も設備もすべて火中に投ずる復讐的快感を味はひ出したのはずつとのちである。今日さへ封建的遺風にとみ、アジア的復讐精神にとむ人々は、今日の言葉でいふ「反日本主義」の名のもとに、文化上のアジア的遠征を日夜に敢行してゐる。かういふ殘存の封建遺風の中では、私はただただ白鳳天平の諸藝のまへに立つて絶望を今日に感じるのみである。過日も奈良京都の古美術の中に久しく遊びつつ暗澹たる今日への絶望に耐へなかつた。すでにそれらの光榮の日のものは、果して今日の日本人としてただ憧憬し得るのみの對象たる懸絶した偉大なものとなつて了つたか。

當麻曼荼羅

一

この夏一日、私は當麻寺で當麻曼荼羅原本と稱される天平蓮絲曼荼羅を始めてみた。これは東大寺の寧樂會の世話で見せてくれたものであるが、始め寧樂會の方でも廣く公告をしなかつた。當麻寺の方で廣告をきらふので、といつた意味のことを東大寺の人があとでいつてゐた。その日は午後に展覽する豫定であつた。從つてその時刻をめあてにわざと京都あたりからきた人々は何人か空しく歸つてしまつたやうである。豫定が變更されて午前に展かれたからであつた。炎暑の南大和のお寺へは百人以上の人々が集つてゐた。

當麻曼荼羅は流布本によつて一般に知られてゐる。流布本といふのは今曼荼羅堂にある文龜曼荼羅のそれである。この流布本の原本であるといはれるのが、所謂天平蓮絲曼荼羅であるとなつてゐる。從つてこの原本曼荼羅を想像してゐた私の興味は所謂天平蓮絲曼荼羅が天平の原作であるか、といふことと、文龜曼荼羅の精神がどんな形で天平曼荼羅に現れてゐるかを想ひ浮べること、との二つであつた。この所謂天平曼荼羅はその朝當麻寺寶藏から擔ひ出されて中之坊の廣間で展げられた。一見して斷爛朽廢が激しい上後世の補正も甚しく、果して天平原作の傳說を信ずべきか、否かに私は大きい困難を感じたのである。むしろ一般鎌倉時代の繪畫の線描が、その天平復古の精神から天平に近いものをもつことを考へると、この最も天平的な中尊三尊の相貌さへ鎌倉に近いものの多いのを幻の如く感じたのである。そして周圍の補正された畫面については、文龜曼製作當時、卽ち足利時代の補正でなからうか、といつか一人想ひをめぐらせてゐた。この圖は縱橫各一丈四尺に近く、少し離れると圖樣は全然識別し難い位の損傷をうけてゐる。この傳稱された原本はもと今の曼荼羅堂の廚子に貼つたと傳へられてゐる。この廚子は賴朝の遺願により仁治寬元の頃に作られたものといふのである。しかし果してこの原本がその廚子から再びはぎとつたものであるか否かは誰にも明らかでない。又この原本當麻曼荼羅が、刺繡であるか、織物であるか、或ひは繪畫であるかといつたことが美術史家から問題とされてゐるさうで、現に私の見たときにも博物館の人々などさうしたことをさかんに語つてゐたが、私には擴大鏡と懷中電燈によつて斷爛剝落して織物の如く或ひは刺繡の如く見える繪面を仔細に點檢するより、さきにこの繪の精神の歷史に於ける地位といつたものを考へてゐたのである。

淳仁天皇の時、橫佩の大臣の女、中將姬が、當麻寺に入つて生身の阿彌陀を仰ぎその脇侍の觀音が蓮絲で織つてくれたものといはれてゐるのがこの原本である。天平寶字七年歲次癸卯年夏六月二十三日のことと云ふ。卽ち意味するところは淨土變相の諸相である。鎌倉光明寺などの當麻曼荼羅緣起にもこの中將姬の傳說が見えてゐる。しかし當麻曼荼羅の傳說は今のところ鎌倉以前の記述をもたない。古今著聞集の著者はこの女性の主人公を最も美しく描いてゐる。それは信仰に燃える一人の古王朝の有髮尼の姿であつた。「……天平寶字七年六月十五日蒼美をおとしていよいよ往生淨土のつとめ念ごろなり」と著聞集は傳へてゐるのである。有信の女のまへに生身の彌陀はつひに現れる。蓮絲の曼荼羅は一夜でなる。この話は決して天平的でないとは私も云はない。けだし問答師傳說に於いて、或ひは同じ傳說の主人公光明皇后の出てくる實忠法師物語など今では此を天平的と考へることは、一應ならず無理ないと思はれる。光明皇后こそ最も天平といふ時代を象徵する日本の女人かもしれない。日本の帝室史は前後を通じても光明皇后ほどに肉身の香芬と美麗の匂ひの高い人間の姿の豐かな女人をもつてゐない。まことにこの皇后をもつたことは天平の有難さに他ならないと思はれる。實忠法師の出てくるのは奈良の施浴である。あのやうな羅馬の浴場をさへ思はせる如き官能享樂の機關がこの時代に考案されたことが一つのめづらしい狀態であらう。この元亨釋書卷九の說話によると、光明皇后の施浴は深い慈悲とわきまへない狂信に近い當代の心と考へられる。しかも皇后の尊身ながらに、自ら進んでレプラ患者の去垢吸膿など餘事であるとこの本の著者は書いてゐるが、皇后の氣持はそんな生温いものでない。宗教的興奮といふなら、それはさらに強い救世の熱狂さへ含んでゐたであらう。だがこれを一種の官能享樂の側から考察された方がある。それは倫理學の和辻哲郎博士であつた。この立場から氏に於いては元亨釋書の實忠法師の話が活氣を帶びて傳へられてゐる。傳說によると皇后は初め地藏の一尊像を見る、そしてその美しい肌に瞠目される。こんなにも美しい生身の法師はこの世にゐないであらうか、さうした憧れから皇后は宮女をしてひそかに美僧をさぐらせられたのである。實忠といふ法師があつた。その尊像にも優れて麗しい容貌をもつてゐた。召賜浴、その體を見ようとせられたのである。そこで隙間から法師の姿をのぞいてゐられたが、いつかその美しい肌にひきつけられると、忽然、假寐、夢與忠交。ところが眼ざめると、實忠は十一面觀音であつた。——この話は天平の話であらねばならないのである。ここに天平といふ時代の一つの面貌がある。

かうした天平のものとして原本當曼の思想をもその現實の享樂欣求の姿に於てとることは、和辻氏の奔放な立場からの考察であつた。「この極樂の風致は、徹頭徹尾人工的である。支那の暴王がその享樂のために造つた樓閣や庭園はまづこんなものだつたらうといふ氣もする。そこに釋尊の解脱を思はせる特殊なものは一つも存在しない。すべて裝飾がデカダンスを思はせるほどにあくどく、すべての悅樂が官能の範圍を出ない」かうした考へは「現世を完全にして無限ならしめようとするに異ならない。しかもその現世の完成が、暴王の企てたところと方向を同じくする。物質的であつて精神的でない」。さらに進んで氏は淨土變の思想が、傳來してきた地理關係から、仙宮の思想の影響を想像されてゐる。しかし此の考察の根本にあるものは文龜曼をもととしたものであり、流布本の思想にあつて、天平曼荼羅の復原に迄は進んでゐない。和辻氏の考察の當否はしばらくおいて、此が原本曼荼羅のあらはす藝術内容ひいては生活的内容、ここでは氏により享樂主義と呼ばれるもの——を、此の想像のよりどころとされなかつたことはいささか私には不信である。もともと天平の享樂的な精神は、和辻氏のあげてゐない材料、例へば日本靈異記などによつても、むしろその時代さながらの姿でみとめられる。しかしそれが和辻氏の示した如く肉體的に腐爛に近く旺んなものであらうか。靈異記は正しく奈良末期或ひは弘仁期の説話である。そこで示されてゐる民間の信仰對象は、精神生活の安住でなく、一人の好女であり、財寶白米であつた。とはいへ、その爛漫の形式さへどこか狩獵により得た猪をさしみにして食らはれた帝王の時代を思はすに近く素樸である。私はしばらく藝術の示す思想の問題にふれて、かかる和辻氏の空想の根據を問うてみたいと考へる。この隱微な課題の方向を示す事は、文字の極めて困難とするところであるが、ただここではこの課題を冒險的に次の如く云ひかへてよいであらうと考へる。つまり原本曼荼羅が私らに示す藝術的世界が何であるか。それから、その内容は流布本曼荼羅の示すと同一のものであらうか。もつとも私はこの損缺本のまへに立ちつつなほ不可能をおし進んで原本曼荼羅の精神にふれようとするのでない。しかし藝術が示す世界といふものは單に素材ないし構成の論理主義によつて分析されるものではないと考へられる。例へば同じ淨土變の思想を示す繪畫に於ても、ある時代の作品と、次の時代の作品とは、異つた世界を示した。さうしたものが藝術に於けるモラリテであり、そこに作品のもつ關係や、或ひは具體性があると考へられる。單に素材の意味が藝術の示す世界でない。私は學究の論理がつまづくところから藝術の論理が始まると考へてゐる。素材的に「飜譯」し得るところに藝術の示す世界があるのでなく、飜譯し得ない形式そのものから藝術の特殊性が始まると考へる。文龜當曼と天平當曼の二つのあらはす藝術は確かに異るのである。天平當曼のポエジーが、文龜當曼のポエジーと同一精神生活史をもつのではない。文龜當曼のポエジーが享樂的であつても、天平當曼からうける觀照が同一に、和辻氏の想像をかく迄かり立てる程に低劣な享樂的であるかとは、一概に文龜當曼の觀照からはとび上つて推論し得ないわけである。

二

現存天平當曼にしても、文龜當曼にしてもその現す說話はほぼ等しいやうである。しかもたしかに所謂原本曼荼羅には後世の補修と追加がみとめられるのである。さらにそのためからでもこの原本曼荼羅が所謂天平の當曼であるか否かは、私のここで考證したいところではない。中央阿彌陀三尊は圖柄といひ描法といひ勿論文龜當曼とは懸絕する立派なものであり、この作品からは勿論文龜當曼からうけるあのあくどい戰國時代の一面を示す日常性などは寸毫も感受し得ない。

もともと淨土變の思想は觀無量壽經の說くところで、善導大師の著書などにもこの當麻曼荼羅は符節を合してゐるといはれてゐる。そのためこの原本の作者さへも、この作品を天平時代遺物といふ說を信じる人々は、唐の善導大師が則天武后の命により曼荼羅三百餘幅を作つたとある話より、その一部の將來品でないかと考へるのである。淨土信仰はその教義の世界觀からして由來藝術的なものであつたから、かうした雄大な幻想藝術も可能となつたのであらう。淨土信仰の思想は松本博士によればすでにウパニシヤツト中にみとめられ、本邦に於ても古く河内觀心寺の銘文、橘夫人念持佛、法隆寺金堂壁畫等にもみられるが、流布本當麻曼荼羅ほどに、觀經一卷の思想をその莊嚴の姿に於て雄大の規模を通じてくまなく表現したものはない。その繪畫としての構圖の壯麗さからいつてもわが美術史上の淨土藝術としては高野山來迎圖に匹敵するものであるといひ得よう。したがつて原本曼荼羅をさらに原始に復原して、天平の原圖は現存九品往生のみしかなかつたのではないかといふ説を小野氏などは稱へてゐる。とすれば天平當曼は僅かな部分に縮小される。現存原本のさらに下部の一部となるからである。當曼の考證については私はふれたくないのである。さやうに先進美術史家の諸説が既に複雜であり、いづれも究竟印象判斷にすぎないのである。

この原本當曼をいつの時代におくかは一つの論者の冒險である。第一この觀經の思想を全幅に表現した圖柄が天平にあり得たかといふことが、一般に問題とされた。文龜當曼が天平の原型を示すものと速斷して始めて天平の享樂生活の構造を論斷し空想し得るに過ぎない。しかもさらに天平の原本がこのままであらうとも、その示す藝術の世界は、この文龜曼に於ける如き低級の現實感であらうか。

當麻曼荼羅の信仰が、藤原時代淨土思想の興隆と共に起つたことは一つの事實である。そしてこの趨勢は鎌倉時代に極る。その上文龜曼の原本が、賴朝遺願の厨子に貼られたといふことは寺傳にもあり、現にこの址と稱するところが曼荼羅堂裏に金網をはられてのこつてゐる。このことは文龜當曼の原本が、天平になくとも少くとも鎌倉にはあつたといふ一つの傍證であらう。それは天平當曼の世界と、それを描いた時代を文龜當曼から速斷するより小なる冒險である。そして中將姫傳說が始まるのもやはりこの時代以上には遡らぬとすれば、文龜曼の原本曼荼羅の思想はむしろ鎌倉的であると云ひたいのである。文龜曼の示す思想の原型は天平でなくて鎌倉になくてはならないと考へることはさらに一つの理由がある。しかしそれを述べるために私は後章を費さうと考へる、と同時にその點に於て、私は最近云々される藝術の不安といふ問題、あるひは不安の文學といふ問題にふれてみたいと考へる。——ともかく私は原本曼荼羅のポエジー（藝術）にふれて、その精神史的面貌を明らかにすることは次の一點でためらはねばならない。けだしそれが、天平のものであるか、鎌倉のものであるか、といふ課題は、ただ私一箇の印象批評にすぎない。原本曼荼羅の部分々々に於て示された建物衣裳に於ても、私に仔細なことはわかりかねるが、やはり天平的なものをもつと考へられた。だが一面私は鎌倉時代に於けるすさまじい一般佛教施設上の天平復古の精神に廣くふれてゐる。この一事を以てしても天平的な部分を少なからず感ぜしめる原本曼荼羅を、有無なく天平と斷定できないのである。ただこの場合の方向に忠實なるため、私は一そう深く一つの作品のもつ藝術にふれねばならない。だがかうした見解は藝術の上に於て二元論をとるといふ意味ではないのである。むしろ私は今日用ひられてゐる不安の文學といふ名稱に、眞の藝術論の概念から距る內容を感じるのである。從つて私は方法として、當曼原本と文龜流布本に對し示された一つの流動的な藝術批評、卽ち藝術に知識や思想をまづよむといふ藝術學の方法を不信する態度から發足しようと考へる。整理された人間のあり方は何も殊更に藝術によまなくともよいと私は考へるからである。

三

一體藝術のあらはすレアールとは何であらうか。それは時代の精神とか、時代の生活とか、時代の雰圍氣とか、時代の心情とか、或ひは時代の苦惱悲劇等々の言辭でつらねられる。思ふに一つの切々と心うつ何ものかでなくてはならない。如何に今日の人間と生活の外相を描いても、そこで文學として示されたものは全然今日から遠いものであるかもしれない。そして私はかかる心に響いて切々たるものそのものに時代の文學の示した關心があると考へる。かかるものを最近の私らの同じ仲間はモラリテといふ言葉で呼んでゐる。それは決して過去の文學理論のいふイズムでも世界觀でもない。それらを廣く包攝した上に於てあらはれる文學の自體であり、そのもつ世界像である。私はかかるものの作家的立場を「リアリズムの意識」と呼んだ。中島榮次郎君は最近のエツセでそれを「感動」と呼んでゐる。この「感動」は「感傷」に對立する。素樸な古典精神への還元である。しかしこの還元は生やさしいゆきづまりの論理によつてなされたものでないことを、今度のエツセの讀者はよく知るであらう。松下武雄君がかつてのべた純粹文學の方向の示すところも一應かかる作家の原始の精神ととり得ると私は考へる。しかし今はかかる文學のレアールを對象化してみる批評の立場にある。

かかる文學のレアールは、普通の文學論の形式と內容、素材と構成、それらと共に、それらの結びめをなす一つの概念、のいづれでもない。かかる文學のレアールこそ、作品そのものと周圍世界との一つの關係である。或ひは作品と歷史との間の流動體である。この意味に於て藝術が、藝術として初めて存在するものでなくてはならない。藝術のもつ世界はこのものの世界である。ここでは旣に作家と作品との關係以上に出てしまふ。作品と世界との密接關係となる。けだし批評の根源の思想はこの關係に於て始めて發足するものである。今日の私と古代の藝術との關係であり、古代の作品がこの關係に於て私の中に私の藝術となる。しかもそれは古き時代に於て、その作品の成立の日に於ては作家と世界との關係であつた。現代の藝術品を對象とする批評の問題が擔ふ最も困難な一つの中心の問題は、この二つの關聯する關係があらはに顯著に全體の前面に押し出される故であらう。從つて批評體系が一まづ古典作品によりかかることにいはれなくもない理論人の安心の道が見出される。しかもそのことにより藝術概念の混亂といふ救ひがたい迷路をあへて踏むことは旣にのべたと思ふ。

當麻曼荼羅がどんな精神史的位置をもつかを考へることも、一つにこの文學（藝術）のレアールからでなくてはならない。それは單に流布する內容とか意味といつた見地からではない。その一つの作品が筋がきされて、それによつてなほのべ得る見解でない。文龜曼荼羅によつて、天平原本のレアールをのべることは、一つの小說の筋がきによつてその小說の世界を語るに類する。さらに惡いことには、ここでは天平原本の素材にさへふれてゐるとは斷言できないのである。當曼の成立——といふのは文龜當曼形式の成立を鎌倉時代にとると私は早急に斷言するのではない。しかしかく考へる相當の理由は、淨土信仰史からも考へられる。ただ玆で私の語りたいのは、かかる美術史的に大きい問題ではなく、藝術と藝術のレアールの關係についてであつた。私の主題は一體藝術のレアールはどうした方向に於てとらへらるべきか、といふ問題にある。それは今日わが國で述べられてゐる不安の文學の問題へ一つの考察を私の信じるところから考へるといふ意味に過ぎない。私はこの方向をのべるために、鎌倉といふ時代を選ばうとした。

さしあたつて鎌倉といふ時代がどんな精神史的時代のものであつたかを、その政治的性格から詳述することを私は今の必要としない。例へば文學史の事實を拾つても、方丈記、十六夜日記などの出現がみられる。保元、平治、平家、源平などの軍記物の現すモラリテが、一つの心うつ心情に點綴され、勇壯に交へられた悲哀と悲劇、おびただしい大衆を描寫する無常迅速の精神はまづ八百年今日の私らの心をうたでは止まない。それを單に佛教無常觀の影響とか、或ひはその皮相見解として除き去ることは不可能である。蓋しかかるものがこの時代にあらはれたといふことはおほひがたく嚴然たる事實である。まさしく鎌倉こそ一つの不安の精神の代表する時代であつた。しかしそれをただ精神の上から眺めて、この時代の藝術の世界を直ちに不安の藝術の時代とのべることは出來ない。ところがまことにそこでは不安の藝術が示されてゐる。むしろ鎌倉時代の作品がかかるものとして私らの關心の上に上つてきたところに、當面のなにより確實な一つの事實が考へられるのである。

少くとも近年までは天平がこの國の藝術史を獨歩し、一般的關心を集中してゐた。あらゆる藝術批評の尺度は天平を標準とし、天平から一歩も出でず一歩も退かうとしなかつた事は事實である。そのことは中年以上の藝術愛好者、のみならず藝術史家に於てさへも未だに天平が彼らの藝術批判方法のアルフアでありオメガーであつて決してそこから去らない。それらは天平のもつ美の參與するところでも、その美の意義の高さからでもない。彼らの生と教養をうけた時代の批評精神の原理が、未だに彼らをとらへてゐるのである。しかし今や私らに於て天平と共に鎌倉が切實なものとしてとられた。私はなほも天平を愛し、しかも鎌倉に心ひかれる。ここにこの時代に於ける私は過去の批評原理への懷疑の胚胎を感ぜざるを得ない。天平絕對の精神の崩壞は、一つに時代の變遷である。思ふに藝術批評のあらゆる問題も時代に附隨するといふ一つの考へ方を好個に實證したものでなくてはならない。しかも天平絕對の精神の崩壞が、ほぼ東大寺に於て天平以降第四回目の大祭を執行し古ながらの奈良法師が大佛殿內外を守護徘徊した頃、或ひは天平改元千二百年を記念する天平文化の模作品展覽會が大阪朝日新聞社により擧行された頃、この二つの記念祭の祭鐘が弔鐘となつて響きはじめたところの現代のカリカチユアの中に、進行を開始しかけた如く見える。けだし白鳳への關心がまづよびさまされる。いまや天平以外の時代が私らの精神によびかけてくる。體系は攪亂者に侵入され、狀態の批評であつたものは變革の批評となるまへに、批評が變革に向ひつつあるのである。この事實のまへには何人も安心の場を天平にもたせかけておけない。つまり市民社會隆盛期の藝術批評理論がぐらつき、精神が間隙を意識して彷徨を開始した。現狀維持の安住を失つた魂は、自ら間隙を滿す對象を求めようとする。すでに人々は天平に見倦いた感じである。藝術を歴史への關係として見、ただ天平の形態感を抽象して一つの何か絕對的なものに措定してゐたわが國の市民社會の藝術概念は、立場の根柢から動搖を感じ出した。私はつねに天平の高い卓越性を感謝し感動する、その華やかな偉大さは永久に生きる新しさである。ただ鎌倉が深い關心にのぼつた如く、白鳳も推古も王朝も、さらに院政も桃山も、今や藝術論の主流の中へ錯然といりこんで、批評の問題の混亂化を助長せんとしてゐる。既にこの顯著な事實のまへに私らは批評とか享受が今や私の中に於て異る立場によつてなされる事實を知るのである。かつて人は鎌倉を論ずるときそれを天平によつて測らうとした。今の私らはこの基準としての天平といふ批評原理に深い懷疑を感じるのである。さうした事實は少くとも私らの周圍のみの問題ではない。さらにこれは美術史のみの問題でなく、廣く他の藝文の一般の關心がここに起り得る。かくの如く鎌倉が關心にのぼらねばならない情勢に於て、私らは鎌倉藝術の主潮をその不安の藝術の相貌に於てとらへる。私の當面してゐる對象は、その藝術のレアールに於て、一つの不安を現すといふべきものであつた。不安の時代に於ける藝術をいふだけでなく、藝術の示す不安である。そこに藝術の示した時代の不安がある。これが今の私の主題でなくてはならない。

四

所謂鎌倉時代は藝術史上最も豐かな時代であつた。勿論そこで私らは幾つかの種類の藝術のタイプを拾ひ得ること、このことはいつの時代にも亙ることであるが、鎌倉の多様性は天平・王朝とは甚しく異にして進んでゐるのである。しかし私はかかる時代の作家を包括する一つの特徵を、印象主義者として規定することはさして困難であるとは考へない。古代の信仰精神が素樸な感動とひたぶるな狂信の魂から、專ら直線と絶對的な平面の表現によつてゐたのが、天平の理想の表現が初めて造型に於ける球面と弧の使用を發見した。弘仁の復古主義は嚴密な政治精神、國家主義に統制せられた一つの絶對主義である。次いで王朝の爛熟文化の精神は感性への道を歩んだ。天平に於けるギリシア的な理想の球面の緊張性はそこで肉感的な感情に變移する。しかもその感性は天平のもつ文化へのはげしい追求の心や豐かな生命のあふれたものではなく、女性的な纖細さの表現の方向を歩むのである。理智による感性の表現が王朝作家の創作を主導した。かかるものとして「もののあはれ」の氣分主義情緒主義は一種の感傷の方向に成立した。王朝の美意識は、その現す「もの」といつた漠然としたものの上に立ちつつ、一方に於て技術の尊重となる。技巧の立場はその上に於て洗煉された趣味から、又完全に内面化し血統化しつひに土壤化した文化から理解把握せられた。王朝文學の心理主義がこの限界を以て、そのため感傷に墮したこともある。勿論私らは近頃の萬葉信者の暗々の指導影響下に、王朝作家のたとへば花咲く朝をまつ類型歌を何十何百と作つた氣持を頭から嗤ふつもりはない。むしろそこに切實なこの時代人の精神と文化の情態をおもふからである。あの長岳寺三尊の花の如き可憐な姿態は、王朝の精神と竝びに美的世界觀をくまなく表す。衣を透してほのかにのぞまれる四肢の肉づきは、天平作家と異る美意識に支配される。ここに王朝作家の感性の祕密がある。あらはな肉感でない。あらはな享樂でない。對象のないものの怖れに心ふかくとり憑かれた趣味人文化人の美觀の姿である。驚異から充實をへて爛熟と頽廢へ、それが推古から白鳳をへて天平に及ぶ姿であるなら、王朝の精神はかかる精神史を、むしろ生活の實相の上で抽象し、選び出した現實の美觀として一つの情緒の美を作らうとしたものであらう。ただそこに純なる日本の美意識があるのでなく、その王朝といふ國家統一の成立し文化の成熟した時代の美意識がある。純日本的な美はけだし王朝にも天平にもあつた。天平は文化への時代、王朝は文化の時代と云へるだけである。王朝の美觀は、天平の繪畫の線の示す世界の如く、純粹に理想をめざすものではない。緊張した精神の充實を一つの弧に描く事が、正直な天平作家の藝術であつたなら、靜なる瞬間の連續の中にある精神を誰より深く自覺した王朝作家は、靜なるために感性に深い線を以て世界を構成した。靜止と安寧の時代の藝術觀である。感性を以てふれることも一つの理智主義の技巧によつてである。靜なる感性は、この時代に初めて可能になつた色彩の豐富な使用をも決して鎌倉の大奔亂にまで導かない。例へば天平の色彩は王朝の色彩よりはるかに少い。暈絢の使用に於ては、奈良の作者は二つ以上の使用を知らなかつたが、平等院の壁畫作家は既に七つのそれを使用してゐるのである。それは國語の語彙の上では一層明らかに直ちに指摘されることであつた。そしてここの作例の示す事實にも感性の技巧と理智とによる統制の静なる方向の一端がのぞまれる。かかる靜かに停止した精神に於て、初めて殆ど感動なき千遍一律の作歌そのものさへ理解されるのである。つまりことばの遊び刀杖の遊び、がここではじめて可能であつた。そこにこの時代の作家の悲しく美しい運命さへも見出されるやうである。

かかる時代の後に鎌倉の作家はあらはれる。この鎌倉佛師と系統を異にして、既に早くあらはれたと考へられる一つの佛師團がある。私はそれらを院政時代の作家と呼びたい。院政時代の作家はどんな精神を表現の上から示してゐるか。ここでは鎌倉のインプレシヨニストがまだ成長せぬさきの世界を示すのである。感性の誇張と印象の擴大化、その不均衡を更に強ひるものに色彩のあくどい使用がある。このこけおどしの技術は、決して鎌倉の天部像作者に於ける如く、いまだ印象の本質をしらないゆゑにその誇張は無趣味であり、しばしば醜悪とりがない。おどしのうちにおほどかなフモールを匂はせるだけの心のゆであつた。印象による寫實に迄到着せぬものであつた。さうした一つの例として治承年間在銘の東大寺の天部像の如きをあげうる。

しかるに鎌倉びとは理由なくインプレシヨニストとなつたのではない。彼らは革命武士の背景をもつてゐた。荒野を驅けり、戰ひを事とし、時々刻々によつて生命をかける判斷を下し得た氣迫者の中に於て、鎌倉の佛師は何よりさきに印象の寫實を學んだ。彼らの心をひくものは、事物の永久の姿でもなく、充實した瞬間の精神の美しさでもなかつた。動きであり、働きである。對象の靜が破れ、更に動が破られたとき、つまり運動の瞬間の動く事物が彼らの創作欲をとらへたのである。靜なる時の流れでもなく、移り行く事物である。ものの無常な動きを最も深い印象に於て寫實し得たのがこの時代の佛師である。それは動を描く目的で、とりかへしのつかぬ固定を描かねばならぬ結果を生んだ。そしてこれらは南圓堂四天王の作者に於ては未だしの感なくもない。動くものの動く瞬間をとらへることは、天平以降の藝術の表現を破壞することであつた。そこで天平佛師の形態觀は分解せられねばならない。そしてこの時に於て、時代の氣運と同時に藝術の上からも、共どもに作家にとつて不安の精神が生れ出たのであつた。かつてかかる精神は、永遠を描くに適した純粹の線のみを知つてゐたに過ぎない前代の佛師の誰をもとらへなかつたところであつた。ここに狹き意味で「現實の寫實」といふ表現上の精神が起ると共に、その表現につきまとふ精神の不安がおこされる。捉へるものの不安ではなく、表現そのものにこびりつく不安である。何を信じて何をあらはさうかといふ心の苦しみではなく、うけとつた印象を、感動のまま表現せねばならない時に起る强ひられたせつかちな不安である。そこで工人は上手な寫實に一切の不安を逃げようとした。私がかつて作家精神のためらひと呼んだものはかうした不安であつた。逃げようとしたときにさらに不安は倍加してあらはれる。そしてこの不安のために始めて文學を描く氣持が深き魂から起るものと考へる。

しかし文學の不安と呼び、藝術の不安と呼ぶものはかかる不安とは別なる一面の形態をもつことが可能である。以上の不安はむしろ作家主觀に一樣につきまとふ不安でなくてはならない。これを現代の問題とする限りでも。しかもここで私らの考へようとするものは藝術のあらはす不安である。それも所謂素材としての不安でもなく、また所謂内容としての不安でもない。藝術のレアールのもつ不安である。藝術が全體として内容形式の區別なく示す一つの雰圍氣的不安の姿である。さうしたものは鎌倉の藝術に於て始めて發見されるのである。

鎌倉の病草紙餓鬼草紙の類を私はここでとりたててのべたいと思ふのではない。確かにこれらの種類は極めて顯著な新しいものであらう。然し私はこれらの代りに、この場合むしろ來迎寺十界圖の如きに說き及びたいのであつた。私は今年この作品を二度見てゐる。あの中に病死九相の姿を描いた一幅のあつたことを多くの人々は知つてゐることと考へる。この傳說繪畫は諸所にあり、俗說で小野小町にかたどつて小町變相などいふものである。ところで來迎寺のこの繪は病死したいやしからぬ女人の姿が、病死の直後から次第にふくれあがり、やがてはむくみと共に灰綠色に變色していくところを上段に描いてゐる。其の表現は激しい臭氣さへ感じられる精密な描寫を敢へて試みてある。そしてつひに野犬や鳥の食ひ啄むに委ねられ野邊に白骨のちらばふところを下部に描いてゐる。あらはな四肢や腹部に野犬の食ひついてゐる描寫を眺めると、かくまで深く抉り、かくまで露骨であらねばならなかつた、その頃の作者の哀れな淺ましさに思ひ及んでうたた感慨を禁じ得ない。何故かうした描寫をあへてしなければならなかつたか——と私は一應ひとり問うてみる。しかしこの描寫は中世のドイツ古典期のキリスト傳の示す如き機械的說明的描寫では決してない。このゑぐい描寫にかかはらずこの作者はなほ藝術として人をひきつけ得る。けだしかうした描寫は現代作家の場合に於ては意圖としては殆ど何らの感動も與へないであらう。この作品があらはれたのは鎌倉時代である。そしてこの作品ははじめてあらはれた作品に他ならないのである。これ迄の作家は美の永劫の相を描く方法をあまねくしりつくしてゐても、決してこの作者の如く人間世界の最も殘忍な姿態のありのままをありのままよりも辛辣に描寫し、かくもあますところなく深刻に人間のあらを描寫する方法も、かかる感動もかつて考へなかつた。この作者のリアリズムは、ただその露骨な日常性の點に於て深く私の心をうつのである。作者は佛説圖解といふ聖なる目的を忘れて他の感興を描いたのである。この深刻なリアリズムに私は初めて鎌倉の精神生活の一面を考へる。現實を生々しく正視することは一つの不安の姿である。鎌倉佛師が天部彫刻にあらはした寫實の精神はすでにのべた。私はこの一作品を側面からこの事實の上につけ加へる。

　かうした作品と共に、私は今一つの他の藝術的な高次のものの事例をのべたい。それは知恩院の來迎の圖である。來迎の形式は高野山に最高の傑作を殘してゐるが、知恩院の繪も決して構成上からも作品上からも、その損傷さへ考へなければ高野山に激しく劣るものとは考へがたい。知恩院の來迎圖は、山と山との間から右下の人家へ來迎するところを現したもので、一種山越えの風景を描きつつそのすさまじい速力の感じられるところから一般に「早來迎佛」の稱がある。まことにこの速力のすさまじさはかつて観たどこの國、どの作者の手になる繪畫に於てさへも私のうけなかつたものである。

來迎圖は平安朝以來淨土信仰の中心の形として信仰せられてきた。惠心僧都が、しばしば聯想されるわけである。しかし平安の來迎圖に於ては、來迎のひたぶるな欣求を示すといふよりも、むしろ天女觀音と共に歌舞を樂しみ、その寶雲の中に靜かに遊ぶといつた高度の文化的趣味的意味がより深く感じられる。鎌倉の山越彌陀の多くの形式にしても、この王朝の形式以上の切迫性は僅かしか味はひ得ない。しかるにこの早來迎に於て始めて私らは、切迫した精神の狀態と行手をまざまざと見出すのである。このすべてを抱きこみ、かきさらふやうに一つの速い動きの中へひきずり込まねば止まぬ表現に、早き迎へに當時の民衆の構造したものとその心理があつた。總てをふりきり、一つになつて流れる速さは例へこの圖の意味を知らない人々に對してさへも、なほも深くこの動きの中へ彼らをとらへ、この動きにつつむであらう。見るものは自らせつぱつまつた一つの雰圍氣のため、たじろぐやうな焦燥に耐へない。王朝以後の來迎圖をこの形式に迄高めたものにまことに常ならぬ時代の動きが如實に考へられる。しかもかうした如き作品の示すレアールに私は始めて文字通り藝術の不安、むしろ不安の藝術の姿を感じる。その上この作品に於けるやうな急迫の不安はかつて前後の時代に人の感じなかつたところであつた。しかも私のこの作品に興味深く感じるところは、すべての佛觀音の姿態に、幾分動きへの何かの形を表現してゐるとしても、それを描く線がすべて傳統を脫しきらぬ純粹の線であるといふことである。卽ち太さ細さをもつ線や、或ひは特殊な點線に近いもの、さうした線を使つたのでなく、太さの一定した純粹に近い線以外に用ひてゐないといふ事實である。しかもかうした點では天平以後の日本畫を考へても、その線は概して變りなく純粋な線を特徴としてゐた。ただそれだけを用ひて各時代は各々の特性を發揮してきたのであつた。この運慶の放棄したものを繪畫上で放棄したのはずつと後の雪舟である。たとへばこの早來迎がこの線を用ひて、この精神の相を表現してゐるといふ事は、驚異に近いことであるが、それと共に私は一つの文學上の重大な問題——私らの純粋な言語によつて、なほかつ一つの特殊表現に不足しないものであるとの信念に近よりを與へてくれる。つまり文學の問題が言語と群衆との間の關係を全然除外して、ただ作家と言語精神——そのレアールな意識との關係にたよつてすべて可能であるといふ信念である。早來迎の示す世界はかくの如く、殆ど何の繪畫的約束上の形式的技巧的な變革もない。しかもその示す世界に於て、ことごとく古き來迎圖から隔つてゐるのである。私はこの作品を產んだ時代と共に、この作品から直ちに考へられる精神を思はないではゐられない。そしてかかる切羽つまつた作品に始めて、不安の藝術といふことばがあてはまると考へるのである。それらは一般の精神の不安の時代に於ける文學藝術といふ意味でも、文學の不安を作家精神の不安としてのべるだけでもない。ただ作品その自身の示す不安、卽ち不安の說明であり得ず、作品のレアールの示す不安である。この意味の作品のレアールはまた作家の原型といふ意味からイデアールなものと極めて自然に相覆うてゐることを知るであらう。それは作品の不安の背景は時代や精神の不安と全然合致せねばならないからであらう。さらに不安の時代の不安の文學といふものは、ほぼかかる形として自然に現れるものであらう。その樣態は云ふまでもなく時代のゆゑに變更するであらうが。

私は少くとも當曼流布本の精神はかかる時代の一面を、裏からであるか表からであるかはどちらでもいいことであるが、ともかく代表するものであると考へてみたい。少くともかかるものとして文龜當曼の原本の精神史を考へることは、一つの理由なくはないと思ふ。その上當曼の示す如き殿樓なり、建築なり或ひは庭園なりの結構は、凡そ奈良朝時代に考へられたプランであらうかとも考へてゐるのである。平安の初期王朝宮廷の庭園にしても、なほ流布本當麻曼茶羅のプランに比して遜色があり得たかも知れない。さらに藝術の風景表現はいつの時代でも、一つさきの時代に足ふみし、なかなかに未來に近よらないといふことは、近世市民社會の作家に於てすら如何ともなし得ない一つの顯著な作家の祕密である。松下武雄君の云ふ如く、十九世紀作家の多くが十八世紀風の田園風景を描いてゐたことは、おほふべくもない事實である。

（附記一） 淨土教信仰の來迎圖は淨土變の一つの部分である。高野山來迎圖の如き思想にしても、當曼の如き一つの曼茶羅中に包括せられる。王朝に於ける淨土曼茶羅の形式には日本三曼といふのがある。一つが當麻曼茶羅次が智光曼茶羅その三が清海曼茶羅。瀧博士は東京帝國大學に於ける最近の講義中では智光曼（極樂院）を足利時代のものか、と論ぜられた由である。しかしこれを鎌倉迄遡ることは原圖の印象から云つて不可能でないと僕は思ふ。清海曼の方は極樂寺に所傳する。やはり博士の考察によると藤原であらうかとなつてゐる。當曼に對する印象については如何に論じられたか知らない。當曼と他の二曼との關係ひいて來迎圖との關係などは私のここに斷定を不可能とする問題である。西域出土品中に來迎原型があることは既に顯著なことである。當曼踏襲作品としては堺專稱寺の觀經曼荼羅が私の印象にも殘つてゐるが、これは鎌倉期のものの如く觀じる。なほ拙稿中「當曼」と呼んだものは當麻曼荼羅の意味であることを、流通してゐる言葉と思ふが、改めて加へ記しておく。

（附記二）　近江來迎寺十界圖は傳に巨勢弘高の筆と云ひ、藤原時代佛教畫となすものもあるが、信ずるところあつて私はそれを鎌倉のものとして語るのである。なほ九相圖については、扶桑皇統記に、仁明天皇のとき、檀林皇后のことを誌して、皇后は「禪宗を求法させしめ給ひ、九相といふ事を觀念し給ひて、かねて御終焉の後は、屍を其野邊に捨置くべしと御遺言ありけれど、今年先帝（仁明）崩御の砌尼に成り給ひしゆゑ、其義に及ばず厚く葬り奉り給ひける。然るに後世杜撰の僧徒、檀林皇后九相の圖と題して、圖畫に模し世に流布するは、所謂繪虛言なり」とある。後世の傳說の眞僞に關することであるからここに誌す。九相とは、人死して七日々々に其の相變じ、淺ましいさまと成ることで、新死、肪脹、血塗、蓬亂、噉食、青瘀《を》、白骨連、骨散、古墳、以上を九相といふ。

齋宮の琴の歌

齋宮女御の琴の歌一つ、普通三十六歌仙歌合にもとられてゐる。拾遺集の中の御作に、

琴の音にみねの松風かよふらしいづれのをよりしらべそめけむ

といふのがある。これは拾遺集で雜の部に入つてゐるが、云ふまでもなく古い時代の美女のつゝましく可憐な戀情を歌つたものとして詩情される。「いづれのを」といふ言葉が山の尾と琴の緒とをかけたものと云ひ、松風に人を待つの緣もたせたと語つて、たゞほのかに漠然とした相思の心の一つを匂せても、匂ひだけのあつて事理の定かならぬ古の世の抒情はいくらかでも人に通ふだらうか、やはりこの歌の美しさを人に語り傳へることはなほ難しいと、私にはおぼつかない氣がする。まことに幽韻にして、語り難いものの詩情である。ほのぐらい日本の建物の中で、しづかに奏へられる琴の音にかよふ不思議のしらべを、いづれの山の尾より傳はりくるかといぶかしむ、その思ひは、まことにつゝましい戀情である。わがひく琴の音に、いつか人のしらべが通つてゐる。この何もかも無くなつて了つた空虛な時間に氣づいたときに、この歌の描く詩情はなつかしく理解せられるであらう。放

心してゐると氣づくや否やのしばしのとき、侘しく奏へるわが琴の音色に、交りかよつてくる人の調べがあつた。この思ひも、描かれた三十一文字の形も、王朝のものである。うつろのときにひく手をとゞめたのではない。ひとの心から心にひゞいてくるこゑを琴にきゝつゝ、また調子を高めるやうに、琴をつゞける、さういふ勢ひに似たものさへ感じられるのである。この詩情を描く幽微象徴の複雑さは、まことに王朝の詩歌の世界の獨自境である。あの王朝の象徴體のまづ早いあらはれを示す一首である。この歌に感じられる相聞の心、日本の建物と日本の樂器と、しかもそれを生活し浪曼化した日本の女性文化の世界である。今ではすぎ去つた古の日のことであつた。私には日本語の美しさはそれをつきつめてゆくときかういふ世界をかういふ形式で描くもののやうに思はれた。私らのいまの文學もまたかゝるものゝ新しさであれと願ふ。このやうな縁語や掛語の交錯のかもし出す雰圍氣とニユアンスのなつかしい空虛の變調を自分のかく文字の中に思ふことは、ものを知つた私らの不遜のゆゑでもなからう。私の何心なくかきつける文字の中に、君のいのち、永久のいのちが通つてゐる、現れてくる。この王朝の相聞歌は美しい王女の可憐の戀情を示すばかりか、私にわが生きる日の文藝のみちをも教へるのである。そして私は、この王女たちも樂しんでゐた、遠い古の文化の豊麗に熟した日を思つて、自らな喜びを感じる。

日本の歌は、神に、永久のいのちに傳へ訴へ祈るものとして發生した。思ひ極つた事件を、むしろその心を傳へる、今はなき人の永久のいのちに傳へる歌は或ひは一體となり難い互の愛情の永久のいのちと心の橋だてさへなすものでもあつた。挽歌と相聞はそのときやはり發生的に同じであつただらう。しかも上つ代の人間の「自然」はあらはなことをそのまゝに傳へ得た。最も古い詩歌と思はれる日本武尊の片歌は、材自然と神と人間の間にさへ距てをみない神人の同殿共床時代の詩歌である。「あはれ一つ松」を「汝兄《なせ》」と呼ぶなどさういふ上つ代の自然心である。このみちはすでに天平では敍景となり寓意となつた。かうして王朝に入るのである。

王朝の文化は萬葉人があらはに歌つたやうな事件はすべて消却し、ただ抽象された心ばへを歌はうとする。訴へ方が異るのである。詩のもつべき有羞の心を知つたのである。同情を呼ぶためにも、客觀性を詩歌に與へんとする技巧がほどこされねばならぬと知りすぎたのである。率直に事件そのものを疊みかけわが感情の直射で共感を求めた上代に對し、王朝人の手法は事件を心ばへの方で一般化し、あくなき反省をくりかへした末のヒステリーと怨情で愉しい自虐を歌ふのである。その愉しい自虐には、感傷を悲劇化するポーズが生れた。和泉式部などのうたひあげた豫前の失戀のポーズは、まことに人間文化の發見した優秀のポーズの一つである。つひに彼女は精神の記憶を一切喪失と感じ、專ら感覺の記憶の不安のみをくりかへして、千五百首餘の絢爛たる戀歌をくり展げたのである。

齋宮のこの「琴の音に」の歌なども、すでに萬葉人の戀歌の歌つたものでない、世界も異りさらに形式が異る。訴へたい事件に關しては萬葉人はこれ程な激しい藝術的自虐をなし得なかつたのである。しかもあきらめからなされる自虐でなくして、時代文化一般への信頼がなしうる藝術家の自覺である。藝術の表現を規定するものは、この信頼と自覺にあると思ふ。草花の姿にひたぶるな天地のいのちを託す心である。齋宮の歌一首可憐の詩情と感じられるところは、一切の說服心をすて去つた、訴へたもののほのかな形のゆゑである。詩歌の表現はこれで充分である。この一幅の美しい繪卷の世界を思はせる雰圍氣にもかゝはらず、この歌は詩歌だけが可能とする世界を描いてゐる。こゝに描いてゐるものは、寢殿造りの座敷でもなければ、琴ひく美女でもない、それらの組合せでもなくして、まして何かの寫生でもなく、たゞ詩歌だけの描きうる心情世界である。

萬葉時代の相聞が王朝に入つて複雜となつたことは當然である。相聞は愛情の解剖をともなふやうになつた、かつて生理學であつたものが心理學となつた、そしてそれゆゑその時代に惠心僧都風な生理學も必要であつたといふことは多言を要せぬであらう。さて相聞の地盤となるもの、われときみとの間の形の上の永久の距て、一體となつても同體となり難い距て、思ふほどに自分の中では遠ざかりゆく愛情のゆゑに、そこに殊さらの悲劇感を作ることは、王朝人の特權的な感じ方でもあつた。自分の思ひとひとの思ひを測つてみたときに當然起る不安なヒステリーは、本質的知識人たる王朝人の悲劇感を滿足させた、時間的にある距てと共に、距離的な距てとともに、空間的な距てを考へる、左右上下、それに時間空間のすべてから感じられる距て、その距てをこえる橋のやうに相聞に歌があつた。王朝文化は古い日本武尊時代からかういふ世界にまできたのである。死人に歌ひ祈るやうな相聞を、戀人に嘆き歌ふといふ、この古いときにあつた二つのものは形を改めた。そのとき、初めて挽歌と相聞が新しい形で同じ心であることを知るのである。王朝の女性は相聞の方から知つたのである。この形、神典時代が漸く古典時代となり、そしてそれが解體してゆくのがかの後鳥羽院のときである。その後の日本文藝は、つねに回想と復古であつた。

しかも歌ふ心にまじめさと不まじめさとのあるといふことを知つたのは、この解體期の最後の御方後鳥羽院である。あの玄妙な象徴體の指導者たる院であつた。紫式部の心ばへの説ではさういふ觀點では歌に格を考へてゐない。かうして王朝の相聞歌は、かつて實用感の濃いものであつた歌を、あきらかに遊戯のものとした。それは藝術至上主義的な意味に於てである。そのかなしい哀愁はつねに複雑な世界を歌つてゐる、しかもその激しい感情は、錯雑の中で清冽のしづけさにたゝへられてゐる。相聞歌のたどりついた一つの世界である。

この春もまた郷里に歸つた私は、偶然齋宮を描いた二枚の繪姿を家藏の古物の中から見つけだした。一つの掛軸の方には齋宮のこの歌の古い切がはりつけてあつた。私はこの繪をなつかしく思つた、それは古い自分の父祖へのなつかしさもあつた。例より暖かつた今年の春に、私は「琴のねに」の歌を考へてゐたのもそんなたわいない理由からである。「琴の音に」の歌はうすぐらい日本の建物の中のものと、今の私にはなつて了つた、そのしづかにゆたかな一ときの琴の音にかよふつゝましい人の戀ひ心は、思ふのみで私に樂しいのである。かういふ靜かな可憐さは珠玉を以て鏤めたやうなわが國風の表現法である。この果敢さにまで高められた自虐の激しさは、王朝の慰戲の文學の極致と云ふべきではなからうか。あらはに對手や人々に訴へられる願ひではない、じつに心のかねごとのたぐひであつた。「いづれのをより調べそめけむ」といふ吐息の褪めぎはの華やかさ、この深沈した華やかさには、國風の樹立した聯想形式の極致がある。今でも古い土地の日本の人々はかういふ形式の發想と聯想と形態で、うつしみのことを語つてゐるのである。

女御更衣合せて十人と誌された天暦の帝の宮廷は、限りなく典雅であつたばかりか、みかどは戀さへしてをられたと、榮花の作者はそのさまを美しく傳へてゐる。その後宮を形成してゐた二人の典型が安子芳子にうつされてゐるとし、この可憐の歌のひと齋宮女御ことは大鏡にも榮花にもさして細かに描かれてゐない。村上天皇は琴を愛された。齋宮女御には琴の御歌が他にも殘つてゐる。日本の琴はすでに淡い淡い繪畫である。

私は遠い少年の頃に萬葉集をよんで以來「君子《うまびと》の左琴」といふ言葉と「日本の琴」といふ言葉をなつかしく憶えてゐる。梧桐の日本の琴一面、それが夢に少女となつて大伴旅人の枕べにあらはれたといふ話である。その琴の娘子は旅人と歌の贈答をした。旅人はその仔細を誌してその琴を藤原房前に贈呈した。

古くより私は「恆に君子の左琴となり」と云ふことばが忘れ難かつたが、「琴の音に」の歌に放心して旬日、萬葉集中にさがし求めて、巻五にこの歌を見出した。たまたま古王朝の「琴歌譜」の版本が手もとにあつたゆゑにくりひらいてみもした。日本の哀れな樂器の奏へる樂は近代の軍樂隊のやうな、體系創造や國家建設の宏謨もたないことはまた止むを得ぬではないか。日本の古の琴も、はた今の琴さへ、つねに「君子の左琴」であり、正しくそれは「琴の音に」の歌のために在るにすぎない。

齋宮女御は三十六歌仙では、單に齋宮と云はれてゐる、歌の方では徽子と呼ぶか、承香殿女御と稱へるか歌道に暗く國文學に淺い私は知らない。式部卿重明親王の第一の王女で徽子女王と申した。御母はかの貞信公の女である。朱雀天皇承平六年伊勢の齋宮に奉仕されたが、同じみかどの天慶八年御母の喪のために伊勢より歸られ、村上の帝の天暦元年（西紀九四七）入内せられて、承香殿女御と申し上げた。齋宮女御と申す所以である。薨ぜられたのは寛和元年（西紀九八五）御齡は五十歳であらせられた。やはり後鳥羽院の新古今集によつて認められた歌人の御一人と拜察する。御家集は數種の刊本もあるが百人一首に何故か入つてゐないゆゑに、一般には喧傳遊ばされぬのではなからうか。

雲中供養佛

この春の事——念のため語れば昭和十二年の春に、奈良博物館で王朝時代の美術品の特別展覽會があつた。なか〳〵充實してゐて有意義な陳列であつたが、その中に宇治鳳凰堂の雲中供養菩薩の二體の入つてゐたのを記憶してゐる人もあると思ふ。宇治を訪れる度に拜觀したものではあるが、手のふれるまでに眺めるやうな機會はなかつたため、間近く見たその飜衣舞踏の姿のなつかしさは、以來久しく眼の先きにちらついて、去らない、今もすでにあの美しい擧手起足の相が我まへに浮んでくる。

少しくその名稱から語れば、かの鳳凰堂の四周、長押と頭貫の間にかかげられた懸佛を、かりに懸佛と呼ぶがよいか、雲中供養佛といふべきか、はた飛天群像と奇古好學の呼び名すべきか、いづれかは私には決定されぬゆゑ、多くの一般觀覽者なみに雲中供養佛と誌して、國寶指定の名稱に賴る事大主義に甘んじよう。その形相のすべてが菩薩形であるゆゑに、雲中供養菩薩と呼ぶがよからうと、私は古くから考へることなく定めてゐたのであつた。

頃日美術研究所員田中喜作氏の「鳳凰堂雲中供養佛」なる一書をよんだため、新たに興わくところあつて、當時の感興を想ひ起し又改めて蕪雜の筆を弄したくなつた。さきに誌した名稱については本書も亦論斷するところがない。さて春の奈良に二體の御像を拜してのち、私は又その春に二度と、秋の初めに一度、及び冬の初めに再びと平等院を訪れたこと年内四度であつたから、今年昭和十二年は宇治の佛たちに何か佛緣深い年とも思はれる。四度の旅のすべてが、人に强ひられての旅行でなく、されば又所用にかこつけての遠出でもない、すべてなつかしい佛の導きであつた。

さて田中喜作氏の誌すところは、さすがに專門家の手になる調査報告なれば、雲中供養佛の學問的研究を思ふものの一讀すべき書である。別に本文にもひかれた福井教授の「藝文」誌上に發表されたといふ研究も拜見したいと思つたのであるが、これはなほ未讀である。我らが通常にいだく如き疑問の一々を數へあげて示された田中氏の勞は精と云ふべく、さうして決定の意見についても亦聞くところが多いと私にも思はれた。現在五十二體の菩薩たちのすべてが天喜供養時の作品なるかとまづ考へ、次に作によつて類別して大略の種に分ち、その年代と現所在と舊所在を疑ひ考へ、補修加作の如何を考證されたところ、極めて正常公平の說き方と思へる。さらに斯堂の禪定の三昧相に住する彌陀に卽してあらはれた樂天供養の菩薩を二十五菩薩來迎と解することをしりぞけて、(天喜供養時の推定二十數體の斷定を考慮の上で)「たゞ少くとも古樣の菩薩が、禪定の寂靜相なる本尊に對し、是を敬禮し供養してさま〴〵の妙樂を奏する、是れを强ひて二十五菩薩の一概念に攝し或ひは近づくるよりも、單に淨土莊嚴のさまを宛ら此の土に現前せんことを企圖したものとして、單に伎樂の菩薩と見るを尙更に應はしいと考へたい、卽ち古記に往々散見する樂天であり、舞菩薩でありまた音聲菩薩のそれである」と說かれたところは、我らの藝術的、氣分的、そして情緒的、さういふふうの感じ方と享けとり方に合點されることでもあつた。

まことに淨土現前の構想である。それを二十五菩薩に考へいたして、五十數體から、新と舊を割つてみても、恐らくその合理的解釋の一見の精密さは、學問が學問に破れることであらう。現在での可能をつくした田中氏の調査研究は、我らの俗の享受をそのまゝ肯定するのである。私にとつては何の考證も研究もなく、懸佛は淨土現前の雰圍氣を作るかきわりである。何といふ莊嚴優美な、さうして華麗な一堂の構成であるかは、見ぬ人に理解させるすべがない。來迎の如來が觀音勢至を從へずして、二十五菩薩を從へるや否やの問題より、或ひは古記錄の傳より、五十三佛にひき結んだ寺傳のつたへより、私は時代人の構想の源本をうかがふ方が正しいと信じる。さうして私ら懶惰な詩人になしうることは、己が魂を以て古い世の人々の魂と詩心に卽することである。私らの懶惰は古記錄を見落すことが多いであらう。勤勉な學生すら記錄の見落しは多い、まして楠正成に燒き拂はれつくした平等院の記錄はすでに神の如き勤勉な學者にもよむすべがないのである。私はたゞ私の詩心を刺戟した雲中供養佛を語るのみである。その個々の像のもつ補修についての恐らく一等正確に近い一人の人の實現した記錄や考證は、これらに關心もつ人々は、田中氏の有益の書に教へられるがよい。たゞ堂下よりそれを仰いでよろこぶ我らには田中氏の如き便宜を當分與へられないであらう。田中氏は懸佛の一々をとり下して實見されたのである。

雲中供養佛のうち最も古式を止めたもの、恐らく古記録にいふ天喜供養のそのときの諸像の形相をいへば、日本の造型が、大陸の影響を消化しきつて純化された日に、わが古人が作りあげたその形相は、かつて大陸のいづこに於て、又前後のいつの時代に於てももたないやうな造型を完成したものである。こゝに完成されたやうなデリケートな情緒と神經は、優麗な動は、宛然とした姿は、東洋の二つの文化の土地に於てもつひにあらはれなかつたのである。それは古代の奇樸でもなく、近代の肉感でもない。まして偏土の偏奇の生むところとは懸絶した一箇琢磨の文化の美であつた。

私は僅かに一箇の作品に於て、驚異すべき日本の獨自さを發見したのである。すべてを模倣から云ひ先蹤を說いたわが美術史學が、押しならべて一片の詩心なく藝術精神なき最近の模倣學問の殘滓である所以は、今日机上の美術史書や文藝學書を參照して、極めて博引傍證を盡した研究論文を賣文する輩の似而非なる事情についてみるがよい。日本の造型に於ける獨自さを肯定するものは概して正しいのである。その特徵として數箇の概念をあぐるを以て任務とすることも正しいが、私はその方はとらないのである。文藝學的、藝術學的、かゝる今日の概念に磨滅されたときの造型はすべて何ら獨自の保證や證明とならない。こゝに云ふ雲中の供養菩薩の示す諸特徵を現す優美とか纖細といふ概念は、恐らく基本に於て間違ひないところの特色ではあらうが、それだけでは漢代の數箇の作品と日本の王朝を別たない、ロココの若干とも別たぬのである。もし現行の藝術學的概念語に磨滅すれば、橘夫人念持佛の光屏の持つ天女と野蠻時代の現在ヨーロツパの民藝のもつ特色とをとき別つ言葉があらうか、しかも作品は嚴然と異るのである。たゞ現作品につきて見よと單純に私は文藝批評の機能の放棄ないしは諦觀を云ふのではない。少くとも今少し造型を別つに舶來ドイツ藝術學的な大ざつぱの概念文章をすてゝ、反つて文藝批評文らしき機能を發揮せよと求めるのである。單純に作品に、社會性の有無や、人間性の有無を云つてゐるには、もはや事情の方が先人の努力の發掘と發見によつて精密に判明しすぎる。今日巷間に流通する、社會學的、哲學的、藝術學的それらの一切の的々文章は凡そ今日の好事の精神――科學の正確さに近づかうとする美の精神のまへに、四角ばつたナンセンスと見えるのである。

奈良博物館で、咫尺の間に見た一箇の雲中供養佛は、單に私に驚くべき日本の造型の、東洋に於ける獨自さを教へたのみでない、それはまたさらに驚異すべき王朝文化の片影さへまざ〳〵と回顧させるものがあつた。一條院の御世の宮廷文化と、その先行たる延喜天暦の文化、ないしは天平のすでに去つたのち貞觀に回歸した文明、あるひは後期の後鳥羽院の御時の文化――それらの諸時代の最高の文化の集約が、一堂に燦然とくりひろげられた春の日の奈良の光輝を眼のまへにもつ幸ひを思ひつゝ、私はやはり一條院の御世の光榮の日本文化を考へてゐたのである。この十一世紀の世界文化は、今日より比較考證するとき、世界に於てただわが日本の島國にのみ輝いてゐたことを知るのである。源氏物語を描いた如き女性が二度世界史のいつの日に現れようか、和泉式部の如き閨秀の詩人がいつの世に生れるだらうか。しかも覺仁の如き天才や、惠心僧都の如き千年の精神界を變革決定した天才がいづこに再びあらうか。少くとも文藝を描いて惠心僧都の如き大天才は十世紀の世界史にない、繪畫を描いてはさらにない、教界の偉人としても宋の學界にさへ存在しない。(ダンテの神曲は十四世紀である) 私はダンテの邦譯全集本さへ讀了せぬことを恥ぢるのではない。惠心僧都全集に示された片鱗さへ完了せぬことを恥ぢるのである。しかし惠心の一句の文章を知らずとも、その釋教の所在も知らずとも、我ら日本人の隣近所には必ず惠心が住んでゐるのである。

雄大な淨土信仰の藝術化、又は情緒化、さらに進んで日常生活の浪曼化は、我らの歴史に輝く大天才の一大事業である。大和狐井のト部氏の出なる惠心僧都は、恐らく日本の生んだ大天才中の隨一人である。空海、最澄の流れは、中期に於て、惠心を產み、一方覺仁を產むのである。(日本の大畫家威儀師覺仁は大治年間に生存した東寺の人ゆゑずつと後期のものであるが、ことさらにこゝで語るのである) 淨土信仰の日常生活化――以てする日常生活の美化と浪曼化は惠心僧都の天才の所產である。それは恐らく禪宗による茶道風な日常生活の浪曼化と平行して存在する我が國の美觀の中樞である。嚴として現在にまで殘され、我らの今日の精神と生活を陰影する、言語道斷の天才の所產である。淨土觀がどういふ形で日本の人間生活を通じて變形していつたかは我々の考究すべき、たゞ文藝によつて實證すべき一大問題であるが、當分の私には不可能である、適宜の研究に賴るにしては、私の讀書さへまだ普遍でない、私の學問は極めて淺すぎるのである。一つの人の試みた結論に頼るには、私の知識は未だ熟せぬうらみがある。たゞ近代觀のエリジユウムの思想の發生が一條院の御世の文藝に初めてあらはれること、それだけが私の結論である。天平人の藝文にあらはれた現實と、王朝のそれに於ける現實はまことに異るものが怖ろしい程である。天平の古人は美の運命を知らないのである。美の嘆きがこの世にあることを肉體では知らなかつたのである。さうして惠心は、かゝる時に、單に教界と精神界の偉人たるのみならず、思想界の偉人たる以上に、藝文上の大天才である。日本人の情緒生活は、宋學や禪の教によらず天才惠心の創造によるのである。惠心が源平の古武士のもののあはれを創り、その勇氣と情緒をつくつたのである。彼らは惠心のといた如く、落涙と殺戮の生活の中で讃佛乘の大乘の緣を構想し、狂言綺語と轉法輪を肉身と生命で行つたのである。(我々は「詩と眞實」といふ考へ方卽ち「噓と眞」の考へ方の、深刻な文藝上の哲理を考へ、ひいてこゝに生れるロマンテイクの近世の觀想の形に思ひ及ぶべきである。若し我々が自國の古代の天才の片鱗にさへ通じるなら、恐らく近世の紅毛の學と考にも以前にましてたやすく近よりうるであらう)惠心僧都は單に源平の古武士の勇氣の實體とその後の丈夫の勇氣の構造の基本を影響したのみでない、王朝の世界的女性から始つて明治の市井の名もない女性の情緒生活にまで影響のあとをその魂と血に鏤んだのである。彼は日本の情緒と心情と美觀を創造したのである。(小泉八雲の感動した明治の市井の悲しい貧女の日記を、王朝の女流の日記や物語の詩情するものと比較せよ)さて惠心僧都は宋の當時の碩學よりもすぐれた偉大な學者であり、日本の教界を變革した宗教家であり、日本の精神と情緒の生活を千年に亙り規定した如き大詩人であり、往生要集の示す如き藝術家であり、さらに有志八幡講藏する來迎圖に於ける如き大畫家であり、同時に雄大な舞臺裝置の大家であり、その上未曾有の振付師であつた。その來迎圖に於ける如き造型はまことに斬新にして永遠のものである。足利の世にあらはれた同型の天才夢窓國師の及ぼした影響に比しても、むしろその力も形も大きいものであると私には考へられるのである。しかしながら私はこゝでさして知りもせぬ惠心僧都の誌された思想を語るのではない。この雄大の規模をもつ大詩人の所在の一端について世の好學の少年の記憶に殘るものを誌し得ればむしろ幸ひとするに止まる。

供養菩薩の振付を試みた惠心僧都の天才は凡そ今より十世紀以前のものである。もしこの天才を十世紀ののちの今日に再誕せしめるならば、この大綜合藝術家は、世界の藝文と藝能の一切を一瞬に閉塞せしむるに足るであらう。我々はこの大綜合藝術家のまへには、なほ我々の世阿彌にも近松にも、さらにいへばかの偉大な宗達にさへ驚きを少くするのである。宗達が日本の美的生活に及ぼした作用――日本の生活のその日の浪曼化に及ぼした作用は、恐らく歴史上の未曾有の盛観である。それは心以上に形として、嚴に現れたものである。例へば我らの一切の文化的修飾の大半は宗達の詩と表現に源してゐる如き、かかる事實はたゞ驚異に價する。さうして形と造型の上の支配に於て、宗達ほどに廣漠の範圍に君臨する藝術も亦史上の内外に見ぬばかりである。その形と色のモチイヴは、凡そ人間の支配しうる時代を支配したといふべきである。この古きもののいよ〳〵新しい事實は、誰人も否定し得ないところである。（念のために註すれば、光悦、紹益と、宗達はちがふ、光琳、乾山と宗達とも亦ちがふ、光悦と光琳も亦ちがふ、等しく文化と藝術の考へ方に於てちがふのである）

平等院の鳳凰堂も亦、淨土現前の心を造型化したものであつた。私はしばらく天喜供養の華榮を想像するのである。それは日本の美的生活がその最大の光芒を放つた瞬間である。平等院の別業の成つたのは永承七年の春であり、次の年天喜元年三月に鳳凰堂が建立された、さうして同じ天喜五年八月定朝は入寂したのである。最大の最高の光りとかいた所以である。御世は後冷泉天皇、頼通攝政の時に當つてゐる。その供養の莊嚴は榮花を一篇の詩に壓縮したよりもさらに美しかつたであらう。大僧正奉仕のさまや、行道習禮の粧ひも、伶人の歌笛、散華の美しさに、すべてただ私の想像の外のものである。誌された莊嚴のさまの記録の見あたらぬことが、さらにも想像をひろくするのである。扶桑略記に、佛殿莊嚴古今無雙と僅かに記された文句が思ひつかれるばかりである。

雲中供養の菩薩像はその莊嚴のためのものであつた。爲成の一日にして描いたと傳へる壁畫も今は蕪れて見るよしもなく、まして殿堂内部を彩つた彩色は僅かに木目のかげに散見して古をしのぶばかりであるが、フエノロサが世の木彫の極致極限を盡しきつたものと呆然と歎じた天蓋の金色も、禪定の彌陀の當時の燦然たる金色と共に、今は云ふすべもなからう。この天蓋の木彫に於て、すでに人類の木彫はその極致を完成したとも稱すべきである。丈六の彌陀も、今日に見る如きいやしき安價の金色でなかつたであらう。さうして現存する堂内の反射鏡の使用が、ことにも私の驚きを加重する。その堂内を反射する鏡のうける光りは、堂内の金色の彌陀の發するやはらかな反射光線である。河面からの反射の光を金色の彌陀にうつし、さらにその光を鏡にうけて供養菩薩のある壁面から桁天井のしきつめた彩色文様を照らし出す、やはらかい光りのシンフオニーはまことに驚くべき贅澤な構想である。

一つの時代の絶頂の作品がこゝにあるのである。それは燃えあがつた瞬間である。この日世界に於ける最高の文化の片鱗がこゝに殘されてゐるのである。もうどんな異國の影響も、手本も、こゝでは云ひやうがないだらう。宇治の流を上り下りする柴舟の舟人が、そのゆききにふしをがんだ彌陀の御影は、完全な和様である。(今の鳳凰堂前面の地形は幾度か變化した、昔の舟行の人々は定朝の彌陀を拜して上下したのである。その都合を考へて建てられた建物である。歌舞の船で、流より佛を拜した世の雜遊の一つのありがたさを今は考へてほしい）この堂舍も、構想も、舞臺も、振付も、デザインもすべてあきらかすぎる和様である。たとへば法隆寺壁畫に遠く、大唐、印度、西域やないしは希臘などの傳統をさがして、學者ぶる心掛を、私はすでに一笑して一揖するばかりである。その遠い昔の、早い世に描かれた金堂壁畫に於てもすでに我々は比較し得ない、出藍の作品にふれるからである。ユニークな藝術はつひに出藍の作品の系列である。微細に云へば云ふほど半島を通つてきた藝術は、海を渡つた瞬間に變化したあと歴然となるのである。我らの日本がすべてをうけて何ら與へなかつたといへば、それはうけとらなかつたものの失態である。彼らは我らの三十年まへの父祖たちが海を渡つて彼らの軍隊をうち破つた時にさへ、なほ我らの內なる精神にふれようとしなかつたではないか。我らの三十年昔の父祖が滿洲に戰つて多數の白人を殺戮したとき、初めて若干の白人は日本に何かを求めようとしたのである。對手に與へなかつたか、對手が求めなかつたか、もし我々が今日五百萬の白人を虐殺すれば、世界は日本に求めるであらう。さうしてそこで進步的歷史家は日本が文化に與へたことについての一項目を文化史の中にかくのである。支那が日本を學ぶか、（私は今宵も戴天仇の日本論をひらいて感じてゐる）西洋が東洋に學ぶか、——さういふことは僕はもう考へない。我々は教へようとも思はない、人類の寶は、公平に東洋と西洋をとはない、人類のまへにおかれてゐる。教へようとも學べとも云ふ必要はない、我々ははや今日世界史の大轉換のまへに、勝ち敗けの瀨戶に立つてゐる。我々の虛空に放つやうな美が、我々がうけついできた美が、世界の人々の學ぶところとならないならば、學ばぬものが敗けるか、教へぬ我々が破れるかの、いづれかである。つねに文化の大きい光線は、妥協や外交を試みたためしがない、日本はつねに立派なものをうけて、しかもそれをさらに變貌し、精神と情緖とし、そのバトンをうけとるもののまへに自由に無邊際に放任した。さればこそかの小泉八雲の如き大詩人は、日本の天才の情緖と心情が、一等稀薄化された大衆的現れにふれたのみで、その市井の日本の女性の心情の美しさに驚嘆したのである。

東洋とは何かといふ議論がとかれてゐるのである、今日の議論である、私は昨々年の初めに一つの文章をかき、東洋が漠然としてゐるのは、我々の怠慢のために、一篇の東洋論がなく、一篇の日本論がないからであると、ヨーロッパが單位化したときの事情に大ざつぱにふれたのである。日本の決意の時代の啓蒙學者の一人、すぐれた先進の一人は史學に於てそれをのべて、東洋が漠然概念だと論じたことを、僕は今も考へて、實にその啓蒙學者の自身の時代的決意に對する怠慢さにいきどほろしくなつたのである。西洋では世界史が東西に現實の歩みにあらはれようとした日に、歴史とは何か、ヨーロッパとは何か、を考へた筈である。さういふヨーロッパ人のヨーロッパ論、ひいては世界歴史論からはみ出たものを東洋とし、己の東洋と思ひ、それを漠然概念にすぎないと考へたとすれば、まことにおめでたい亡國亡民の史學である。

雲中供養菩薩を語りつゝ、慷慨めいた閑話を弄するのも、今の日本の美術史學さへも、一概に日本は影響をうけたのみの國と論斷してゐる蒙にあきぬからである。日本の維新史を學ばなかつたから、支那は近代國家から永久にはぐれてゆくだらう。日本の美と精神の歴史と變貌を學ばなかつたから、支那に於ける藝術は、つねに前朝の遺臣である。藝術の世界では、すでに宣撫も教育も不要かもしれない、我々の父祖は支那から教へられたのでなく、支那に求めたのである、西洋が近づけば直ちに西洋に求めたのである。この求道心が――山に求め川に求め海に求めた如く求めたのである。欲せぬ馬を流れに近づけることは徒勞の第一である。(キリスト教の宣教師は劍をもつて流れにひつぱつた筈である) 日本が古代の漢唐の故地を支配し、毛唐を威壓する日は、卽ち始めて我らの宗達の世界支配が緒につく日である。日本が文化の世界に何かを與へる第一日がかくして實現する。（寄與云々で日本論否定顔をした進歩學者に私はこの歴史上の事實を告げる義務を感じる）宗達ほど長い時代と廣い人々の日常生活の美化をなした藝術家とデザイナーは東西に存在しない。我々の日常は雪舟の中に住むことはめづらしいが、どの日に於てもかならず宗達的世界の一片鱗や全貌と關聯してゐるのである。惠心僧都や宗達の支配の形式は、夢窓國師や千利休の支配の形式と、インテリジエンスの作用を考へると違ふのである。二つともに無關係でないし、又いづれ劣らぬ天才ながら、私は前者に、私の藝術の世界の考へ方の重點をおく。（念のためにいへば岡倉天心は、その藝術史観で、後者の方に重點を置いたものと私は考へるのである）

雲中供養菩薩から補修を除き、後代作品を削るやうに、この作品の造型の原型を異土に求めるやうな手間を專ら學問とし、科學的と考へがちの人々を私は排するのである。印度や支那にあつた舞踊形の造型には、たしかにある種纖細な手足も、手をあげ足をあげた形もあつた。しかし惠心僧都が振りつけた日本舞踊の基本形式の様式を、異土のものとに區別もつけないで、たゞ例の人間的とか情熱的とかいふやうな丸太棒式藝術學つかひには、本當にその區別がわからぬものと思ふ事とする。まことに印度にも手の掌の宛轉の色氣をうつしてゐるものないわけではない。つまり人間の基本形は五體だからである。雲中供養菩薩を語るとしても、私は當分こんなふうに一等見た眼に直ちにわかることがらをとく必要がある。さうして見れば直ちにわかる筈の日本のユニークさを語ることによつて、私は

「日本的」といふめでたい形容詞を人から與へられる、まことに恥かしく笑止のことである。遠く離れた藝術の似てゐることの發見がなつかしい、さうしてその方こそ語り手にとつても語りがひあるうれしさである。しかし今日では私らは、日本のものはかういふものだと細かいちがひと大ざつぱの區別を一しよくたにして、まづ語らねばならないのである。それは今日の人々が日本の供養菩薩形式の寫眞を見ないで、むしろ多くギリシヤの踊り子形式の寫眞を見てゐるからであらうとも思へるが、私にはギリシヤの踊り子のつめたい姿を刻んだ彫物の寫眞は、今日の形への考へ方でいへば、うつたへる踊りでもなく、狂ふ舞ひでもなく、ましてひとり樂しむ舞ひとも見えない。同時に體の二體で、一つの感情のクライマツクスを感情的にシンメトリーすることは、たとへおだやかにしても、もう我々の概念では異例の亂の部に入れたいのである。かういふことを云へば、日本の能のことも考へる必要あるが、餘り專心せぬことを語るのは、如何にもヂヤーナリストの特權の濫用めくので、少々恥かしい。

　この雲中供養菩薩に現されてゐる舞踊のかたちの造型化は、恐らく日本人の造型の天分の一つを實證する。それはどこにあつた舞踏の動きとも異るものを表現してゐるのみならず、あるものは近い世の最も新しい形態の一つ一つをさへ展いてゐるのである。新しいとは、いはば西洋の踊りのその形である。靜と動との關係を、今日の美學風に大ざつぱに扱ふ限り、雲中供養菩薩の形は、一應こんな比較にまで語られる。西洋の踊りを我が家の庭で眺めるやうに、ふだんに見てゐる人のある筈もないから、五十歩百歩の私の斷案にも、若干の同情を拂はれよ。個性を抹殺した漠然とした感情をかもし出す音樂的才能に於ても、日本人は完全の劣等でなかつたのである。この雲中供養菩薩の姿態の美しさに行成のかな文字の示した魔術のやうな神のやうな人間外の仕事の美しさを見て、洋の東西にない驚奇に新に驚くがよい。行成の草書の美しさはまことに日本の踊りの線の一つである。日本人の日常生活には、大建築大藝術をもつ異國――支那、印度と比べてさへも――の人々が思ひ及ばなかつたところの、藝術化の作用がゆきわたり、又その日常生活の藝術化が完成されてゐるのである。さればこそ印度の邪教が空海によつて大乘哲學に體系づけられ、最近でいへば西洋の大衆小説が二十世紀日本人によつて藝術的純文藝と尊敬されてゐるのである。

天台、眞言の舞樂散華の莊嚴さも亦音樂的天才の一つを示すだらう。日本の藝術の主たるイデーが、物性と個性の抹殺ののちに、漠然とした感情をかもし出す方法であつたことは、行成や後の光悦の書に於ける偉大な成功に於ても見出される。ましてさきにかいた如く、鳳凰堂の室内照明の如き構想に私は驚くのみである。足利將軍が月明の美觀をつくらうとしたこゝろは、例へ宋に先蹤あつたとしても、日本人のつくりあげた庭は、藝術の詩情と、又理念するものに於て完全に向うと異るのである。氣韻生動の如き大ざつぱの言葉で共通だけを求めることは、歷史と人間の生き方のその現れとしての藝能を考へぬ怠慢の術學である。

もし二十世紀にあらはれたならばと私が思ふ、その驚くべき惠心僧都も亦耕しつくされた劣しい土地に、あまりにも永く多くを作りつくしたやせ地に、ふんだんにおびたゞしい新しい肥料と勞力と智慧をだけふり注いだ。

永い傳統は決して藝術家に幸ひするのではない、すべての藝術家はその強い形の如き歴史から、火中に生ずる草花のやうにしかも卵生するのである。惠心僧都の舞踊の造型も作られた後にこそ、既定の如くその形は驚くべき方法で安定してゐるのである。やはり平安中期の日野の法界寺の有名な壁畫飛天の造型に於てこの事情をみるもよい。この無名作者の手になる飛行天女の形は、世にもめづらしい傑作の一つである。それは眼をひくよそほひに依つて飛行を表現したものではない。雲を呼び風を起す——あの後の飛行の龍の抽象化とは全然異る飛行舞踏の造型である。多くの神話の天女のやうに、なつかしくかなしい翼をはゞたいてゐるのではない。さうしてつひに、顯はに、著しく、これは飛んでゐる、遊びつゝ飛んでゐる、飜つてゐる衣さへ、飛行の用をなしたものでなく、結果のもつれの造型である。翼や風や雲でとぶのではない、これはあきらかに、恐らく稀有な人間の飛行を空想化した造型であらう。こゝにも一つ舞踊の形がある。完全に純粋に飛んでゐる。人間飛行を構想した人間のイメーヂの根據や基礎や、そのときのいたましい合理主義や科學主義を完全に退けて、この法界寺の壁畫天女の作者は世にもあざやかにそして純粋に「飛行」を造型したのである。この「飛行」の造型者は恐らく夢中で手をばた〳〵とふるところから、手の代りの羽根や翼を描くほゝゑましい野蠻の如きは思はなかつたのである。

もう鳳凰堂の作り出す藝術的雰圍氣を文字の形で再現することは私に不可能である。す一つの供養菩薩の美しさを云ふさへ、雪國の系統と、畿内の系統を異にするもう十年近い以前に始めてるのである。それも不可能である。恐らく日本の美人の形相は、聖觀世音菩薩を見たが、もう十年近い以前に始めてであらう。私は過日も京都で鞍馬寺の聖觀世音菩薩を見たが、もう十年近い以前に始めてこれを見てより恐らく日本の女性の美貌を最も端的に表現する一等近代の造型と考へたのである。形と共に、匂ひの如き色が、生ある如くに生きてゐ、定慶が嘉祿二年の春二月の作である。天平の吉祥天より、法華寺の十一面觀音より、私はこの像に日本の若い女性の美しさを感じるのである。こゝには說明や解說や理想が表現されてゐるのではない、そのまゝの現實の像が實現されてゐるのである。

此に鳳凰堂を語るにあたりあらゆる美と藝術が協和した一つの雄大の舞臺裝置の意味を說き、それを再現した文章には今日まで私はふれてゐない、世間の鳳凰堂研究は槪して有益ではあるが、さういふ鳳凰堂の王朝精神に於ける、限定して王朝の美觀に於ける位置を描いた文章にはまだ見參しないのである。

さて過日、私は鳳凰堂の中に立つて、王朝の宮廷人が歌の中にハーモニーを必要としなかつたとさへ見える原因を一人合點してゐたのである。すでに鳳凰堂の中ではメロディーだけで充分である。恐らくわれらの世がヨーロツパを實現するためには、この兩翼階廊を切斷し、雲中供養菩薩に制服をきせるがよいのである。しかし鳳凰堂の兩翼は人間の歩行には不可能なやうに作られてゐる。すべて無用としてただ修飾のために、全建築の半分以上のものがつくられてゐるのである。遠く下より眺めてあの纖細可憐な屋上鳳凰が、實に雄大にしてむしろ無骨な作品として作られてゐることは、奈良の寫眞師が綱で體をしばつて屋上にのぼりうつしたと云ふ寫眞を見て私は始めて知つた。

定朝で代表される人々は、よく造型と形を了解してゐたのである。彼らはみな今日の東京博物館や帝國議事堂のデザイナーと異る天才である。その供養菩薩はみな自分が娯しんでゐる——といふことによつて供養をあらはしてゐる、そこから日本の藝術は、つひに絶對專制君主の私有とならなかつた、僅かに後の桃山に開花した僭主的藝術さへ、かくすところない平民の藝術的開花と開花したのである。さうしてこんな供養菩薩風の原理から、日本の藝術はドイツ風な音樂と全然異る道へ入つた。岡倉天心はベートヴエンをきいた夜に、つひに藝術に於て西洋が東洋にうちかつた唯一のものと嘆じた。西洋的大藝術は、——それに支那の主潮も加へて、いはゞ人間と情緒と生活の美化に於て、支配者の氣質に源してゐる。何を描かうとも、たとへ庶民を描かうとも、すべて支配者の虚榮の悲哀に描かれる大建築の精神である。日本の支配者は銀閣を作つたのである。そこにある一つの石は、遠い孤島の潮騒をきくよすがにすぎず、一木は遠い深山の名所をしのぶために、遠路を運ばれてきたものである。一木一石はそれ以外の何でもないのである。ありがたくも、日本の藝術は、その僭主の日にさへ、唐やローマで行はれた列藩と疆外諸國に君臨する帝國的饗宴の藝術とはことかはり、雑遊をイデーした藝術である。饗宴か雑遊かさういふ藝術の考へ方に於て、始めて日本の藝術は世界のユニークである。(イギリスの十九世紀浪曼派詩人はまづ雑遊派である）一日に鳳凰堂から銀閣へ、私はこの間も見物してきた。そのはてに私は供養菩薩の精神の振りつけをした天才を思ひ、その天才の支配の世界に驚いたのである。一方は「インテリゲンチヤ」に回想され、他者は大衆と母とを支配してゐる。一方はそのことを追想することによつて我々の心に生きかへり、又近づくためまづ模倣を強要する。他方は意識した瞬間に知らない我らの中にすでに生きてゐた。何の強制もなさない。そんなことを、鳳凰堂から歸つて銀閣にゆき、それから光悦寺へゆくといふ大へん無理な歩き方をしつゝ、光悦寺の庭でふと考へてゐたのである。

更級日記

王朝の一人の女性が誌した更級日記について僕の感想を述べるために、この書の王朝物語史上に於ける位置づけや、ないしはその美的世界観に對する段階を定めるといつた、近頃一般的に行はれてゐる方法を追ふのではない。あるひは又この物語風の日記に、作者の精神の三つの發展段階を見ようとする、一等近いそして一番一般的な方法も今の僕には必要ないのである。三つの段階とは幼い日の憧憬から中期の幻滅をへて、いつか神祕の浪曼主義に入る物語のおもてにあらはれる作者の心の姿をさすのだが、そしてこれらが、僕の狹い管見では、今ごろ更級日記を語る人々のいつものやり方のやうである。

更級の中に何より僕は純粹の聲をきくのである。それは王朝といふ美的情緒の時代の雰圍氣の中で、きはめて切なくかすかにたくはへられた、悲しいしかも尊いきびしさのやうであつた。さういふ純粹のものはたとへば更級の女主人公の生涯を三つの發展段階に分つてその物語の内容を示し分析することとは別に、その三つのといふ段階のうへを初めから流れてゐたものである。僕はさういふ淡い一色のものの中に、時代の色に染められた美の心を見たい。それは文藝作品のおもてにあるものでない、文學作品の內容の示す論理の相でもない。そしてこの名品の俤の高いエツセイに流れ、そのエツセイを描かせた詩的精神を何かの方法で又はいろいろの角度でとり出してみたい。

淡い哀愁の感じをぢつと見つめてゐるときにおちいる宿命に似た感傷といふものはどこにもいつでも在つた、たとへば小說作品を對象としてでもよいが、人間の心情が己のものと他のものと互ひに僅かにふれあふほのかなあの思ひの、その淡い間隔につくられる藝術的な氣分を、又その構造をときあかさうとし、それにきびしい基礎づけを與へようとしたものは近世の叡智である。中世や古代のある時代の人々にもそれに似た世界のあつたことは確かと思ふが、ただ古代の人々はその中に自己がまづ住ひ、既にそれを日常の呼吸とさへしてゐた。

だが近世代の人々がさういふ魂の情感を一つの藝術として感じるとき、もう一つの設問と執拗にくりかへし鬪はねばならなかつた。あれもこれも心うつ、だが今の私といふものにはその今だけでいいのだらうか。近代とはあわただしい惱みの時代である。しかもこれらの問がすでに現存在を問ふ詩的精神の嘆きと憤りに色彩づけられてゐることは云ふまでもなく明白であつた。近頃僕らの文學者たちの間での第一等の切實な反省や問題といへば、かつての批評原理といふものが崩壞して了つたことへの强ひられた直面である。これは一切の狀態そのものの瓦解を意味してゐるのである。

美的世界又は美的生活には由來きびしい現實への心がその底邊としてあつた。さういふことは、ただとり出して大げさには彼のためにも僕のためにも語りたくないことであつた。古代の美的世界がもつた深い悲劇の淵といふものさへ、今日の僕のものと寸分ちがひないかもしれない。現存在が價値をもつか、さういふ設問を考へなければ、僕らの歴史は空白となる。僕の今を考へるのみでない、昔の人のそのかみの今に於てさへ、その設問は何かもつと確かな現物の形であつたのだ。僕らの今に殘されたものは、昔のひとの感情の表現のみかもしれない。だがある日はそれは僕の心をうち、他の日に僕は昔の人の歌つた今の僕におもひ入る。萬葉の時から千年の長い中期の美的情緒の時代が生れる經由には、理由の二三もあげうるであらう。かつて推古の人々は一途に異國遠距離の文化を有難がつた。そして彼らは、一切を投じ絶對に近い文化意識のために存在した。絶對を表現する平面と純粋を表現する直線が、彼らの時代の諸々の佛像を寺院に莊嚴した。しかしやがてそれらは直線は弧となり平面は球面となつて、天平の春の文化の裏には、おそらく多數の詔敕さへもが示すごとき暗さをめだたせた。王朝の千年は名所の歌枕を指示し、咲く花をまつ歌をくりかへす時代を作つた。たしかに花をまつ心は花やかでもあるし、それよりも類型によつて燃燒させねばならなかつた精神は、悲しく切ないものとなつて、今の僕の心ひく。風景は一つ、しかも詩情は類型だつたといふ、しかし僕は後者の一つに千差萬別、滿開の花の風景を知る思ひだつた。悲しみをおもふゆゑに、現在を問うて類型を追うていつた心に、僕はいくらかのペシミズムを感じても、個々の見出したニヒリズムの中に、同時にニヒリズムに對し無意識に鬪つてゐたはげしいきびしさも見出される。たとへば高野の有志八幡講の所有する聖衆來迎圖に於ける、天人の歌舞の遊びを表現したあのむしろ花やいだ健康さと、後の鎌倉時代に於ける知恩院の早來迎佛の圖を見較べるがよい。地上莊嚴の形式はここで二つに截然としてゐる。僕らの父祖はその歴史の中に於て地上莊嚴化のさういふ形式を了知してゐた。

王朝がやがて不安の時代である。といふならここにあつた美的な情緒生活に不安があるといふことも正しすぎて無意味である。しかし僕らはそれらの考へを單に當節の實用主義の論理で考へたくはない。もののけとかもののあはれといつた、漠然としたわけもしらぬ何かを實在とし、それにひかれる心に、美しい精神の分裂を見ても、それはただちに王朝そのものの表現を示すのみで、むしろ僕らはその奥にある相剋の相を知り、この時代に爛熟し浸潤した美的體驗の表情の方に眼ひかれる。さうしたものとして更級の聲には發展の段階も進歩の記録もない。だがけふといふ、あすを思ふに日に甦る本來の未來はもつてゐる。發展の論理だけをみるためにどんな作品も一つの足場と思ふことも悲しい。たとへ代々の名作の運命がそんなものとしても、更級から抽象した更級實話に今日の人々のゐる己が周圍の實話を見てはならない。

天平のやうなはげしい光と闇との對立もない純粹情緒の描寫を、一應王朝的なものとしても、何故それが僕らの心をうつのか。それは原始と文化が對立した感じさへした。文化への素樸の意識と知識人的意識が對立してゐた。しかも今日の日僕らは自分らの批評の基準をもろく喪失してゐる。何もかもはつきりさせてほしい、さういふ氣持の中で僕らの時代は一つの不安な雰圍氣を作つた。結局これはむしろ多く哀愁にひかれる意識である。朝に今日の文學の政論を思ひ、夕べには古典の再評價の理論づけを試みてゐる。この滑稽な姿さへ、容易に哀愁の深淵にゆくのだ。疲勞し困憊してつひに立つ瀬を失ふであらうか、他人の心情はよくわかりつつ己の立つ瀬を失つて了つた心、それもやがて新しい哀愁の文學をきづかぬとは保證できない。

おそらくこの王朝といふ時代にだけ、わが美觀の歴史の中で靜なる瞬間の連續といふ頽唐の情感にゐて、その詩をあくまで味つたであらう。類型の歌はけだしその悲しい遺品である。類型を云ふよりそこにある執拗な美的生活を考へる必要がある筈である。同じ形同じ情をのべて己を示すことが、ひいて天賦の藝術家だけを後代に殘した。そしらぬ顔したはげしい冒險である。この靜かさの中には、ただに意識のみが存在する。昔は苦しかつたがそれも今となつて省みればこの今の方が一層に苦しい。さういふ意識のみからの立言が許され、眞實で迫るとき、その鬱結の情を驅るために、彼らは同じ歌を生涯の間歌つた。勿論今日の日の榮えも今日の日の苦しみも、見も知らぬ昔の人が歌つてくれた、とまでは考へたであらうか。この靜けさの意識の中には恆に激しい崩壞があつた、いつも沒落の淵にあつた。大和の釜ノ口の長岳寺にある美しい彌陀の三尊の、あのあでやかに花やいだ情緒にとんだしかも美しく脆い姿態は、この時代の精神の一樣態である。そこにはあらはな姿態はない。肉體は衣を透してのぞまれるに過ぎず、印象は情緒に初めて發生する。足利の精神文化の影には艸子ものの駄洒落の系統もあるが、王朝の滑稽は何某の朝臣の戀物語の優なるうはべの笑ひであつた。そこにたとへ今となつて現實のあくどい寫實と殘忍な底意を見ても、彼らはそれをきめつけて描きはしない。彼らはさうした現代人の一ばんとびつき易い小説のテーマを、そしらぬ顔をして、いたるところに匂はせ藏しておいた。しかもそれは了知した人の顔である。

更級の作者もおそらく一番重要に自らには感じたと思はれる、文章を描く心を、つねにどこかで祕かに藏ひこんでゐる。第一等の心の底の主題だけを一心に、そつと出して見せては又をさめ、いたるところに匂はせて、悲しい顔をしながらもかくしこんだやうに、僕はいつもそんな氣持で、この落がきに似たエツセイに樂んできた。ではその心の底の主題とは何であつたのか、もののあはれなどといふ、この氣分的なものしか構造要素としてもたないものを、たとへ分析してみて、そこに何分の憧憬といくらかの理想主義とがあり、どういふ思潮の要素や社會の制約をもつかなどと示したところ、求めてゐるものはそれらのわかりすぎたもののさきにあつたのだ。金屬が風雨にうたれてさびるからといつても、さびといふことばのもつ感じをとくことは金屬の酸化現象の類推の説明で足りるものではない。日本の王朝のことを、近代の泰西の學の言葉で表現してわかりましたといつた顔する人は、何故西洋人が何百年思ひ用ひて今では彼らの呼吸の中にあるやうな言葉を使ふ代りに、日本人の呼吸の中にある言葉で、日本のことを語らぬのであらうか。更級は浪曼的な作品だといつた、さういふ言葉をきいて更級をよんでみる。一體何を浪曼的といふのであらうか。更級の組織が、人の成長を敍してゐる、あの近世の初期の浪曼派の教養小説的要素との類似をとくのであらうか。それにしては更級はをかしい。だからこの中に流れてゐる漫然とした憧憬の詩の心を説ききかせてくれるといふなら、わが國文學の專門の人々など、かりそめにもこの作品にふれたあとならば、もつと深切にこの美しい情緒を日本の歴史の中で闡明し、日本の美觀の傳統の中で照明し、民族の言葉で息してきたものの中で發見させて欲しい。

心の底の歎きは本當にしまひこまれてゐたものにちがひない。さういふことを強ひてする作家の可憐な苦しさは、おそらく世の好學の人々も大學の先生も知らぬことかもしれない。しかし現代になつて日本の實用主義が風靡しだした頃から、文學はその日の暮しにすぐにも役立つものとの考へが、今も流行してゐる。執拗な文化的訓練をうけなかつた人々は、社會のためにとか、人類のためにを語るにはどんな表情をすべきかわからなかつたのだ。しかも實用のためにと思へばよけいむづかしい。小さいことをいふことはいらないといひ、ただ〳〵重大なことをいふためには大仰な表現をする必要があるなどと考へ說くのである。日本人が傳統とした言靈の歌道は、地もなく吹きすてられた。心の底の主題を語るべき作者の、きびしいながらも外觀のほのかな美しさはどこかに追ひやられた。さうして一面では反動の時代がきたといふ。實用文學者にとつてはあるひは反動かもしれない、しかし文章のさえる日は、身ぶりの自由な日ではない、文章の道はいつの時代にも、あらゆる力の下をくぐつて、人間の光榮のためにきびしい強さで生きてきたのである。更級の描いたものもつきつめて自己をせめたてたなら、心の底に流れ心情を去來するテーマを隱蔽することであつた。僕らはここでも物語の中に實話をみてはならない、のみならず更級の中に今日の丸ビルのある町の實話を考へるなどもつての他のことである。遠い旅のあとの悲しいわびしさ、さういふ東來西去の長い羈旅を切にはげしく回想するとき、そして意識に何らの回想の中絶を許す感傷をも與へなかつたなら、連續した退屈以外の何がその中にのこつてゐようか。そんな世界に於て虚構されるものに僕は詩を考へる。おそらく生涯には驚天動地の大事件もない、一きはなる過去より未來へとぶ發展もない。この悲しいが誰にとつても事實の世界でその類型歌をうたふ心がつねに人にあつた。更級の作者も少女時代から老年に及ぶ歴史にかりて、このわが國文史上に美しいエツセイに、人間のありのまゝの姿を描き殘してゐる。人が空想して現實を考へたり、心の現實的發展や進歩を考へつゝある時期の記錄でない。精神の段階的な成長が書かれたのでもなく、この時代の精神の一典型的な樣態が描かれたものである。發展したり進歩したり、今日は昨日より進んでゐる心の姿を眺めたものでなく、それらの現實への空想の地もなく天もなくなつた今日の樣態を描いたまでであつた。そしてそこから初めて僕らのもつべき夢や空想は全然知らない未來と未來の人を考へ、僕らの頭の中にのみ描かれるだらう。世情は往々に虚構の易さを考へる。どうして虚構ほどにはげしく青春の暴力を必要としたものがあらうか。それは類型の歌を思ふ心の示したこの場のものに於ても分明であつた。虚構は青春の文學にしかなかつた。青春をもちつつ既に青春の沒落に逢うたものの心の書である。前代の廢墟か、ないしは自己青春の廢墟にあはねばならない人生の姿であつた。ここで近代のヱルテルがはじめて僕らの眼のまへに浮ぶであらう。

うしと見た日が今になつて戀しい、などといふ當然の諦觀の中で、王朝の美觀は一抹の悲しさを今も與へる。長い旅のあとのわびしさである。その旅の初めに何かの目的があつたのか。たとへあつたと答へても、今なら苦しみと疲れに耐へてただ東から西へ西から東へ移つただけだと知るにちがひない。あなたの旅の目的はと、港や驛場で何人の人が意氣揚がつて語つたことだらう。そして誰が默してこの世相の樂しい希望を見てゐたか。僕は王朝の女人らの旅と心の日記をよむ、さういふ雰圍氣を印象づける人間の文明さへ切ない眸から見れば、いはば空花のやうであつた。王朝の花やかさの裏の姿を、若干の志料によつて説明することはあるひは可能かもしれない。文化とは上部構造であつた、再び咲かない花、そして實らぬ花、などといへば侮辱の眼にあふことをも知つてゐて、ただその眼の上にしばらく僕は憩ふのだ。この絶望の場に十九世紀の早い浪曼家たちも憩うた。同じ世紀のフランスの多くの英雄の行爲のさなかで、萬物流轉の思想を體得し、人間の進歩を迷信とさへ思つたその詩人は、絶望を語るのだ。この絶望といふ言葉の中にふくまれてゐる意欲、これはけだし語る人の意識の告白である。イロニーである。いはば意欲ののつぴきならぬ表情である。花やかさはかかる空しい意欲の鬱結した最後の境地のその中空にただよつてゐた。王朝の深い花をのべつに濕らせてゐた深い涙の谷だけが僕の眼のまへにも浮ぶ。そこでは時は連續してゐたが、飛躍も發展もない靜であつた。遠い邊境の偸盗の聲は空想の鬼畜の思ひと變りなく、さうして見聞するものはいつも何かにぬれてゐた。「死ンじ兒顏よかりき」と描いた人が大ざつぱながらもこの時代の美觀の宿命的實相を象徴してゐる。

今知つてゐる限りでは、王朝といふ時代はおそらく生産手段の所有に於て變化をうけても、生産手段そのものの體制はいくどかくりかへされて變化しなかつた時代らしい。それは王朝の情緒的文化を換言したまでだが、つまり支配者は變化しても同じ型の生成の過程をつねにくりかへしてゐた。王朝文學の美しさはきびしさと同時に外見の柔弱さをもつのである。勿論かれらがそのかみうしと見た世を戀しがり、あるひは更級のやうに、「嬉しげなりけむ影は、來し方もなかりき、今行末は、あべいやうもなし」など誌したとしても、群衆としての彼らはつねにその日を樂しみ生活してゐたかなり頑强で健康な文化人に違ひない。それは外見に實證しなくとも、文章に匂ふものからも見得る。

さういふものを王朝末期の精神と比較し考察するためには、いつもあり餘つた史料がある。院政以後の作家は一般に戰場のインプレショニストであつたし、このことは二つの時代の不安の藝術的表現の異同をあまねく示してゐる。戰記ものなどにあらはれた無常迅速の氣分や、あるひは既記早來迎などのもつ刹那への希求の心理の、たんに佛教思想の影響でないことは、今さらいふまでもない。それらの背後のものが、兼實の日記を描かせたもの、念佛宗を創めさせたもの、それらが戰記物を書かせ、運慶らのリアリストをうみ、病艸紙の類をつくらせ、來迎寺十界圖の如きを描かせた。念佛何萬遍といつた信仰は王朝の末期にあらはれる。なかには三十年間念佛を稱へて三十六億十一萬九千五百遍の記録を作つたなどと傳へられてゐる。だがさういふ中で、源平盛衰記の傳へる平重盛の近代的な遊興ぶりがふと僕の念頭に浮んできた。燈籠大臣の名を生んだ有名な例の話である。

　王朝の美觀は嚴密な印象主義となるまでには、一つの不吉の宿命をうけねばならなかつた。つまりものを知ることからつくられるかなしさあはれさである。知りすぎたといふ理解の上で素樸な感動は一重をくつがへされねばならない不幸な意識過剰を生むのである。最も日常を愛しむ人々の日常を輕蔑してみせねばならぬ態度である。それは美の場合はマンネリズムの中に新を作り、そのマンネリズムをニヒリスチツクに嗤ひつつやはりつひには同じものに憩ひたいと思ふ心である。さきの長岳寺の彌陀三尊を見た人は、かういふ描寫の中に、鎌倉期のリアリストの表現したものをちやんと知つてゐたと感じるであらう。それはこのうすい衣をはいで何をなさう、といつた暴力否定の感情からの宣言である。

　王朝の花やかさといはれる美觀もさういふ現實の變革のない、人間意識だけがはげしい有爲轉變を人工して樂しむあのころの過程の抽象のやうに見える。ひさかたの光のどかな日に、しづこころなくちる花をうたふ、あのうたほどにふかい悲しみの匂ひもつものを私はしらない。その調べののどかさにはむしろ悲しみの色濃い。つねにこの時代の美的世界觀は一きは深い深淵に立つてゐる。しかも現實的には、彼らの貴婦人たちは今の貴婦人たちと異り巷や市に出て必需品をあがなふ心の閑暇もあつた。ただその淵のしくみや内奥は誰も知らない、看客をはらはらさせる冒險は反つて演技者の方で易しい。それは危險さだけがあつて、やる方には訓練や反省のない、突發の勇氣と無法な度胸のみで可能だからであらうか。王朝の花やかな姿の運命には變革もない代りに、自滅の顯著な現實感も、ないしはその意識もない。ただ描かれたものによつて見えるものは、深い自滅を、しかも今日の日のそれを、焔のごとく擴げゆく心情の一ページである。

美の好ましい營みの一つは流れの中から水泡のごときものの姿を抽象するにも似てゐる。花さく朝まつ歌をくりかへすことも、そのときにさへ花とは一つの姿であつた。そして生きることとさへかかる規範から決して一歩もふみ出さぬ。それもこれも、あのことこのこと、すべてを知つてゐるといふ文化の意識から、知つてゐるだけのことを輕蔑した。人類の意志やその光榮を暴力的に立言するには、文化を、宿命のその日の實相に生きそれを知つてゐた。しかし誰も彼も絶望してゐない。さうして更級の作者は鋭い感情で絶望を描き殘した。絶望を意識したか否かは僕らが殘忍にきくべき筋でない。少くとも僕らは現代を絶望と沒落の日として見知つてゐる。のみならず未來への意志がこの沒落の意識のなかにのみあることさへ知つてゐる。浪曼派の人々には過去があつたし現代の闇についての考察もあつた、しかしつひに彼らは夜の人種であつた、などといふ批評は昔の人もきいたのだが、今日の過剩の意識はむしろ現代の闇をとり出す。今日の日に味つた文化の廢墟の發見と、むかし廢墟の發見から出發した文藝復興とに一つの血統があつた。復興は一つの反動であり反時代的であるといふ。青春の書は何かの失戀によつて描かれたものであつた。ただ昔の彼らは生涯同じ歌をつくつた。讀誦する經文のありがたさとは、その意味でもその美しい戒律でもあるひは深い世界觀のために生ずる信念でもない、ただ歌ふごとく讀誦することと自體にありがたさが感じられた。天平びとが觀音のまへで好女や白米財寶を祈願したひたぶるな熱情の代りに、更級の主人公は「源氏物語、一の巻よりして皆見せ給へ」と久しい間心に祈つてゐた。さうして源氏を得たよろこびに晝は日ぐらし夜は目のさめたる限り、火を近くひきよせてただ一人樂しみ讀みふけつてゐるうれしさを、「后の位も何かはせむ」とさへ嘆じてゐる。たとへば夢にいと淸げな僧が出てきて、「法華經五巻をとく習へ」といふのをきいても、「人にも語らず、習はむとも思ひ懸けず、物語のことをのみ心にしめて」自分の容貌もさかりの日になつたならば、夕顔や浮舟の君に劣らぬ位にならうと、そんなことばかり考へてゐる。そしてその心を「まづいとはかなくあさまし」とつづけてゐる。自嘲といふ教養の悲しいポーズをすでに古く、たくみにも描いてゐる。

萬葉の若者が、「馬柵こしに麦食む駒のはつはつに」新肌にふれた兒らを愛しんだおもひの代りに、王朝の女性は難波江の蘆の假寝の一夜ゆゑにはどんな思ひを苦しんでも戀しやまないと歌うてゐる。この王朝の情熱の深さにもいはば抽象され形式化され從つてさきの明朗化に比して深く色亂れた何かがある。歌ひ方といふことに限つて、文化人の弱さと強いものとの區別さへ知りうる。さきのがひたぶるならば、あとには褪色しより惱まされた情意がうかがはれるのだ。さういふものから王朝藝術に人々が與へた、もののあはれとか溫雅とか趣味性とか情緒とか又いろいろな日本的といはれる微溫的な下心もつた言葉の規範を僕は專ら率直には信じない。今日の民衆は傳統の古典藝術をもたないし、その上近代の理性のつくつた藝術觀もない、僕らが親しく血緣を感じる作家たちが對象とする藝術上の大衆さへ、事實としては一つの淡い未來の文化意識にすぎない。藝術家のあるものは絕對な藝術意識から作品を描くであらう。奈良の藝術には建設の意識が指導してゐた。まさに王朝は藝術を享樂したのである。奈良の彫刻と京都のそれとに、どちらに今日さへも人をうつ藝術意欲の深さがあらうか。王朝は奈良をうけついで展いた。今日は王朝を期待しうるか。天女と共に歌舞音曲を樂しむ如き精神を表現した王朝來迎圖と、人生と運命をともにひきさらつてゆかばやの氣持をいつか描いた鎌倉期の來迎圖といづれに今日が似つかはしいと思へるか。實に眞の藝術に於ては、傳統藝術から生れるものでなく、傳統がその新藝術の中に更生し、祖國がその中に加へられる必要がある。作家は作品を解くのでなく、藝術の原型を解くものであつた。藝術とは影響をうけるものでなく、他を掠奪するものであつた。生きた時代の青春を呼吸しようとするのでなく、又呼吸したといふ顏みせるのでもなく、その中にありのままに呼吸してゐるものである。そして僕らはある種の進步主義者の如く古典を理解繼承するといふより、現今に於てはそれを專ら守らねばならない。

王朝の美しい女人たちが、くりかへし歌つた同じ歌を考へる要はないが、そのくりかへしを强ひられた生活からの感情の發生にはふれる必要がある。もののあはれとは、生活の現實の深所を避けた人間の精神の情緖ではない。僕らはここで王朝人のもののあはれを考へるのだ。そしてそこに今の僕らの周圍の深淵がある。この哀愁の感は、自覺によつて捉へられるだらう。そこで王朝の君も僕もすべてがかかる哀愁の精神に、あるひは運命の淵にふれてゐたわけではない。君とよび僕と語つた人々、人間の精神の交通を高次に自覺した人々に於てのみかかる自覺は可能であつた。更級は夢に語り夢と語り、そして眼にみえる周圍とかたりつつ、母をよぶにいみじき古代の人とのべてゐる。そして自然を描くには古き方法をそのままにとりつつ、僅々數字のことばに於てさへ不朽の新しさを見せた。今日の僕はこれらの古い精神史に、天才が個人として昔に感じた挫折の時代を容易に知つた。過去と今日の歴史を知りそこから發して未來のといふとき、始めて夢の意味を捉へうる。夢だから激烈な現實感や生活感がないのではない。浪曼的イロニーは表現としては最も苛酷殘忍なふるまひを表現者の負目とする。

歴史を自己の中にもつことは、不幸な體驗に似てゐる。今も王朝の一つの文學が一般生活への凝視に於て不可能であつたかを考へてゐるのではない。彼らはたゞ暗澹とした時間も運動も性格もない時の流れをみてゐた。彼らは動と靜を二範疇にして、流るるものを微細に分析する必要はなかつた。行は彼らの頭の一部も占めなかつた。戀ひわたるべき、といふためには、假寢の一夜ゆゑにと外面を見て横顏をみせねばならなかつた。それだけが眞情の切迫した表情だつた。この意識の多さ、拒絕の深さにこの時代の文化相がある。彼らはつひにはたゞ自己の隱蔽のためにのみ歌ふ。それは今日の心情にも似てゐた。ただ僕らは深い精神の誇りと光榮への意欲をもつてゐる。しかしこれさへ歌ひはなしうることながら、眞の詩人ならば悲しい顏しつつも語らぬところである。かういふ今日の眞の詩人の悲しみに於て僕はここで一抹のわびしい交通をこれらの古い時代に味ふ。今日の詩的精神はむしろエツセイの形で表現されねばならないといふ人がもしあれば、僕らはその人のためにその詩人の悲しみをともにすればよい。語る代りに歌つた悉皆の古典人を親衛すべき義務だけが、今日の詩的精神に課せられてゐるのである。

大伴家持は一等早くあらはれた王朝的歌人であるが、萬葉集の中の自分の歌の序註で「春日遅々雲雀正になく、悽惆の意は歌にあらずして撥ひ難し、よりてこの歌をつくり、締れたる緒を展べぬ」云々と誌してゐる。おそらくこれは最も早い藝術への一つの自覺であらうか。王朝の心情の詩しか成立させなかつた制約について、或ひは時代を考へ歴史を顧み、つひに個々の人々を思つた。むしろ個々の人々が問題であつた。僕は殊さら深く女人たちの日記文學を思ひ、それから「男もすなる日記と云ふ物を、女もして試むとするなり」とかき始められた土佐日記の作者を想ひ起す。おそらく王朝の趣味生活の端切にこれをあげ、平重盛を以て一つの終りと考へたい僕は、若干今日の奇想の趣味を愛してゐるからであらうかもしれぬ。その土佐の作者は古今集の序に「今の世の中色につき人の心花になりにけるにより、あだなる歌はかなき詞のみ出でくれば、色好みの家に埋れ木の人知れぬことゝなりて、まめなる所には花薄ほに出だすべき事にもあらずなりにたり、その初めを思へば、かかるべくなむあらぬ、古の代々の帝春の花の朝秋の月の夜ごとに候ふ人々を召して、事につけつつ歌を奉らしめ給ふ」などとかいてある。これを見れば男もすなる日記をと土佐を書いた人が、僕にはなぜともなくなつかしい思ひさへした。その間の事情について假名體を恥ぢてと多くの人は語りきかせたが、むしろ僕は早い趣味人意識家にあらはれた有羞の思ひをここに見る。未だ道をなさないままに有羞の思ひあるは詩の常道である。詩品の美しさは有羞の思ひである。さうして僕は更級にそれらの純粋の聲をきく、明暗の無いといふ意味でない、明暗が凝つて融けた一つの色の姿である。

その更級の冒頭は、あづま路の道のはてよりもなほ奥つ方に生ひ出でた少女が、世に物語といふもののある話をきき、一途にそれを見たく欲することから始つてゐる。「その物語、かの物語、光源氏のあるやうなど、所々語るを聞くに、いとどゆかしさまされど、我が思ふままに、空にいかでかおぼえ語らむ。いみじく心もとなきままに、等身に藥師佛を造りて、手洗などして、人まにみそかに入りつつ、京にとくあげ給ひて、物語の多く候ふなる、ある限り見せ給へ、と身を捨てて、額をつき祈り……」かういふかき出で初り、やがてふとした父の轉任のため上京する少女の生涯の物語的情緒に對する思ひの變遷が誌されてゐる。物語求めて見せよ、見せよとせめるこの少女のその氣持の中で何を求めたか、ほのかな憧憬の情であるなどとかりそめに云つても、あるひは少女めかしい理想のあくがれだと云ふとしても、なほそれ以外のもののなかつたわけではない。例へば亡くなつた侍從の大納言の姫のめでたく書かれた文字を見ては、「いとど涙を添へまさる」と述懷する少女が、母の手によつて與へられた物語の中によみ、物語につけてのべた感慨は、「物語のことをのみ心にしめて、われは此の頃わろきぞかし、盛にならば、容貌も限なくよく、髮もいみじく長くなりなむ。光源氏の夕顏、宇治の大將の浮舟の女君のやうにこそあらめと思ひける心」とか、「このごろの世の人は十七八よりこそ經よみ、おこなひもすれ、さること思ひ懸けられず。辛うじて思ひよることは、いみじくやむごとなく、かたち有樣物語にある光源氏などのやうにおはせむ人を、年に一たびにても通はし奉りて、浮舟の女君のやうに、山里に隱しすゑられて、花、紅葉、月、雪を眺めて、いと心細げにて、めでたからむ御文などを、時々待ち見などこそせめとばかり思ひ續けあらましごとには覺えけり」かういふこころに王朝の美的な又趣味的な生活の集約があつた。いと心細げにてとさういふ情感を求めるのだ。それが後の思ひ出になつて、「その後は何となくまぎらはしきに、物語の事も、うち絶え忘られて物まめやかなるさまに、心もなりはててぞ、などて、多くの年月を徒らに臥し起きしに、おこなひをも物詣をもせざりけむ。このあらまし事とても、思ひし事どもは、この世にあんべかりける事どもなりや。光源氏ばかりの人は、この世におはしけりやは。薫大將の宇治に隱しすゑ給ふべきもなき世なり。あなもの狂ほし。いかに由なかりける心なりと思ひ滲みはてて、……」

かういふ物語のよみ方は感傷的な一番群衆的なよみ方でもあるが、さうしたものを描いた文章の中でそれらの要素は少しもない。どんなことも知つてゐるそんな主觀的な美しい事情は少女のいのちであつた。對立するものがあつたから物まめやかなるさまにとかいてゐる言葉を注意するがよい、味ひにとみ短いながらに意味ふかいことばである。通俗小説風なよみ方はいけないとしても、このやうな純な文學的憧憬はそれをどう處理すべきか。たしかにこの更級の源氏への關心は場末の通俗小説への關心と一見等しい。だがさういふものの中にむしろ醇乎と藝術的情緒を愛した態度も思へるのである。それは考うれば何らの血縁もない大方の泰西藝術に今日の僕らがいだく氣持といづれが醇なものだらうか。寧樂文化の基礎には主として絶對君主的な恣意があり、遠きを有難がる藝術的意識で、或ひは文化的建設の人工から、諸々の形態の作品が作られた、しかもその絶對境として僕は信じるが、王朝の藝術家と趣味家とはむしろ藝術を享受し樂しんでゐた。彼らは一番樂しく唯一の此のといふべき藝術を愛してゐたにちがひない。あな物狂ほし、それはおそらく代々の美的生活の現状から出る言葉だつた。更級の作者の物語へのあこがれに見られる一見通俗的な要素も、更級といふ作品によつて、かつて誰もが描かなかつた憧憬の詩とされて了つた。ただそれは夢を夢としこの世を逃れ避けたものでない。夢に逃避しようなどと思ふ心の中には夢はない。夢とはもつと、のつぴきならぬ現實の强制である。歴史の中にあつたゆゑに、哀切であるか荒唐無稽であるかそのいづれか一つの形をとつたにすぎない。由來文章や文學繪畫彫刻の類は、かなしい讀書人の閑暇のすさびであり、すぐれた職人の强ひられた作業の一時の慰戯である。彼らが何かの形で描き込んだいたづらや作品の中に於けるあはれな樂書などによつて、己のいきどほりや嘆きを殘しおかねばならなかつた氣持を理解せぬ限り、古い世の文學に人の世の興味のおこりやうない。文學など噓を描く技術であり、すぐれた文學ほど世に荒稽な虛構物はない。さういふものをイロニーの一つと云つた。それは言葉の上の冗談や洒落でない。戰記物にあらはれた噓や誇張などすべて筆寫の誤りではなく文章の綾でもない。支那風な誇張だと云ひ終へてすまされた義理合のものでなく、その底にはもつと悲しく切實な作家たちの憤りがある筈である。それを文章の綾といつてもいい、しかしその綾を斐々と美しくしたものは職人として遇された作家の憤りであり、世を逃避した顏見せながらも一番強く人生に面した彼らの詩的精神の顯現である。更級の著者は不幸不遇な生涯を暮したといはれてゐるが、文章を描かうとする如き人間すべて本有的に不幸な存在である。つねに世に強ひられ憤りを自らに表現し、他に向ふ不滿さへ自己の負目としなければならない。まして女性として文章を描きしかもそれが文名を得た限りは、彼の女たちの不幸は云はずと明白である。更級の作者の悲しみのなかにさへ、何かの憤りのみえるのは僕の感傷の眼であらう。世に對し社會に對して理想をとくといふ歌ひ方は、ただ高等學校の寮歌的な素樸なものでない筈である。憤りのあらはれ方にも我ながらに悲しいものもある。さうしてものを虛構する力は青春のもの、老いて理想を求める心に幻滅を感じたと說くことは當を得たものではない。日本の文學の中で蕪村を以て最も美しい詩人、最も美的な情緒的なものを求めた近世の作者として、はげしい求道的精神の詩人に對立させて一種の星菫派詩人の首位とするのは大方の常識として正しいがこの人の新花摘み一卷をよんで僕はいとどはげしい蕪村の氣鬱を味つた。この辛辣の筆法の中に、生前蕪村が不快とし憎惡した男たちを次々に見る思ひして、かつて巷説を通じて作つた蕪村の姿の全く悉く僕の中で崩壞する心地よささへ感じたことがある。

更級は世に云ふ如く星菫派作品である、古典的な浪曼派作品の一つである。ただその文章の中にあらはれた王朝の美觀を今實證してみせることは僕には出來ない。形式とか內容とか素材とか構成といつたうはべの藝術學的問題のさらに奧にある何かであらう。日本の國文學の研究法としては、藝術學と稱されて獨逸の少し古い頃の文藝學的方法が流行してゐるらしいが、僕はさういふものに興味なく、例へば更級の精神生活の發展を素材によつて析出するといつた方法にも何の興味もない。むしろそんな方法にある虛僞の性格の方がつよく見え、やはり僕には一つの手記風な文章の中に同じ姿で流れてゐるその時代の悲しい人間の性格が眼につき心にひかれるのである。

たとへば竹芝の寺の物語を更級の作者が描いたあのあたりの非常に單純な文章で、しかも一きは深い心理描寫に於て、その悲しい人間生活の色彩は、一つの王朝的な人間のもつた美觀のあこがれが顯現した典型的解剖のごとく思はれる。竹芝寺の緣起は「これはいにしへの竹芝といふさかなり。國の人のありけるを、火たきやの火たく衞士にさし奉りたりけるに、御前の庭を掃くとて、などや苦しきめを見るらむ。我が國に七つ三つ作りする酒壺に、さし渡したるひたえのひさごの、南風吹けば北に靡き、北風吹けば南に靡き、西吹けば東に靡き、東吹けば西に靡くを見て、かくてあるよ、と、ひとりごち囁きけるをその時、みかどの御女いみじうかしづかれ給ふ只ひとり御簾の際に立ち出で給ひて、柱に倚りかかりて御覽ずるに、このをのこのかく獨ごつを、いとあはれに、いかなるひさごのいかに靡くならむと、いみじうゆかしくおぼされければ、御簾をおし擧げて、あのをのこ、こち寄れ、と召しければ、かしこまりて勾欄のつらに参りたりければ……」すると今云つたことをもう一度語れとの仰せである。それでひさごの話を今一かへり申し上げると、姫はいたく興深く思はれ「我ゐて行きて見せよ。さいふやうあり」と仰せられる。衛士は「かしこく恐ろしと思ひければど、さるべきにやありけむ、負ひ奉りて」はるばる東國へ下るのである。途中瀬田の橋をこぼちゆき、七日七夜で武藏の國につく。都では姫の失踪がわかるといづれの方にゆき給うたかとさわぎははげしく、やうやう求め尋ねた結果「武藏の國の衛士のをのこなむ、いと香ばしき物を首にひき懸けて飛ぶやうに逃げける」とその行方の仔細がわかるのである。そこで公より使が下るがこれは三月して武藏にゆきつく。「このをのこのかく獨ごつを、いとあはれに、いかなるひさごの、いかに靡くならむと、いみじうゆかしくおぼされければ」といふかき方といひ、ただその風のままに靡くひさごを見んために衛士の男と東路にはしる御女の心理といひ、これらのこの上なく美しい非常の正態にむしろ更級の作者が求めた物語の世界があり、そしてただわけもなくわびしくかりたてられるやうなこんな美感の相姿にこそ王朝の夢があつた。ひさごの如何になびくらむとゆかしがる、と書かれてゐる心理描寫には一きは美事なものがある。他の何かを求めるのでもない、ただ漠然としたものをあこがれおそれてゐるにすぎない。それは又總ゆるものに富んでゐる人の、しかもその中に選ばれた讀書人のみのもつ心貧しさの心理的表現でもある。本能の對象でも利益の對象でもない、他人ごとなど思ひもよらぬことで、求めてゐるものは心の缺如を驅る方法である。素樸なあこがれでなく、知識人のあこがれの素樸な表現である。僕らはすべての素樸を單純に解してはならない。更級の作者の物語への關心が一見通俗小說的であると少しさきにかいたが、そこでも若干ふれておいた如く、かかるこの事例の示す如きものとしての王朝をその上につけ加へて欲しい。ゆかしがる對象はひさごの風になびく樣にすぎない、たとへここへ武藏の衞士の悲しい境遇や心情が點景されて一つの情緒の雰圍氣を作つてゐることをさし示したところで、やはりゆかしがる心理はもつと純粹なものである。それよりもかういふ描寫を極めて自然にした時代を見るとき僕らが更級によむ一つの心の思ひがある。內外に富み裕かな人のもつ悲劇の調べが、おそらく更級の作者にいとも早い藝術への愛情のことばをかかせ、藝術を愛するものの心理をかかせ、さうして又かういふ物語の世界を思ふ王朝人の心理の一つの核をかかせたのであらう。この武藏の竹芝のをのこの物語に感興を感じ描いた作者の小說精神の中にも、やはり明らかに現實へ滲透したものがあるのだ、ただ僕らの周圍の今日の常識とする、リアリズムとはちがつてもつとさきの方にある氣味わるいやうな心理の本質を直視してゐることである。

この悲しみの色彩が、更級の作者に、源氏の中にむしろ光源氏の實在を空想させた。現實よりも物語の噓の方を實在とした。この空想はすでに一つの同じ色に描かれる。更級の作者もかなしい女人の一人である。一人のつめたい、さうして世の幸福の迷信と交涉して妥協できない人である。一般に王朝の文學の弱々しげな一面を覆ふものはさうした悲劇の調べであつた。「その春、世の中いみじう騷がしうて、まつさとのわたりの月かげあはれに見し乳母も、三月朔日に亡くなりぬ。せむかたなく思ひ歎くに、物語のゆかしさもおぼえずなりぬ。いみじく泣きくらして見いだしたれば、夕日いとはなやかにさしたるに、櫻の花殘りなく散り亂る」かういふ不安の中に更級の作者は住つてゐた。見いだしたものは、夕日いとはなやかにさしたる櫻花の散る姿である。何ともならない花やかな不安である。それさへ花やかにせねばすまなかつた。さうしてここで初めて王朝の不安は完成される。この花はおそらく人生れぬ世から變りもなく散つてゐたに違ひないのだ。世の女子のやうに經も學ばねばならないおこなひもせねばならないと、ときどきに考へてはみるがやはり何ともなし得ないで物語の夢の世界をのみ考へてゐた。いつの時代でも藝術家はその時代の不安を呼吸してゐるのだ。青春の昂揚した日の嘆きなくして、あるひはその日の沒落と廢墟の發見なくしては、青春の文學は起りやうもない。不安の文學とは僅かに現代に許された作家の自惚ではなく、まして人々の語つたやうに現代文學の辯護や嘆きの材料とはならない。更級の作者は物詣をした日にさへも、むしろ途中の情景をよろこんではそのために「などか物詣もせざりけむ」などとかいてゐる。つまり「母いみじかりし古代の人にて」とかいた理由の中にもいろいろの事例がふくまれ、本質的な新しさがおそらく心象の中につくられてゐるにちがひないのである。「何事も心にかなはぬ事もなきままに、かやうにたち離れたる物詣をしても、道の程を、をかしとも苦しとも見るに、おのづから心も慰め、さりとも頼もしう、さしあたりて嘆しなどおぼゆる事どもないままに、ただ幼き人々を、いつしか思ふ樣にしたてて見むと思ふに、年月の過ぎ行くを、心もとなく、頼む人だに、人のやうなる喜してはとのみ思ひたる心地頼もしかし」などともかき誌した。もちろんここの幼き人々を云々は家庭的感情ではない。また少しさきに「うれしげなりけむ影は、來し方もなかりき。今行末は、あべいやうもなし」といふ文章の一句が見える。おそらく更級をよんで、ここに立ち止らなかつたら、更級の描いた物語への愛も、夢へのおもひもつひに解かれることないであらう。「昔より、由なき物語歌のことをのみ、心にしめで、夜晝思ひて、おこなひをせましかば、いとかかる夢の世をば見ずもあらまし」と悲しい夢を見たあとで描いてゐる。おそらく夢にみたものではなく、現のあはひでつねに小説家たちのせめられる負目と悔いの氣持であらう。それは祈りと文藝との不卽の關係である。しかもそれ故に何ともならなかつたのが事情である。更級は一人の女性の運命の身上話ではない。一つの典型として本來のかあいさうな人々の物語の一つである。その物語としていまも極めて美事な作品である。かういふ人間はかうなるといふ報告ではない、かういふ人間の原始からの心情を描いてゐるのだ。變貌もなく信念の更生もない、一つの宿命の詩である。どちらにしても何とも出來ない人たちの一人の身上話といふべきであらう。理想の時代から幻滅の時代への經路話ではなく、それらを了知した人が、それらの昔ながらの話をことさら旣にさだかに覺えてなどゐないと辯解してから始める、その經路の奥にある心の物語である。餘りにも人間的な非情であつた。それも濱松中納言物語などいふ物語の作者といふことが、當然に僕のこんな感想を加勢する。流布本更級の跋に「よはのねさめ　みつのはままつ　みつからくゆるあさくらなとは　この日記の人のつくられたるとぞ」とある。僕らが日記文學やエツセイを愛する氣持を今の人のやうには昔の人は、その制作のときに考へてなどゐなかつただらう。しかしながらもとまれ孝標の女といふ作者も自讃をかくために哀愁の詩を描かねばならなかつた可憐の文章人であつたことだけは間違ひなからう。

建部綾足

私は建部綾足が好きである。江戸期の多くの小説家、詩人、畫家の中で、とりわけ近接感を感じる人の一人であつた。綾足は東北の産である。東北に生れた奇人であり、天才であつた。私は風土が人間に影響するといふことをかなりに信用する、それは風土の中には代々の歴史と文化の精神がのこされてゐるからである。だから同じやうな奇矯の藝文精神であるが、この人を近畿の上田秋成と比べるのも若干興味あらう。綾足はむしろその奇才をもてあまして、つひに秋成のやうに珠玉を思つて珠玉の多くを產み出さなかつた。秋成の浪曼的性格は、あの古典的様式の建設によつて、彼の性格を生かしたものといへるだらう、それは斬新でなければ尚古である、といふ浪曼的テーゼの完成といへる。しかし建部綾足はつひにたゞ、片歌復興に、古の皇子の英雄と詩人への嘆きを精神の形で描いた。

しかし綾足も秋成も共に少女の詩と英雄の抒情を了知した近代の詩人の心の始祖である芭蕉や馬琴と共に、形成こそ異るが近世日本の浪曼家の始めの人である。

綾足は藝文家としての成果に於て、芭蕉には云ふまでもなく劣つてゐる。彼が馬琴に畏敬されただらうといふ考へ方は可能だが、馬琴のあの雄大な敍事文學には、また西山物語一つでは比較に無理である。綾足には己の才智をもてあましたやうなところがある。そのことは一つの精神の状態として研究する價値をもつてゐる。

その感覺や發想は、日本の浪曼的精神の本道だからである。だから我々は日本の浪曼精神の一つの祖師として彼を尊ぶのである。琴後集の村田春海などが、中學教科書にまで紹介されてゐるのに比して、綾足の今日の評價は餘りにも粗末にあつかはれすぎる。これはその成果からあたりまへのことと思はれる。同時代の文藝家のやうには、彼は一事に専心しなかつたし、又大作を綴りもしなかつた。しかし私はこの二三年來綾足の遺著を散見しつゝ、その活字本の少なさに少しは嘆息せねばならなかつた。綾足が、日本武尊に於ける英雄と詩人を尊敬して、伊勢の能褒野を考證し、あの國のまほろばの碑を建てたことさへ多く知られてゐない。その古學精神がどこから生れたかといふことは一般當時の風潮として人が語る。綾足はすでに俳諧で一家をなして、その富は大阪の淡々と競つてゐた。それを放棄して片歌を始め、日本武尊のみあとをつぐと稱して、その氏の名、建部氏を稱したなど竝のことではない。その片歌は世に行はれず、何某の大官にかいてもらつた片歌道守の額を床にかゝげてよろこんでゐたといふ話もこの人にして趣がある。

浪曼的人物がつねに浪曼的作品をうむと云ひ得ない。綾足も亦精神に於てより多くの浪曼者であつた。彼の描き出したものは、繪畫、俳諧、紀行文、寫生文、小説、物語、短歌、さらに片歌と、行くとして可ならざるものがない。しかも多藝に秀でたあまり、秀拔な獨創作品が少い。大作品の群に心を專らにできず、天上天下の前後代を唯一人ゆく慨もつ作品を失つてゐる。繪畫は斬新の南畫を學んだ。古來詩人にして繪を描かぬものは、その名に價ひしないとのべて、寫生をこえて寫意と唱へた。かゝるゆき方が彼の性格である。その人となりを疑はれるところはこのやうな自己誇示と自己辯解にあつたであらう。しかし身振りを以て出現しなかつた藝術はないのである。彼に於てはその多分の才氣と天分が、むしろ身振の辯解をあやまらせた。それだけに彼は我々の藝文的近代の氣質に近しいのである。この藝術者の氣質を表現した點で、綾足は秋成と竝び考へられ、同時代の平賀源内をあとにする。綾足はめぐまれた學問の家に生れた。しかし彼のよい形で殘つた東北的氣質をさらにデリカにしたもの（それはつひに無力化でないか）を云へば、柳里恭である。共に珍重すべき同時代の近代的氣質者であつた。私は今日の藝文を愛する心で、この氣質に共鳴する。

綾足の經歴は屈曲を極めてゐる。生を弘前藩の家老喜多村氏にうけたが、生來の美貌のため多くの婦人たちに愛慕せられてその繁に困じさせられた、しかもそのうちの一人に彼の嫂さへまざつてゐた。その嫂の艷書が發見せられたことから、二十歳の彼は鄉家を出ねばならぬこととなつた。このことが多彩の生涯を送る緒因となつたのである。鄉里を亡命して京都東福寺に薙髮したのはその廿歳の時である。この薙髮には恐らく當時の志をもつ文化人の一種のダンデイズムさへあつたであらう。まだ若い年頃ではあつたが、女性の愛情になやまされはてた著者は、愛情の執着に對する淡々たる心懷と、しかもその時々のふさはしい身振りさへ感得してゐたと思はれる。この青春の喪失と甦生の祕事は、近代藝術者の出發にもつを要する日常の一つであらう。わけて「心ある」と「心なき」の理論を深く象徵化した俳諧者流の傳統に從へば、この愛情世界の洗禮は日本近世諸家にとつては必要事の一つである。芭蕉の出奔のあとさきや、蕪村放浪の時代にも、この綾足に共通した事情と心理を見うるやうである。それはまさに彼らの詩のかげりに抒情が歌つてゐることである。綾足が長崎へ遊學したのは卅二歳であつた。その留學中に家妻が門弟と通じてゐるのを歸つて知ると、その門弟に妻を委ねて新居の費まで與へ、自分は深川あたりの妓女と新しい生活を始めたといふ話もある。美貌にして才能にめぐまれた少年は、すでに年少にして近代のダンデイズムとその心理學を卒業したのである。しかしその愛情の世間に對する淡々たる風懷は、愛情の世界に於て激烈な至情を生んでゐる。そのことは今ではあまり世人から理解されなくなつた。彼のいだいた曲ある感覺や、心情のあらはれ方、又は執心のあらはれ方が、その精神のかくされたきびしさでどうして浪曼派的先進の名に價するかは人から忘れられてゐる。しかしともかく彼の浪曼的生涯は少年にして運命づけられてゐた。その美貌のため多くの女性に圍繞せられた少年は、從つてそのまゝすなほに英雄の詩心と古典學の方を歩んだのである。

さて廿歳にして薙髮した若者のやがて還俗したのは云ふ迄もない。はじめから精神的に浮世の人であつた。綾足の生涯は放浪の日々であつた。浪花の野坡と交つたのは廿一歳である。野坡の死の一年まへである。その事が綾足の生涯の第二の決定となつた。しかし放浪の生活中に江戸に俳席を設けるとたちまち門前に市をなす程に門人が集つた。江戸淺草寺雷門前に吸露庵を營み、凉岱と號したのは廿九歳である。長崎遊學は卅二歳と卅六歳の兩度である。南畫を學び、費漢源、李用雲等に教を乞うてゐる。その片歌を始めたのは四十五歳ごろからであり、寶暦十二年四十四歳の時に縣居に入門し、四十六歳で本居宣長に教をきいてゐる。能褒野建碑は五十二歳の時であつた。その死は五十六歳、熊谷に病んで江戸に歿したのである。

江戸に於て、京都に於て、その講筵に列するものはつねに席にあふれたといはれてゐる。その生涯は贅澤に散じて、自由であつた。名聲は海内に高く、たゞ彼の野望が、あらゆる境涯に甘んじなかつたにすぎない。その生涯の裕かさは同時代の諸天才のあの一樣の貧苦の不遇に比して雲泥の差である。にもかゝはらず彼はつねに淡々とみちたりず、悶々と野望にいきどほつてゐた。淺草吸露庵をたゝんで、當時東西に稱された富と地位をすてゝ放浪の修業に立つことなど、少し異常人でなければ爲しきれないことである。さういふ心的傾向は彼の文業にも亦みいだされることである。この氣質者は果敢とだけでは云ひきれない異常である。しかも行爲は自然であつた。世人の歡呼喝采を思ひ、驚異と注目を思ふ心がなければ、史上の英雄も藝術家も勇士も冒險者も存在しなかつた筈である。伴蒿蹊は「近世畸人傳」の中で、「凡そ人として富を好まざるものはなきも、自らいへる如く、寶の山の俳諧をすてゝ、片歌一道の祖といはれん事を願ひたる志捨てがたし」と綾足のことをのべて、「生涯の行状はとるべきところなけれど、全體膽勇あり才拔群にして、世人を見ることは皆嬰兒の如くなれば、物を物ともせられず、さるからなすところ、云ふところ、虚實定まらず、自ら人の恩義にそむくことあれば、又人の吾恩にそむくも心にとゞめず、亡命して僧になるかと思へば、還俗して俳諧師となり、それも倦きては古學を唱へ、畫を業とす。生涯醉へるが如く、醒めたるが如く、知るべからず」とかき「ともかく世を翫弄して遊びしと覺ゆ」と結んでゐるのは、さながらその心的風采が手にとる如く理解される。

　私は綾足の書の若干を見たことがあるが、その素直な可憐さは、よくこの一等日常のものにあらはれてゐた。「虚實定らず」といふところも、一つの天才の負目のあらはれとしてもはや我らによく理解されて嫌はしくおもへない。恩義を自他に忘れるやうなところも、なつかしいかき方である。その人格に對する同時代の批評は、彼の作品によつて後世に訂正されるのである。たとへば畸人傳に云ふ、眞淵の縣居に妻を入門させて已はうち〳〵に其の説をとつて學んだといふ話などは、勿論當代の巷説であるが、巷説の起りは彼の性癖に關していくらかうなづけるものを諷してゐるのである。彼の古學的著述の一書である舊本伊勢物語の如きその一例の尤たるものであらう。畸人傳もその舊本の存在を疑つて、「其胸奥に取りたるなり」と云つた。本居宣長はその創作的校訂を「出せる人のみづからのしわざ」と云つた上で多分に肯定したのである。かういふ世調を翫弄するやうないたづらけはやはり綾足にはなか〳〵に多い。

　しかし彼はすべて世を翫弄した人か、それに對しての答は、否と然りの同時發言となるであらう。卽ち彼は野望を多分にもつた、永遠の反對者の一人であらう。その才氣の横溢と、藝能の多彩は、小心に世間を嬰兒の如くに見た。膽勇にしてと蒿蹊の誌したことに反對するのではない。たゞ近代の藝術家氣質を表現することばでかく語るのである。

しかしかゝる精神が世を翫弄するさまは、浮世を茶化した後の戲作者の境涯と異るものであつた、異なる發想による翫弄であつたといふことを强調したいのである。片歌復興の如きも彼の才拔群にして野望におぼれた心のあらはれであらう。その初め翫弄を楯としたが、つひに執着である。それは小才の成功に甘んじ難い精神のあらはれである。恐らく彼の批評眼は歴史上に於ける彼の俳諧的天分の位置を了解しただらうから、俳人として當代に稱される位置や、世間的成功を甘んじるには、その生れと環境の誇が許さなかったであらう。小さい才能の成功を考へる必要がない位に、彼の門閥と出生はその時代に於て名譽と高貴であつた。さういふことが彼を未完成の野望的人物とした、さうして又つねに精神の不可能な成功と上昇を望んだ浪曼家の一人を生んだ。これは柳里恭によく似てゐるところである。完成されぬ野望――つねに貴公子のもつ野望は、王者の地位に到らねば雜木のためにいびつにいためられる。建氏文藝の美しさは、すこやかにのびるべき天稟がいびつにされた美しさである。彼の多くの詩的作品は才能と精神の範圍を出なかった。それは創造の境をへあがらないで、たゞ精神の相だけが後の我々に示されるのである。かりそめに片歌復興を考へ、それを以て世を白眼視する反對者としての自己を表現しつゝ、いつかそれに情熱を投じねばならなかつた人である。さういふところでこの文化人――わが國近世文藝中に稀有の文化人の一人である彼は、蜀山人仲間の氣質者でなかつた。(あの蜀山人仲間の江戸市民ぶりを低級化したものが、今日の日本の都會人《われわれ》ぶつた田舎者《インテリゲンチヤ》であらう）その表現は衒弄であつても、その發想は情熱と決意に源してゐた。さうして彼の一切の衒弄の身ぶりは、この情熱のセンセーショナルな表現を恥しがつたところに生れた。

有名な西山物語や本朝水滸傳が衒弄精神で生れるか、勿論生れないだらう、しかしさういふ精神がなく、世俗に反する風懐が心になければ、あの擬古難解の文學は描かれない。すべての藝術がそれによつて生れるのである。まづ市氣を去るべきであると綾足もかいてゐる。これら物語にかゝれたペダンテイツクさは彼の貴族主義であらう。しかしその文章は藝術家の精神で鍛錬琢磨されたもので、一言一句愼重苦吟して書かれてゐることに驚くべきものがある。奇人としてすね者としてたゞそれだけと見た眼はこゝで思ひ展かれる。「其の唱道するところの片歌は世に行はれず、而して餘力を以て事に従ひし稗史に於て却て一派の祖たる榮を負へり。其の著す所の西山物語本朝水滸傳は、實に京傳馬琴等が作る所の稗史の先人を以て目せらるればなり」と幸田露伴は、袖珍文庫版「折々草」の序に誌された。衒弄の語に弊があるといふなら、物語小説とは、已の嘆き悲しみを述べ、憂鬱を開くためのものといふべきである。なほ露伴は筆をかへて「折々草は隨筆の體を爲すと雖も、文章の功奇過ぐるありて及ばざるある無し」と讃め、「綾足の文を爲る、内に逸氣横溢、抑へんとして抑ふる能はざるものあり、而も外之を韜むに蒼然たる古色を以てせんと欲す。是に於てか内外混鬧し、新古夾雜し、新にして新なる能はず、古にして古なる能はず、彿鬱爛蒸、終に變じて一種の異色、陶釉所謂窯變の如きを發するに至る」とかいてある。綾足の才能は掌をひるがへすやうな舞文の輕技でなく、しつこい雕磨の文と私にも見えるのである。露伴の窯變の語は名評といふべきであつた。

折々草は隨筆の體をなすといへども、と露伴もかいてゐる、まことにこれは近代の短篇小說の創始にして、又手本といふべきものであらう。こゝには眞の日本の散文精神を示すやうな小說が少くない。洪水の記事や雪景色の記事もよいが、あるものは傳奇小說の形をと丶のへ、あるものは知的小說としてすでに完成されてゐる。文章の發想と聯想の省略法に於て、元祿の雜學派たる西鶴より進んだ散文を描き、その小說的表現の近代さに於ては秋成よりある點で勝るといひたい程である。かつて佐藤春夫氏も私の質問に答へられて、この綾足をつとめて推賞されたのである。先生はその話の中で、たまたまのことだが、根岸の女を訪ねる話と、赤穗浪士の事をかいた作を推されたのである。根岸の女に出てくる表現の新鮮なエロチズムは、まことに近代の日本文學の珠玉の一つであらう。西鶴の妥協と煽情に比して實に毅然とした作風であり、端然とした表現である。俳諧片歌短歌の類では一樣の美しさを示すに止つた人は、むしろ露骨な散文に於て思はないで近代の名品を作つたのである。世を翫弄した人は、むしろ美神に翫弄されてゐたといふ、この詩人の祕事を知るべきである。

俳人として綾足は、芭蕉を嚴肅に批判した。そこには育ちの氣慨さへ感じられる。道端の槿や唐崎の松、それに古池の句さへ涼岱によつて攻擊せられた。さてのちの天明調の成立のためには涼岱は最も重んじられるべき先驅の一人であるとは一部に唱へられてゐる。

しかし當分は蕉門頭陀物語の作者として知られることであらう。片歌問答の類は、人あれば中期俳論集で散見することである。その俳句は、

物蔭に雉の光や春の雨
かげろふに鼻あたゝむる野馬哉
出る日も入る日も見えて猶永し
傘の匂うてもどるあつさかな
祇園迄顏は日蔭のあふぎ哉
昼で册子かへすやふゆごもり

やはり元祿の餘情と云ふべきものである。ついでのことにその萬葉ばりの歌の二三と、彼の片歌といふものをあげよう。すべて彼が折々に誌した短篇小説の如く、その創始の獨創に眼をみはらせるものとは云ひがたいけれど、嫌味の露骨でないことはありがたく、この人はつねに藝文に於ての恥を知る人であつたことを思はせる。

もののふのたまきを卷きてぬる夜らは夢にも妹をおもはざりける
われはもや手向の袖にまひはせむ旅に行くべき春は來にけり
赤駒のあしがら山を獵くらしみほのみさきにやどりするかも
山しなにて
うちこえてはやもゆかなむあしひきの山はありとも都への山
いさこよひ都のはなのかげにねむ

日の岡は日の近ければ花も咲ぬる
　雲ゐなすはるけかりしもけふは直目に
も、しきおほみや所をがみつるかも

その片歌の體には俳諧の心附があらうと思はれる、しかしそれは天明の先驅をなす近代調である。短歌には古今體もあるが、專ら萬葉古調をのべ、より古い片歌に於ては生新體を歌つてゐるのも興ふかい。

綾足は片歌を唱導して日本武尊を祭祀した。その心に日本武尊の英雄の抒情精神を知るものがあつたからであらう。その時、綾足は日本文學のその原始からの本流に感動してゐたのである。すでに翫弄などではない。翫弄はその發生の源の情熱に素直に還つたのである。日本武尊に奉る長歌も作つた。その反歌の二に、

あはれとふ事をし知らむ人にあらば神守いませこれの能保野に

あはれといふ事をし知らむ人とは、藝術の心と英雄と詩人の心の近接さを知る意味である。それは尊の行爲と歌によつて我民族の詩心の最もすぐれた大衆的表現は完成されてゐるのである。尊に奉られた綾足の思慕の心には、眞に藝術への獻身に憑かれた人の面貌がある。それゆゑか野褒野にて歌つた綾足の連作にはめづらしく高い格調と懸絕した品目の俤に深い。能褒野にて、

　みとせとふとしの月日を神風のいせの能保野にみたび來にけり
なづく田と今はいふなるなづき田に稻おひにけりところ生ひけり

なづき田をなづさひゆけばなみだしながる
杉むらもみとせ見ぬだに高くなりぬる
今すらも人すまぬ野に神さりしその夜らいかにかなしかりけむ
か丶りしと山こそしらめ知らばのらなむ
ふせやたき鈴鹿の關はたゆといへど今とてこえむ山ならなくに
み草かる能保野の森に照る月のかくろふ見てもむかしおもほゆ
み草刈る野ほの丶森のよぶこどりはやこと妹がのりてこしけん
みくさかる能保野の森にふる雨のまなく時なく家しおもほゆ

それらは尊に對する尊崇の心のありのま丶を激しく描き出してゐる。或ひは敦盛を悲しんでその長歌を作り、轉じては美しく悲しい王昭君を嘆き、吉野の故山を訪れて南朝悲史を慷慨した。それらは、多情多感の詩心のあらはれである。尊の英雄詩とともにある少女ぶりの抒情詩に、皇國文藝の本質の血統を知るものは、今も昔も今の世の浪曼家である。世を翫弄し、世間を嬰兒の如く見たといはれる綾足は古の傳説の日本武尊の英業と抒情のまへにこの涙ぐましい至情を吐露したほどに純情の詩人であつた。眞の藝術者は、英雄の心の詩をみ、詩人の心に英雄の反映をうつすのである。雄大な敍事詩と可憐の抒情詩を、等しく了知するものこそ、まことの詩人である。

綾足の詩心が、單純の構造でなかつたことは、その豪膽さと共にあつた可憐の抒情と色つぽい有羞の散文でも知られる。かつて大石良雄の遺墨をみて歌つた短歌、

ますらをに我はあらじとたわやめの心にのりてあそびたりしか

この歌は、凡俗に歌へない、凡俗に解してはその興味が了知されない。そこで「ある日の大石良雄」と彼は考へてゐるのでない。少女の床邊においた太刀を、崩御に臨んで偲ばれた古の皇子の命の、英雄の心の理解から進んで、大正の自由主義とその發想を殊にしてゐるのを知らねばならない。綾足を日本の浪曼家の近世の先覺とするのは、彼が意識的に、「人間の抒情」（詩人）と「歴史の抒情」（英雄）の共通感をその場所で描いたからである。己の文藝の血統の祖として日本武尊を祭祀したことは、雄大な構造の浪曼家でなくしては不可能である。綾足は、詩によつて女性の愛情の世界と共に英雄の世界をも共感した。

　日本武尊へのひたぶるな尊崇はつひに能褒野建碑となつたのである。その時のことは「折々草」に誌されてゐる。長澤村の武備社の傳説地に尊の「はしけやし我家の方ゆ雲井立ち來も」の歌を石にほらせてたてたのである。あの一聯から特にこの一句を選んだ用意にも、この流浪兒のなげきがあるだらう。この間三年の間に三度能褒野を訪れた。「其の陵とて侍るは、龜山より道のほど一里あまりの北にあり。村をば長澤といふ。陵の事をば所に久しく武備社とて申しつぎけり。何故に爾云ふといふ由も侍らず。昔より此曠野の阜《つかさ》とおぼしき所に、松など生ひて侍る所を武備の御神として、葉月十日まり六日といふには必ず所の人多く出でて、是の御前にて相撲をとり、即ちこれを建備の御祭とせり。斯る事いと久しき間に、ある人のこゝは倭建命の陵なりといひ出でて、……拜殿鳥居などまでもよしよししくしたまひき。さてより後はまれ〳〵詣ずる人なども出來、尊き君達よりも人遣はされて、事を祈らせたまふ時なども侍り。斯くなりてより僅かに三十年ばかりには過ぎずとなむ」その時の建碑のさまも綾足の筆で語る方がよい。綾足のその人を知る一つの便ともならう。「五月十日まり六日、かの千引の石を多くの人して川邊より引上げて、此曠野を持て來るに、夜にもなれば、松點し連れてたちどよみ、御前に引寄せて侍りける時は、大なる篝を幾所にもたきて、百餘り八十の人ら廣前に居りて、御酒食べて此陵を伏し仰ぐ様などぞ、昔此命こゝに薨れませし折なども、斯る様なりけむなど思ひつづけ侍りて、たぐひなき有様におもほえける」

附記　寒葉齋の名はむしろその生前に高かつた。さうしてこの風格の浪曼家は今日の評價體系からとりのこされた感が多い。しかし昭和十一年十一月の十五日から三日に亙つて弘前に催されたその遺墨展には、畏くも、秩父宮同妃兩殿下の台覽を賜つた。昨昭和十二年夏六月には東京の美術研究所で寒葉齋遺墨展があつた。私はそれを欣んで當時一文を草した。

饗宴の藝術と雜遊の藝術

私は昨年の今頃「明治の精神」といふエッセイを書いたが、その第一節に「二人の世界人」と題して岡倉天心と內村鑑三の二人の人となりと事業をのべた。內村鑑三の雄大な詩精神の顯現を特色づける世界的な形相のなかに、しかもそこに日本の風土のなつかしい數寄屋造りの好みの濃厚な所以を語つたのである。試みに內村氏の世界體系にあらはれる、あの偉大な人々の招待の方法や敍述の樣式と衣裳が、未曾有の壯大な饗宴の形式をもちつゝ、實にそれがいつかあのなつかしい無教會主義の如き咏嘆調とさへいひたい風土を描き出すに至る經過を考へるがよい。

岡倉天心に於てもその事情の異らないところはその文章の中でのべた通りである。天心の雄大な振幅で描かれた世界文學――その絢爛のシンポジユムのうらうちをするやうに、東方の龍の思想がとかれ、正氣が語られ、あるひは「さびしい浪人の心」の語られてゐること、これは恐らく紅毛近世の饗宴文學に見ないところである。大藝術のかげにある、さびしい浪人の心こそ、我らの東洋の藝術を生んだ母胎であつたと天心も亦のべてゐるのである。

　果して人々は被害情熱の人鑑三の中にも、そのさびしい浪人の心を見なかつたであらうか。官吏のもたない、公吏の持たない、浪人の心である。さうして浪人の心によつて雄大な世界と饗宴の文學が描かれたことに、私は明治の精神を闡明にする情義を味つたのである。天心はその二代のまへに武士であつた。鑑三も上州の武人であつた。天野教授の解釋についてその文中でも述べたが、私の見解は天野氏の鑑三解釋と、やゝ異るのである。即ち一言にして私見をいへば鑑三は處世人でなくして詩人であつたから、處世上から迫害や結果を考へるまへに己と神の眞理と啓示を即身實行してゐた。すぐれた大學教授は迫害といふ處生の方から眞理の行爲的限界を實生活的に考へた、それは考への發足がちがふのである。教授の明治讃美は鑑三を許容した寛裕の時代の美事さについてであるが、私はむしろその明治をこの人を生んだ時代と考へるのである。この發想の異りを私は人に說きたい。迫害を欣んだ風さへある鑑三の性狀は、それさへ處生の方策の如きではさらになく、專ら十字架の人キリストのまなびにならつたものである、この單純な子供々々しい心情の美しさを私は尊敬する。その人は迫害を考へて迫害の中へ入つたのではない。學者は道理をとき、詩人は自然に情熱を行爲する。學者は合理である、詩人はつねに賭である。この意味を私は內村氏のことをのべた文章の中で示すため、日本現代の學者天野博士の文章を引用したのである。しかし今日の事情や時勢の異つた世の中で、もう天野京都帝國大學教授は古いあゝいふ文章をひいても、それを以て今の世のことをのべ、我らが己の憤鬱を展く代とすることを嫌はれるであらう。私もさういふことを天野教授のために、又一般官吏の職ある人を利用することはせぬ方がよいと思ふのである。昨年に於てはまだあの文章の引用は天野教授の迷惑とならぬとも思へたし、私の引用の仕方は細心に教授の迷惑とならぬやうな引用法をしてゐるのである。それは今のやうな時勢では、私は殊さら何かの國家官吏としての公的地位ある人々を、己の主説をとく方便の道づれとして、他人に迷惑を及すを好まぬからである。それは日本の現狀である、それを打開するのは、老いた人々の任務でなく青年の務めである。日本の大學の思想家たちは大體註釋書の註釋しか發表しなかつたほど溫健な人々であらねばならなかつたのである。道づれとするためには、故人を用ひる方がよい、あるひは自由人である詩人を用ひる方がよい。私は極端な國粹家が公的地位の人々を陷れるための醜策を憎惡する如く、又一部の進歩家が同じ形で公的地位に迷惑を及すのを嫌惡する。日本の詩心はつねにさびしい浪人の心にその母胎をもつてゐた。

　さびしい浪人の心を母胎としたといふことは、實によく東洋の藝術の雜遊派的性格を示すと思ふのである。それは自由人の私生兒である。罪なくして配所の月を眺めんと歌つたのは我國の人である。我々の詩人と詩情の歷史はいはゞやはり浪人の心である。東洋の藝術は概して前朝の遺臣たちのありすさびの生成の理の形相化であつた。かういふ美學は、近代泰西美學の私らに講義しなかつたところである。

　何となれば泰西の藝術はすべて君主の南面して列藩に臣事せしめた如き、大饗宴型をその理想とした。大唐藝文に於ける如き雄大な饗宴型の藝術は、やはり帝國のものである。

雑遊型詩精神は、その西洋が近代國家の體系をとゝのへたのちに始めてあらはれた、それは巴里が世界都市となつてその「墮落」の一歩を印した日にあらはれたものに他ならない。巴里人は巴里を出ぬことに誇りをさへもつてゐた。十九世紀のイギリス浪曼派の偉大な詩人たちが雑遊型のイデーを作り出してゐたとき、まだドイツ人はパウロ的なシステムの完成を理性の世界で作り、文學の形でさういふ世界國家を描かうとしてゐた。英國では文化國として文化の侵濕が早かつたのである。

日本の饗宴型藝術は、推古で未だ形相されず天平で開花した。その天平の饗宴型藝術には空海がピリオウドをうつたのである。絶對的國家體制が完成されたとき、その崩壊は始つてゐた。惠心僧都が組織した體系は、あの史上の古今東西に偉大な體系は、雑遊をイデーとする雄大無比の大體系である。その天才の事業に於ては雑遊のイデーと體系といふイデーとの間に何の矛盾もないのである。ありがたい又めでたいことである。

孔子の學は世界國家の學問といはれる。しかもこの帝國學の始めの人は西華の空想を一等なつかしく承認したのである。竹林に清談するの風景も亦古い、それは老荘の隱遁や自由と近親にして又疏遠と云ふべき發想である。理想の國が汝のまへに現れたとき汝らは何をするか、とある日孔子は、子路、西華、冉有、曾皙の四人に尋ねた、各自順次に經綸のほどを語つた最後に、西華一人は琴を彈じてゐた手を止めて、孔子の註文にものうげに答へた、「莫春者、春服既成、冠者五六人、童子六七人、浴乎沂、風乎舞雩、詠而歸」と答へたのである。

王朝以後の日本の藝術の詩情したものは、大體雜遊のイデーである。それはあの道長に於てさへ、又重盛に於てさへさうであつた。一歩轉じて足利將軍の藝術觀やその美的生活に於て見るも、あゝいふ神祕的にまで象徴的な、空白に近いまで精神化された、虛無にまで化せられたやうな贅澤な生活が世界のどこにあらうか。大體に普通の帝王や成金にはあのやうな深刻な生活の藝術化は出來ないのである。彼らはその專制の第一歩にまづ衆眼をあざむく門を構へ大建築を始めねばならぬのである。專制君主の支配と恣意を完成したときに大建築を始めることは、近世の成金の心情と違ひないのである。我國の雜遊的風流教育は永く成金趣味を打倒してゐた、從つて我らは新時代に於てつひに大藝術の形——紅毛の成金趣味——にさへゆかなかつた。大正の船成金が大邸宅を作つた如く、スターリンが大別莊を作りスターリン道路を邸宅內に構へる、これは同一心理である。ヒトラーが大スタヂアムを作り、蔣介石が大邸宅を作ること、これらも槪して同一心理である。私はこの心理を敬愛する。同じことは小說家にもいへるのである。試みにゲエテのデイヴアンとフアウストを同時によみ比べるがよい。私はフアウストの第一部をへてさらに第二部をかきつけてゐる日のゲエテの情熱にものすさましさを感じるのを常とする。フアウスト完成中のゲエテに、私はお氣の毒なとも云ひたい烈々の努力を感じ、いたましくもなるのである。己の世界詩人としての仕上げのためのいたましい努力に惻隱の心を味ふばかりである。とすれば西華にわしもそんな氣持でゐると告白した孔子はやはり東方の大人物である。我々東方隱者の詩心は、フアウストに鵝ペンを削つてゐたゲエテをいたましいとさへ思ふのを常とした。しかも私はスターリンの言論と行爲と思惑を、大正の船成金の云つたこととしてゐたことゝに比べて、云ひ分によつて一方が正義人道にかなひ他方はさうでないなどと考へるやうな觀念論者ではないのである。

日本の藝術史上で、歴史上で饗宴型の美術があらはれたのは、豐臣秀吉の場合である。この近代日本を規定した偉大な人物は、天平以後に初めて饗宴型の藝術を完成した、秀吉が足利將軍の茶道精神に一種の絢爛な形式化を與へたことは周知である。さうしてこのことが、一つ重要な考察すべきことがらである。そこには秀吉の師信長の精神がまづ見出されるやうであるが、やはり雄大な完成は秀吉がないとき不可能である。探幽とその子たちを完全に去勢した德川將軍を考へるがよい。この近世に於ける饗宴藝術の復興者なる秀吉は、その時我國に於ける世界國家の始めての發想者であり、一歩實行に入らんとした英雄であつたといふことは、考へ合せると實に意味ふかいことと私には思へるのである。

饗宴の藝術といふのは君主の藝術である。のみならず皇帝の藝術であり、世界國家の皇帝の建築物である。大唐の藝文や羅馬の藝術を思ひ、ギリシヤと宋朝の美的生活にそれを比すべきでもあらうか。いたましい衰滅國家の形しかもたない宋朝文物と、朝夕に對立した如きギリシヤの都市國家の民主國の悲劇は、それらの藝文を雜遊雅宴型のものとしたのである。しかし近代の野蠻國に生れたあの古代のアジア的、東方的帝國の形體たる大藝術の形に、開國文明期の日本人が如何にあこがれたであらうか。大帝國は不毛の地も未踏の山嶽もすべてを含有する。しかもなほ支那の民間大詩人の概してが、平かならざる逆境悲運のときに鳴つた種類の人々であるか、あるひは轉じて前朝の遺臣であつた。それは私にも亦興味ある。さびしい浪人の心である。

明治の饗宴の文學は、僅かに形相をもつたものとしては、さきの天心と鑑三である。何故にかゝる偉大な大文學が明治日本にあらはれたか、私はそれをのべて、彼らにあつた儒學的雰圍氣と、世界と國々と文化を發見したときの武士の氣質の變貌開花をみる。日本の武士は支配者であつた。いはゞ支配者であつた。今日日本の高級官吏も支配者でない、下級官吏たる巡査は支配者の風を作つてゐる。さうして中下級官吏は進歩的インテリゲンチヤの風を模してゐる。しかし日本の封建武士は完全な支配者氣質を雰圍氣としてゐたのである。初對面の扇子のおき方に始り自殺の作法に終ると天心が意味ふかくかいた日本の禮法は、それだけで過去の支配者の氣質の立派さを象徴してゐるのである。武士が、形式の武士と精神上の武士とに別れたのは、元祿であらう。しかも形式の武士がなくなり精神だけでそれが維持されたとき、始めて日本に眞の武士があらはれた。幕末の武人の若干は日本の武士中の最優秀な武士である。明治の新文學は日本の土壤で移植されつくさなかつたとき、形式のとゝのはない早生の精神として、その最大の詩は天心や鑑三に描かれた、かゝる精神には、饗宴が初めてあらはれたし、それは久しい後にさへまだ描かれぬのである。西洋文物の移入がさかんな日につひに西洋の大藝術が描かれず、古い天心のかいた日本の美觀の歴史に點綴された我らの父祖の天才の名が、西洋近代史の天才の如くあざやかに、又烈しく我らの文化の心を刺戟したのである。しかしその天心や鑑三の大事業の底にあつた數寄屋造りの氣分や、あるひは切迫した開花のため啓蒙のためのいたましい教訓の痕は、やはりまへにものべたことである。そして天心が封建武士の氣質人であつたことは、その發想たる「天才の勝利」を以て一世を慴服した氣概のみが示すのではない。惠心僧都の流れを重視せずに、夢窓國師の流れを重視したところにも偲ばれるのである。さうしてこの奇妙な狂的天才は、明治の諸天才の性格を一身に集めて、すべてを集めたより大きい振幅で自ら波うつた。その志士的明治天才の若い精神の性格は、宗達をおいて雪舟を語るのである。文物の進歩をといては、應擧の時代への反抗の精神に於ける寫生を專ら尊んだのである。歷史論としての精密さでは同時代の子規にも勝る寫生論をとき、應擧に寫生をとらせた精神をのべたのである、その美術史は文化と精神の歷史學である。

日本人の美觀や、藝術生活、ひいて日常生活の浪曼化を規定した大藝術家二人といへば卽座に私はかの淨土宗の創成者惠心僧都と、足利將軍の師匠であつたかの禪僧との二人をあげるであらう。いはゞ日本の教養は又は美觀は、淨土教風な遊樂と茶道的な趣味であつた。形の上からも理論以前でなく理論以上の體系なき體系であつた。精神は理論化されるより實體化してあらはれたとき始めて我らの國土のものであつた。それは形式化された茶道ではない。茶道の沒落は最盛期に於てその形式から精神が分離分裂したときに始る。千利休の賜死はいはゞ茶道精神が茶の完美された日の形式より離れてゆく象徵である。されば王朝の香合せの如き隱微の極の藝術生活はしのぶよしさへなく、今ではお茶の師匠の素人おどしの一道具と學ばれてゐる。形式と精神のこの分離の事情の發見こそ、日本の藝術が雑遊として精神化の極致を望んだ契機といふべきである。

足利将軍のあの精神的な藝術生活はこれを極致に完成したものといふべきである。王者の藝術として、再びあらはれないものであらうとは、人の疑はぬところである。足利氏の贅澤を教科書で學んだ小中學生は、一度金閣を見、銀閣をみて、その形の貧弱さに驚嘆するのである。この贅澤さはつひに藝術の奥義観として發見されるすぐれたものに他ならぬからである。しかし光悦を國寶とたゝへた三代将軍家光のそのときのことばは、やはり一種のこの室町的なものへの身ぶりである、一つのダンデイズムである。このダンデイズムが理解されるためにはやはり浪費が必要である。徹底した放蕩者も放浪者も、つひにその最後に於て藝術家であらうが、かういふことをたゞ語つてゐる私らは永久に亞詩人である批評家にすぎない、人のすることはわかりもするし、悪口も出來るが、自分ではしないといふダンデイズムは、もつとも下落したものである。しかし古い日本の雑遊派には批判といふ悪人風のダンデイズムは、なかつたのである。今日我々の描く如き近代文章はなかつたのである。今日の詩人小説家批評家、それらの中で、古にあつたならば詩人と思へる人々は、みなこの近代文を描いてゐる。それを古代人になかつた批評の文章で、文學はやはり今日に於ても、もう形式(いはゞ商業)のみを隆盛にして、その精神は成文の小説や詩からなくなり、たゞ漠然とした精神に生きてゐる。さうして未だ偉大な一人の雑遊型の大師匠を生まない。その文化に達してゐない。低徊趣味をといた漱石を私は雑遊派と呼ばない、むしろ雑遊の東方の詩心を現代に於て最大に表現した大詩人にして又大師匠なる人は、魯迅でなく佐藤春夫である。しかし佐藤先生の文章もつひにいひ訣の多い近代文であつた。實に近代文であつた。鷗外後期の文章も近代文の別の形であるが、この近代の我國に於ける創始者は上田秋成である。兼好の文章に描かれた近代とは、これは異る。條件つきの文章の、その描き方の異るところは、徒然草の作者は内攻に源してゐるところに發するのでない。秋成文章が近代なる所以は、憤りも嘆きも教訓も負目となつて内攻的に挫折する。

秋成がかうであるとき、蕪村の文章に近代が濃厚であるのは當然であらう。これら近代文章は俳諧の民族的云ひ廻しが、詩人によつて淨化された結果である。蕪村の文章を以て芭蕉に比べるなら、誰とても蕪村に雜遊的精神の濃さを見るであらう。芭蕉に於けるまた止みぬるかな風の表現——それを輕視するものではない。しかし純眞の意味で芭蕉は古代的な大師匠である。あの世界に二つとない短詩をのみ記した芭蕉は實に大教師である。形に於ても内に於てもマイステルである。芳賀檀の芭蕉論はその意味を理解して理窟として描いたのでなく、さういふ芭蕉に卽して描いてゐる點で、僕は感心したのである。芭蕉に於ける饗宴の精神は、前面眞向に感嘆と悲歌を押し出し、正向ひから哲學や世界觀を以て仔細なく瑣末のことに直面してゆく、苦しからうし、尊敬すべきことである。蕪村はつひにその放浪生活の嘆きをうつさなかつた、芭蕉は遊山の如き旅に於ても、まづ形而上學や世界觀をとき去つて、神のものの姿や天地の間の人間有情からとき起さねばすまなかつたのである。我々の最も雄大な規模の詩人柿本人麻呂が天地のわかれし時より歌ひ初めたのと軌を一にする。この人麻呂をために修辭華麗大仰にすぐと評した伊藤左千夫の說も、赤人と比して赤人をなつかしいとのべた中谷孝雄の感想も私には私なりにわかるのである。もしかりに人麻呂的と赤人的といふ語を作れば、(赤人に家持をかへたいと思ふが、それは時代竝稱の趣を失して、歴史的推移と解されるおそれあるゆゑに、赤人を借りる)わが成文千五百年文藝史さへ、實に單純な二つに大別されよう。今日の國民文學論は、さういふときどういふ主張をとり、歴史文藝觀をとるか、私はきゝもらしてゐる。

生成の理としての文學は、特に前朝遺臣の風としての文學は、東洋の雜遊派を作つた。十一世紀の世界に冠絕した日本文化、あの道長のころ一條院の宮廷文學さへ宴遊であつたし、足利將軍は實に雜遊であつた、イギリス十九世紀浪曼派の雜遊派であることもすでにのべたのである。かういふ漠然とした概念で、文藝の種々雜多相を二列に整頓しようと思つたのは、日本文藝史に於ける饗宴の時代の少なさ――先にかいた天平に於てさへ、すでに家持を中心とした女性サロンはのちの雜遊派の淵源であらう、それはいはゞその創始である人がその日の同じ太陽の下に旣にゐたことを告げるのである――をのべ、日本文藝の傳統が雜遊吟咏を中心として、開花した大輪の牡丹花を國花とせず、可憐の山櫻や野菊を國花としてゐることをのべたまでである。されば明治新世界文化の日にさへ、寥として饗宴文學は少い、みながみなそれを望んで描き創めようとした日に、花開いたものは藝苑の垣の外のものであつた。饗宴を倦むのではない、雜遊を恥ぢるのでもない。私には日本の文化と文藝は宇內のうち最も親しみ易く又愛し易い。佛菩薩を佛菩薩の佛性と佛格とその世界にゐてしかもそこで卽して遊ばせる、それこそ雜遊の心である。ゆめ私小說ではないのである。

さて日本の饗宴型の文學寥々たる中で、それの出現をまつこと久しい日、我々はそのために現れたやうな一人の詩人を發見した。既に數年まへ、初めて芳賀檀の文章をよんだとき私にはふかくその思ひがしたのである。それは私にとつて實に怖るべき新風として、既往の一切を席捲して了つたのである。しかもそれは間違ひもなく日本の文藝界に實現したのである。そこに芳賀檀の意味があつた。空粗な大言壯語でなく、雄大な規模である。明治新文化の日に、封建の世の武士の精神が、新しい世界文化の光りにあつて、天心の饗宴型の大藝術に開花したのを思へば、芳賀檀の同じ饗宴型の文藝は、まだ天心に比較すべきでないかもしれないが、それはそれとして、こゝには文字と表現との上の新しい世界國家が精神領に描かれてゐるのである。それはもう東西兩洋の對抗や爭鬪のもくろみから立論するのでなく、自然な王者のもつ、新しい神話の如き響をふくめ我らの意義深い世紀の曙に、民族のまへに示されたのである。この新しい近代の感傷と咏嘆の濃い神話の響は、ここでさらに深い莊重な歴史の意義さへ獲得するのである。

過日芳賀氏の文藝評論集が「古典の親衞隊」と題されて出版されたことを私は欣ぶ。「ニイチエ」「ナポレオン・ボナパルテ」等の獨自な作品の傍で描かれた文藝評論の集である。アジアの滅亡を知り、少年にして國運の難さを知つた天心は、さて日本を如何にして近代國家とするか、我々の戰ひを如何にして勝利に導くかの大問題に當面したとき、當時の派遣外交官が哀願同情を專らとした中で、傲然として「日本の自覺」を、その美の歴史からのべ、支那の廣さや印度の高さが、日本で初めて精神の深さになつた美觀の歴史を實證して、最大の誇りを以て、己を日本の唯一の保守派とのべたのである。かういふ天心に於て形をなしたものは、明治の國民と兵士のすべてにあつた正氣の發して現れたところである。

芳賀檀のニイチエ、ナポレオンも亦、今日の日本の正氣の形なしたものの一つである。戰場に開いた花は、學才あつて藝能もつ詩人の手によつて初めて形なすのである。その同じ正氣を萬象森羅の世界より描くことは時代の詩人の任務である。この一文は「古典の親衞隊」の上梓に當つて近頃の思ひを述べ、その書の門出を祝ふ心である。

明治の精神

二人の世界人

「神様、あなたのなさることには感心できないことがある」と呟きつゝ、天心岡倉覺三が逝いたのは、大正二年九月二日午前七時三分であつた。齡五十二であつた。明治の數多くの天才がもつてゐた諸性格を、最大の結構で體現したこの人の、その最後の意味深い言葉を誌し止めたのは、何よりも忠實な傳記作者の功績である、と僕の友三浦常夫はこゝ數年來談天心に及ぶ度に語つた。明治藝文史を通觀して、そこにある廣大無邊の精神をとり出し、その過去を耀かせ未來を輝らす血統をさして、明治の精神と呼ぶのは、僕らの時代の誇らしい命名であるが、その文藝上の精神を最も奇削の極致で描いた人として、僕は岡倉覺三をあげ、次に內村鑑三をあげるのである。この二人の世界的精神を思ひ、いまも世界人と呼ぶのは、彼らが各々主要著述を外國語で發表しむしろ外國に知られた人といふからではない。彼らの中に生きてゐた日本の傳統の、その新しい變革に對する二人の態度は殊に異るものではあるが、なほその日本の精神の傳統を變革表現したときの、むしろ世界的な態度と決意は充分に後世の若者を刺戟するものをもつからである。

二人の世界人、その呼び名が外形にも內實に於ても最もふさはしいまでに藝文史上に名を止めた天才は、彼らが最も深刻な傳統の人を思はせつゝ、しかも日本の傳統を近世から廻轉させたのである。日本の近世の偉大な天才たちとは、全然異つた方法で彗星のやうに我國の傳統の中樞に出現した二人である。天心の先蹤を求めるならば、これを僕らは奈良朝の文人の世界精神の中にさがさねばならない。鑑三の精神を求めるときも、やはり古王朝の教界の指導者に立ち戻らねばならない。明治の精神は、いはゞ內部からあらはれた世界への關心としてあつた。それを回顧の中に發見し、萬葉天平の時代に發見したのは、江戶の國學者でなく、明治の精神である。加茂本居の學派が「歷史」を發見したことは、しかもそのとき大きく波うつた日本の「歷史學派」の昂奮は近代ヨーロッパ諸國民の知り得ぬものであつたかもしれない。江戶の官學なる正統儒學派はさういふものの聲を知らなかつた。陽明學派の大鹽中齋にしても、なほ大阪の市中を大砲をひいて步いたといふ、彼の最後の偉業が示すやうに、哀れな純粹行動派であつた。たゞ本居學派はわが國の歷史を發見して、近世日本の變革的雰圍氣に決意を與へ方法を敎へたのである。しかしながら本居さへ萬葉時代を眞に理解したのでなかつた。記紀の成立した時代を完璧に描き得なかつた。

記紀萬葉の成立した時代の我々の父祖の精神を實篤な學的仕事から發見し、その當時の颯爽とした世界精神をみいだして、白鳳天平の花の文化の基調に、當時代人の世界への心のあるひは潑剌としたあらはれを、ときにはやるせない鄕愁を、それらを發見してそのもつれを文獻學的に組織したのは、國學者佐佐木信綱である。日本の長夢がペルリーにさまされたといふのは、一つの考へであるが、全部の正しい考へではない。日本のうちからあらはれてきた、藝文的にロマンチツクな世界精神は、契冲から源を發し、宣長が體系化した。その國文學の流れの描いた決意と方法の體系は、信綱がきはめて溫厚に點睛したものである。何ゆゑに宣長に源した古代再建が溫厚に仕上げられたか、いふ迄もなく、明治の變革期には、すでに世界精神を體現した天才を送り出してゐたからである。

古王朝にあつた世界精神を受けて己を體現し、しかも奇削に表現した第一人は天心であつた。天心は我國で認められる藝文史上の批評家でなくして、むしろ海外の異國で認められた批評家である。日露戰爭といふ明治の精神の最高潮に海外を席捲した日、ボストンで東洋の美觀を論じた天心は、あらゆる天才のうけた光榮の瞬間を一身に集めた感さへあつた。

天心はそも〳〵初めに「世界史」と「世界」を發見してゐた。このやうな雄大な明治の精神の實相は、尊敬すべき「歴史」の發見者たる日本の近世の國學者さへもたなかつた。何となれば明治の精神が世界を發見するについての事情のうちには、最も嚴肅な事實として「法隆寺の發見」があつたのである。それは日本の近世の歴史學者も知らないものであつた。天心は詩人の感受力を以て、一切の考證や記述を越えてまづ世界を體現した。僕らは未だ天心の如き雄大な規模ある批評家を國史の中にもたなかつた。日本の長夢がペルリーにさまされたものでないやうに、天心の「世界」も「法隆寺」もフエノロサによつてさまされたものではなかつた。これはいつでも實證さへして見せらる僕の斷案である。

明治になつて初めて海外が視界に展けた。その時に我々の父祖の昔の全構造が一人の天才によつて又闡明にならうとした。その大昔にあつた大いなる世界精神は、かりに萬葉と法隆寺を以て象徴すれば、法隆寺を發見し、聖德太子や光明皇后の意義を見出したことは、まことに新しい明治の精神を昂奮させるに充分であつた。しかし元來のロマンチスト天心はそれらを研究や考證から進んで展いたのではない。彼の詩人が英風が、原始にロマンチツクな世界精神を以て生れ、「アジアは一也」のテーゼを見出した。印度の高さを支那の廣さを、そして日本の深い精神を知つた。日本のもつた永久な愛を發見した。アジアの遺産を千五百年に亙り防衞し貯蓄したものが日本の精神であると知つたのである。しかも一切の宗教と藝術の母であつたアジアはすでに滅んでゐる。それは明治の初めに天心が發見したアジアの實相であつた。しかもその中で日本だけが依然としてアジアの言語と造型の藝術を守つてゐた。日露の役の頂點に於て、これは怖るべき偉大な發見であつた。

天心の世界藝術論は、日本の覺醒を日本の内部から起つた聲として論じることであつた。日本に於てだけ亡びなかつたものをありありと見たからである。彼は明治に於ける舊世紀克服史は一つの内部の聲から行はれたと見た。明治文藝を流れる我々の血統と尊敬すべき精神には、その嚴肅な自覺があつた。明治に前後して亡んだアジアの國々の中で日本だけが滅びなかつたのである。天心は世界藝術としてのアジアからそれを考察した。その日本こそ千五百年の間、アジアの太初からの藝術を保護してきた國であつた。アジアのすべての藝術は日本の土壤で、初めて精神となつてたくはへられたのである。それが天心の見た内部の聲であつた。アジアの博物館と日本は呼ばれねばならない。天心はその日法隆寺と共に内宮外宮をも發見した。アジアの詩人的な天才は學問が徐々にして見出したものを、その出現の日に身につけてゐた、學問の發見を彼は體現してゐたのである。この彼にあつたロマンチツクな世界精神は、かつて日本の誰もが描かなかつた藝術批評を、歷史と世界の構造で描いたのである。

この颯爽として自體が藝術である天心の出現にも、「さびしい浪人の心に宿つた」詩情としてのアジアの藝術が彼自身の口で語られてゐるのである。藝術批評に世界と歷史と血統を完全に描いたのは、あとにもさきにも天心一人のみであつた。この明治の精神は、日本の舊科學のどんな傳統をもうけずに、たゞ日本の精神の傳統の輝きを新しく描いたのである。日本の精神が魂から魂に通はせることを以て誇りとした、日本の美觀を眞向に表現したのである。自身では日本に於ける最大の保守派と呼んだ。しかもこの保守派の指導した日本美術院派の作家は、日本繪を新しく一回轉せしめた。明治の創成期に、日本の繪工たちに藝術家としての自覺と誇りを教へ鼓舞した唯一人の人であつた。

明治の渦卷のやうな時代の中にも、我々の最も尊敬すべき血統は確立してゐた。一般藝文史にあらはれたそれには、透谷、藤村らの「文學界」があつた。鐵幹、晶子の「明星」があつた。樗牛がゐた、子規がゐた、鷗外と漱石は次第に時も降つた現れである。それらの血統を思ふとき、むしろ側面の人として、僕は天心や鑑三を語るのである。この二人の天才にあらはれたものは、それら中期の精神の最も濃厚激烈なものであつた。明治は僕らの昨日に過ぎない、昨日の文藝を省みて、僕はその出版年代記を描きたいのではない。僕らのけふに生きてゐるものを最も崇高に尊敬する道を發見したいのである。「坊ちやん」を描いた漱石が、最も深刻な後期の作品を近世文學史上に殘した事情は、今も僕らの心をひくのである。「歌よみに與ふる書」で子規の描かうとしたものを、或ひは鐵幹が「紫」で歌つたものを、それらを遙かに雄大の宏謨で歌つたのが、ボストンに行つた天心である。完璧としては未しい觀の多い明治の文藝に於て、しかも燦然と輝く精神は、この畫壇の英雄と教界の偉人に最も激烈に現れてゐた。のみならず彼らはつねに藝文の時代を影響した。

明治の精神は云はゞ日清日露の二役を國民獨立戰爭と考へた精神である。彼らは日本を近代市民社會諸國の系列にひきあげる決意をもち方法をもつてゐた。天心は「さびしい浪人の心にやどつた」詩情を思つた、鑑三は「我は日本國のために、日本國は世界のために、世界は基督のために、遂に萬物は神のために」といふ墓碑銘を若年の日に作つてゐた。この同じ日本の市民社會建設のために廟堂にあつて犧牲的な悲しみを描いたのは伊藤博文であつた。福澤諭吉は「學問のすゝめ」をかいた、その功は今日の進歩家によつて充分ねぎらはれても、博文の悲しみを見得るものは、今の世の詩人だけである。しかしながら、明治の精神を崇高に象徵した御一人者は、明治天皇であつた。明治天皇御集は昭憲皇太后御集と共に、一つの大きい明治の記念碑である。

僕は別に古い以前に、それら明治の精神の一つの系譜をのべ、その中では明治天皇御集をも語つたのである。漱石の小説をひいて、初めて「明治の精神」といふ言葉をかいた。近頃林房雄が「乃木大將」といふ小説を改めて發表した。これは最も愛情を以て描かれた乃木大將論である。恐らく詩人でなければ描かれぬ愛情が、意識されぬところにもあらはれ、明治の精神の一つの變型たる乃木大將を描いて、なほ後世の人を愛しませるに足る作品である。乃木と伊藤と、これら藝文史に關係ない精神が、同じ太陽の下のものを代表してゐた。乃木希典や伊藤博文の悲しみは、僕らの口にした小學唱歌のやうな、文明開化の謳歌やそれへの覺悟を描いたそのなかにあるあのやうな鄕愁に似た悲しみであつた。しかもそこに明治の偉大な人物の負目とせねばならぬ悲しみがあつた。僕らは日本の小學唱歌を口にした昔を思ふ度に、それを誦しつゝ死地の戰ひに行つた人々を思ひ出した。今日の死地への遠征にさへ、僕らの口にのぼる歌は恐らくあのふるさとの小學唱歌であらう。明治精神のそれらの悲しみは、大正の幸運の人々は知らない。たゞ皇紀二千五百年代の世紀末の僕らの若者のみが、日本のけふの文化事情のゆゑに、いさぎよく小學唱歌の悲しみを口にして、遠征の旅へ出ていつたのである。その博文の悲しみに民間の諭吉は比すべきではなかつた。「さびしい浪人の心」を嘆息した天心の、奔放な世界體系も、博文の負目とした悲しみの實體につねに迫られてゐた。たゞ天心は翼もつた詩人であつた。

明治の精神の悲しみを思ふたびに、たとへば天心を思ひ鑑三を思つても、彼らの風貌のどこかに激烈な狂氣の相が流れてゐるのが無氣味である。半島に死屍をさらすとは、さすがに博文が一度だけ口にした決意であつた。日本の兵士たちは「梅干の歌」や「電燈」の歌、これらの小學唱歌を歌ひ、離れて遠き滿洲の悲調をくりかへしたのである。大唐や印度に幾度か旅し、東洋の藝術を全幅に「世界」と信じた天心は、ベートヴエンを初めてきいた夜、「藝術に於てヨーロツパがアジアに勝つた唯一のもの」と嘆息してゐる。

藝術の世界の最高が印度支那日本にあつたとしたのは、天心の發見であつた。ヨーロツパ的考古學者の希臘に於ける發生説に對し天心は印度に於ける發生を實證した。犍陀羅を分析し大唐を分析した。この美術史上の天心説は、アジアは一也、の思想を生んだ。ボストンで三十七年の日を經驗した天心には、日本はロシヤにかたねばならなかつた、かつ筈であつた、他でもなく滅亡したアジアの國々の中で、日本の代々はつねにアジアの花の文化を精神として守つたことを實證したからである。それが天心の日本の自覺であつた。天心は印度に於ける發生と支那に於ける發生と日本の本有を語つた。希臘からの影響を、希臘への影響とかきかへた。インド=ヨーロツパ説に對し、それを英國的白人の植民地政策と論じて、まだヨーロツパに名を知られぬころの詩人タゴールと共鳴したのは、彼の印度旅行中のことである。ほぼ一年天心は印度を旅し、タゴールのもとにも久しく止つてゐた。この天心の藝術史觀は當然實證を土臺にした一説である。しかし樗牛は單純に希臘からの傳播を信じてゐた。そこに眞僞を別とした兩者の詩があつた。世界と日本、世界への日本、を考へた明治の詩人たちの歌のほとばしるところは一つであつた。その一つであるものがけふの僕らを感動させた。

かういふ明治藝文史上の偉人たちには、廟堂にたつといふ誇りがあつた。儒教が教へた治國平天下の理想は、又藝文の氣質であつた。我々の明治の血統は文學者のもつべき指導的精神を失つたのではなかつた。さきにあげた明治藝文史上の諸天才を再び省みるがよい。さびしき浪人の心に、と語つた天心の生涯の政治的行動を考へるがよい。いつも迫害妄想に迫られてゐたやうな鑑三の心に生きてゐたものも、武士の精神であつた。彼らに於ては經綸と廟堂の趣味は一つの體質であつた。天心の東洋的英雄に似あはしい變轉の生涯にも、鑑三の毅然とした戰士の一生にも、それはむしろ濃厚に出てゐた。その武士の精神は藝文の指導といふ以上に裁可と創造の强固な立法者の精神であつた。封建の代々に教へられてきた傳統は、始めに世界を發見した日に、深い振幅で高なつた。こゝに於て文藝上の明治の精神は、日本の代々のすぐれた美觀と文人精神を一つにした。彼らは丈夫ぶりをあらはに表現する必要を自覺したのである。これはまことに日本文藝の精神が、明治の名で見出した大きい大きい變貌であつた。遲れた者の悲しい力みであつた。

「海老名君、君と俺とが死んでしまつたら武士的基督教は無くなるよ」と鑑三は云つたことがある、海老名君とは海老名彈正のことである。「然ういふ處もあるが、特別に悲觀する程でもなからうテ」と云つたのは彈正であつた。「外國宣教師をたゝかないではならない」といつたのも鑑三である。そのときにも彈正は、外國宣教師を同情して、彼らはもう死んでゐる、と思つてゐた。二人の面目のあざやかな會話である。

内村鑑三のかいた文章は天心の幾倍かに及んでゐる。しかもこの最も美事だつた明治の精神界の戰士の文章は、その强烈な破壞力の中に人柄のあたゝかさを示して、目にさへあざやかである。生涯同じ一貫したものをかき殘した偉人であつた。巨彈を連發するやうな、この大規模の文章は、すべて短章であつたけれども、明治大正を通じて描かれた新しい文章としては、後の武者小路實篤が僅かに匹敵するのである。だがこの巨砲からくり出されたやうな文章を描いた人は、すきや作りのキリスト教を發案したのである。すきやとは、數寄屋である。天心が歐米人のためにかいた名著「茶の本」の中で日本の精神の美事さの象徵として論じてゐる數寄屋が、なぜか鑑三の無教會主義の基督教を思ふときに僕に思ひ起されるのである。

　鑑三の描いた思索には、しかしながら日本の詩があつた。恐らく彼の「信仰經過」が歐米の人々を深くひきつけたものは、反つて我々に不思議なくらゐである。我々には風土の匂ひがわかりすぎるせゐもあつた。その素樸剛健の精神の美しさには、上州のから風が運んでくる火山灰の匂ひさへ混入してゐるからである。偶然に生をうけた國土は我が故郷とするに足りない、などといふことを考へて、暗澹とした自虐の道を歩いた人のしかも豪放颯爽なあらはれは、他の傳統詩歌の中では見出せなかつた。

　少年入信の日の苦惱を最も味はつた人は、同じ友だちよりもずつと深く考へてゐた、その考への表現には素樸な力强さがあつた。科學を學んだ彼は、如何にしてそれを神學と統一するかに苦しんだ。その苦しみは殆ど他の人々が現さなかつたもの、現し得ぬほど美事なものであつた。

雪は降りつつある。
然し春は來りつつある、
寒さは強くある。
然し春は來りつつある、
鑑三の生涯は絶對にこの一筋であつた。めでたい人格の一つである、永久に人を戰士の心のときめきにふれさせる一生である。
風はまだ寒くある、
土はまだ堅く凍る、
青きは未だ野を飾らない。
清きは未だ空に響かない、
冬は未だ我等を去らない、
彼の威力は今尚ほ我等を壓する、
然れど日は稍々長くなつた、
溫かき風は時には來る、
芹は泉のほとりに生えて、
魚は時々巢を出て遊ぶ、
冬の威力はすでに挫けた、
春の到來は遠くはない。

かういふ人格のゆゑに僕は、鑑三の詩にうたれる日が多かつた。鑑三は自身では詩とは云はなかつた、歌ごころ、詩になる心と、奇しくも語つたのである。彼も亦藝文の中から、己の血脈を描き、世界を描いた人であつた。最も微細な事さへ、彼の心の琴線にふれるとき、世界的、世界史的振幅で振動した。それは藝術批評家としての天心の場合にはもつとも濃厚强烈であつた。天心の藝術批評の類は、最も示しやすい世界的であり、世界史であつた。藝術上の一微細事さへ、天心の心臟の琴線にふれるときは、一つの象徴の廣大無邊の響をもつて振動した。天心は東洋の龍の思想を愛し、陽明學の氣を信じた、しかも明治の天心はそれを近代世界の形で體現した本人であつた。それゆゑの壯大な世界精神を、當時代の日本の學界はうけ入れ得なかつたのである。天心の學業に最大限の敬意と尊敬を獻げたのはむしろ歐米の學界であつた。

進化論の疑點が問題にされだしたとき一等喜んだのは鑑三であつた。さういふありがたい鑑三の天性は充分に僕らを鼓舞した。生きてこの話を聞く、と語つたほどである、まことに彼の生涯は、神學が自然科學のまへに敗退してゆくその日その日を見聞する一生であつた。たゞ彼自身の戰士の人格がきづいたものが、永遠の尊敬かないしは關心に價ひするものであることは彼は考へない、しかもさういふ史上の事實と人物に於ける偉大の出現のもつれを論證しようなどと思はぬ人ゆゑに、それを完全に體現したのである。上州の人鑑三の文章は、俗物と敵を破壞する最大の力にとんだ文字であつた。彼は對象に關心をひかれるとき、人格の總てを以て總じての振幅で、心をふるはせた。かういふ詩人の美しく崇高な事實に對しつねに揶揄を表情し、その幼稚さとことさらに嗤つたのは正宗白鳥であつた、しかし白鳥の生涯から、いつか鑑三の影の消え去つた日はなかつたのである。この西洋好みの小説家の生涯も亦珍重すべき生涯であつた。しかし鑑三にあつたロマンチシズムも天心のロマンチシズムも、「卽興詩人」に西洋へのロマンチシズムを見た人とは出發を異にしてゐた。

鑑三の描いた懷疑は、つねに一應年若い文學青年を捉へることあつても、その內奧の崇高さは容易に知りがたい聖者の精神であつた。この人にも亦宿命づけられたやうな何かの、强迫觀念がつきまとつてゐた。慶應四年に日本の教徒發見記念に建てられた「日本の聖母」像といふのが、長崎の大浦にある。その大浦天主堂の現存する油繪二十六聖人殉教圖は今國寶であるが、この殉教遺事はまさしく世界に誇るべき日本の光榮の一つである。我國は外國に比して信教の自由な國であつたが、一朝にしてかのやうな壯烈な殉教者を生んだのである。この信賴と勇氣の厚さは、我々を鼓舞する。天心の發見したものは、かういふ幽藏したものの多い日本であつた。一切のアジアの思想は藝術は日本の道を一等大道としたのである。足利將軍の閑寂の王者の極をきはめた茶室の傍に、雪舟は壯大の墨繪をなした。支那歷朝の遺品を戰亂の火から衞つたのも古い日本である。正倉院を保護した一事さへ限りない誇りの象徵である。

內村鑑三の明治の偉觀といふべき戰鬪精神も、日本に沈積された正氣の發した一つである。純粹に主義の人、しかもその「日本主義」は「世界のために」と云はれた日本である。

彼はそのために所謂不敬事件をなし、日露戰役に非戰論を唱へ、排日法案に激憤した。アメリカ主義を排し、教會制度に攻擊の聲を放ちつゞけた。彼の破壞力の强大さは、つねに破壞と建設が採算とれてゐるところにあるのではなく、破壞が創造と合致したイロニーを體現してゐたのである。單純なその文章の形式さへ外形さへかういふ事情を示してゐるのである。さういふところに彼の日本主義の眞意があつた。それは奇妙にも天心にイロニーとして體現させてゐた保守と進步の事情に合つてゐた。しかも彼らはイロニーを考へて行爲し表現したものではなかつた、進步と反進步を考へて行つたのではなかつた。彼らの出現にはつねに詩人と英雄とが、彼らの本性としたところの、颯爽たる英風が自づと匂ひ出たのである。その意味でも彼らは日本の明治藝文を海外に代表したことを後世の僕らが感謝すべき世界人の一人づゝであつた。伊藤公爵のやうに、乃木大將のやうに、東鄕元帥のやうに、そして黑木大將のやうに、彼らは三十年代の最高潮の日本の世界的時期を舞臺として颯爽と日本の精神史を彩つたのである。

日本人の自由と獨立のため外國宣教師をやつつけると公言した鑑三は、その點で完全に日本の人であり、しかもそれゆゑ完璧に近い世界人であつた。將來の日本は一切人間の崇高とした勇氣と精神のために、これらの天才を尊敬するのである。しかも日本人の自由のために教會主義を否定した鑑三の基督教に、今日の僕は數寄造りの日本の建物を發見して喜ぶのである。おそらく鑑三はトマスの神學大系の壯大な學的體系とこれに呼應するやうな聖ペテロ寺の大伽藍など考へはしないのである。この唯一とまでも云ひたい明治の世界人の考へた體系は、トマスのものでなくしてアウグスチヌスに屬してゐると、我々は教へられたのである。まことにそれは哀れな日本であつた。だが天心が世界史的雄大の規模から展開した東洋の極致に從へば、哀れといふのを「もののあはれ」とかきかへてもよいのである。しかしながらトマスがまことの西洋であるか、アウグスチヌスの精神の方に、求めて得られなかつた西洋があるか、これは一箇の現代の世界の問題である。天心が嚴肅にその世界史的竝びに世界的藝術批評の體系を以てした斷言によつて、一つの斷案をかりに描くなら、天心の日本にみた日本の精神は、聖アウグスチヌスに共通したものがある、ギリシヤの淵源するところ印度にあるとの、ロマンチツクな大論策を發表し、アジアは一也の斷定を以て、壯年のタゴールと握手した詩人天心の面目である。

明治日本の建設は恐らく近世史上の驚異の一つであらうと云ふことは、僕の疑はないところである。さうしてその時代に於て眞理への愛や勇氣に缺くるもののない數箇の天才をもつたことは我々の有難いことである。所謂不敬事件を犯した鑑三はさういふ人の中の一人であつた。天心は又當時の藝文のロマンチツクな世界精神に方法を教へた人であつた。たゞ天心の藝術批評の原理は餘りにも廣大無邊と思はれたゆゑに我國では一人として繼承されずに、むしろ歐米人の東洋の美への手びき書となつたのである。しかし天心の精神は觀山を生み春草を生み、大觀を生んだ。天心こそ明治日本繪畫を歴史的レベルに高めた第一の指導者であつた。その天心は又英詩をかきオペラをまで書いてゐる。高田早苗の思ひ出によれば、日本で初めて外國小說をよみ始めた人の一人である。

天心が日本畫壇の指導者としての意義は、日本畫工に歴史を教へ、東洋の美觀を教へ、彼らに藝術家としての自覺と矜持を教へたことにある。當時の畫家のみじめさは思ひ半ばに過ぎるものがあつた。その彼らに藝術家としての精神と自覺を教へた最も早い啓蒙家の天心は、啓蒙書をかくさきに空前の藝術批評を描いたのである。從つて天心は單なる保守派洋風排斥派でなかつたのである。彼は日本の歴史を理解し、東洋の藝術に於ける日本の精神の場所を知悉したゆゑに、日本の覺醒を内部から生れたものに聞いた。ペルリーの鞭にきくまへに、久しくたくはへられてもりあがつてきた父祖の聲、山となり川となり花となる正氣をきいたのである。何故に印度は亡び支那は亡んだか、しかし日本は亡んではならない——それは明治の聲であつた。天心は壯烈の極致でそれを内部の聲の覺醒のゆゑである、と考へて、そこから藝術批評を描かうとした。

少年にして象山や松陰の英業を教へられてゐた。彼の明治十五年に始まる小山正太郎らの歐風主義者に對する論爭は、天心が日本とアジアを歴史的に理解し、その上で日本の將來を思つたからである。鑑三に於ても、日本人による日本の救ひは、この古武士の風格をもつ精神の決意であつた。彼らは日本を歴史として知り、そして日本人を信じたのである。その上で日本を近代諸國家の高さに高める大なる決意と方法を知つてゐた。文明開化派と保守派の論爭は一等繪畫壇でさかんであつた。その歴史的性格のゆゑであり、その時のロマンテイクなる天心は最も正しい歴史派であつたのである。三十八年ボストンにあつた天心は「日本の覺醒」といふ英文著書を出版してゐる。これは戰時中の遣米使節がことごとに日本の躍進を先進諸國の指導援助によると懇願努めた哀訴の口調に憤慨して著したもので、日本の躍進を、藝文の歴史から論じて、内部に育くまれた力によるとその歴史を明らめたものである。眞の愛も同情も先んじる理解にまつべしとの主張であつた。この本は忽ち世評を呼び、大統領ルーズベルトまづ感動して、夫人の名儀でその批評文を新聞紙上にかゝげたといふ。それは國際的地位のために夫人名を使用したと推測されてゐるのである。

天心は東京大學に學んだ、紅顔の少年の日當時の文人畫の大家奥原晴湖女史の門を叩いたと云はれてゐる。明治開化政府の藝術奬勵政策は盲人の手を引く程に懇切を極めてゐたのである。恐らくこれらは初期明治政府の指導者たちの教養や生ひ立ちが、以降の官僚と異るからであらう。殊に明治十年内國勸業博覽會の折の如き、政府員が一々技術者の私宅をとひ、何回も歩を運んで出品勸誘に努めた。がこの時代藝術家の誇りを教へ精神をといたのは天心であつた。フエノロサが龍池會で日本藝術の復古を趣旨とする講演をしてゐるのも十五年五月である。十七年にはフエノロサと天心と賀納鐵齋の三人が法隆寺を訪ひ、この時東院夢殿の祕佛觀音は始めて千年不開の扉を開いて、日本の新時代にそのまこと救世の光りを投じたのである。二十一、二年度の初の國寶調査にも九鬼男爵に從つて京畿に旅したが、そのさき十九年にはフエノロサと共に歐洲の美術調査に渡航してゐる。二十二年に美術學校が開校された、あの奇怪な制服闕腋の袍は天心の發案と云はれてゐる。天心が美術學校長となつたのは二十三年であるが、これは三十年の學校騷動まで續いた。天心の與へた感化は幾多の天才を生んだのであつた。その間二十六年には支那に行つてゐる。

この旅日記は講演筆記として傳はるに過ぎぬが、壯大な浪曼的調べの美事なものである。美術學校の騷動から今の院展の淵源を開くのであるが、日本美術院の第一回の展覽會は大觀の「屈原」觀山の「闍維」廣業の「後赤壁」等の名作を一堂にかざつたからまことに壯麗の觀であつた。高山樗牛がこれらの作品に感激して歴史畫論を發表し、これが逍遙と二年ごしの論爭をひらかせる原因となつたのである。しかし日本美術院の創業時代は天心の歿年に及んでも苦難の道であつた。それが三十四年の印度旅行となつたのである。この印度旅行で天心はタゴールと會見し、相許しあつた。そのために夢のやうな大アジア同盟を考へ、この天心の印度行の結果として、東本願寺の傑僧織田得能も亦天心やタゴールと同じ夢の建設のために渡印を計つたといふ。日本美術院は出發の華々しさにかゝはらず困難の道であつた。天心らのボストン行はその一等困窮のときになされた。天心の美校退去は天心の繪畫論の精神が開化派に敗れたことを意味した。天心は門下の大觀、春草、及び六角紫水の三人と共にこの故國をあとにボストン博物館の東洋室を訪ねようとしたのである。彼ら四人が悲痛な決意をいだいて横濱を船出しようとした日は、明治三十七年二月十日であつた。すでに朝の新聞には仁川港外にて露艦三隻を擊沈した記事が出てゐる——宣戰布告の詔はこの二月十日夜に發布された。最後の北米航路伊豫丸は午後に港を離れてゐたのである。

その船にはイギリスに使する末松謙澄も乘つてゐた。出帆間際に驅つけた伊藤博文は末松と密談ののちに同船の日本人乘客全部を上甲板に集めて一つの演說をした。太平洋にも露艦が出沒してゐるとの噂をきく、諸氏の航行は甚だ心もとない、しかし諸氏が太平洋の藻屑となるやうな日があつたら、その時には博文も亦朝鮮半島に屍を土と化してゐるかも知れない、といつた意味のやうな演說で、死に處する覺悟を語つたのである。博文は初對面の人々に死法を說いたのである。かつて天心は、日本の禮法は初對面の扇子のしき方に始り自殺の作法によつて終ると、誇らかに意味深く論じたことがあつた。さてこの博文の演說は天心ら一行を感動させるにたることばだけで出來てゐた。のみならずこの瞬間の偶然は、明治の藝文史に殘されて後世にまで輝かしい感動の一場面であつた。

明治の精神はいはゞ日淸日露の二役を戰ひ勝たねばならぬ精神であつた。天心が藝術上で賭けた廣大無邊の賭けは、又國をあげて賭けねばならぬことがらであつた。アジアは一般に舊世紀であり白人の植民地であるか、それに毅然として否と呼んだのは、天心であり鑑三であり、一般に明治の精神であつた、「世界のために、すべてが神のため」とは註するまでもないその心である。鑑三の唱へた日本人の信仰思念の自由のための無敎會主義、外國宣敎師排斥も同じ根柢をもつてゐた。明治の精神は、日本を近代國家とするために、ロシヤを破らねばならなかつたのである。かういふ精神はすべての現代人が忘れ去り、そして諸他の色によつてぼやかされようとも、恐らく一人の日本人が生き殘り、一人のアジア人が生き殘つた日に感動して回想されることであらう。何となれば日本は蝦夷を退け刀伊を返り討ち蒙古を擊退することによつて、アジアの古代の世界文化と藝術をその形と精神をともにわが畿內に衞つたからである。東西古今の歷史民情を通じて、かつて日本民族ほどに藝術の精神を理解し愛情し精神化したものはないのである。さういふ具體の事實は天心が描いてゐる、彼の英文の主著二冊及び同じ「茶の本」の中で殊に仔細である。

しかしながら眞理に忠實であり、日本の形を忘れようとした鑑三は、この戰爭の時に敢然として非戰論を唱へた。それは鑑三の歷史への不敏でも、素樸さのゆゑでも、そんな理由はどうでもいゝのである。我々の尊敬すべき內村鑑三は又我々の尊敬に價ひする勇敢な戰士の魂の持主であつた。いづれかの間違ひでなく、非戰論を唱へた基督者鑑三は、そのことによつて明治の精神の一つの光榮の型の構造を教へたのである。眞僞正否の判斷を絕した、立法者の勇敢さ、創造者の立派さは眞の明治の精神の教へるものである。鑑三の非戰論について京都帝國大學教授天野貞祐が論じた言葉をひく、「思ふに、もし許さるべき戰爭なるものがありうるならば、日露戰役の如きはまさにそれでなければならぬ。この戰爭こそ眞に國家存立の爲の戰であつた。(中略)この文字通りの國民的戰爭に對して絕對反對を表明主張するが如きは、實は大膽不敵な行動といはねばならぬ。實際また先生はその確信の爲に生活も生命も捨てて顧みざる覺悟をしてゐたであらう。然るに我々は先生が嘗てその生命を脅かされたることを聞かず、非戰論の故をもつて甚だしき迫害壓迫を蒙つたことを聞かなかつた。この事實は一見極めて奇異の如くにして實は最も自然な事柄だと思ふ。國民は戰爭の正しさに對して自信を有つてゐた。毫末の疑惑もなく不安もなかつた。一部の人々の非戰論の如き何の恐れる所かあらう。それが一大勢力を成するに至ることを憂ふるにしてはあまりにもこの戰爭の正しさを信じてゐた。確信のある所には寬容がある。日露戰爭に際して非戰論が公明に大膽に主張し得られた事實はやがてまたこの戰爭の正しさと、當時の社會組織の安固强靭なりしことを證明すると思ふ」云々。明治の精神は結果から語られるのではない、僕らが今日系譜の樹立として考へる明治文藝史の精神に於ても、彼らのたどりついた結論を語るのではない、たとへば内村鑑三に於て非戰論を語るのではない。内村鑑三の與へた影響は廣範であつた、しかし非戰論だけが廣範永久な影響を與へたとは云ひ難い。それは彼の雄々しさの一つの自然に現れた枝葉であつた、といふ意味からである。日露戰役に於ける非戰論、外國宣教師排斥、合衆國排日法案への反對、さういふ過ぎ去つた昔物語的事件の中に、内村鑑三の魂は一貫して生きてゐる。それは別箇のものとして日露戰爭が我々の魂の中で生きてゐるやうなものである。

みはしのさくら

明治の國民に世界的自覺の起つたのは、日露戰爭の後である。だがすでに藝文界の人々はその時の國民の内情に「勝利の悲哀」を見てゐた。そして丁度その日に漱石の「猫」が上梓されてゐたのも奇妙である。二十年代の戰役の終焉から明治の文藝は高揚し始めた。その文化への高揚心は露國の干渉への復讐心と混じて、樗牛らの「日本主義」も生れた。その同じ流れが日露戰役を峠とする近代市民文化的浪曼主義を建設しつゝあつた。

明治藝文の主張は鑑三がたまたま表現した「武士的基督教」のその「武士的」といふ形容詞の含むものである。丈夫ぶりを露骨にまで表現しきることが時の流れの所産であつた。しかし同時に化政文人の亞流的雰圍氣も濃厚に殘つてゐた。たゞ獨立進歩の近代の市民精神は、つひに純粹の形では作られなかつた。明治はまづ實用主義風に市民社會體制を學ばねばならなかつた。歷史から學び得ぬまでに後れてゐた。兆民もまた諭吉もやはり武士の氣魄である。その精神が日本をアジアに於ける唯一の獨立國とした。近代世界を建設した市民の人文精神は江戸の傳統にはなかつた。日露役を越した日本市民文化の昂揚さへ比較すれば淡い姿である。近代市民の人文精神の代りに日本に於ては「さびしい浪人の心」が封建への反逆を描いた。中世の世捨人たる俳諧師ではなく時代の監視者たる浪士、明治の三十年代の市民文化さへその失意の丈夫の心の導いたものである。さらに近代の社會主義革新主義さへ浪士の心に導かれたのである。德川政權は市民精神を完全に殺戮した、江戸の民衆生活の傳統は、將軍治下の選ばれた町民たる誇りから描く庶民精神のみである。近世の人文精神は秀吉の變革時代に萌芽として現れ始めた。しかし秀吉の時小西行長を生んだ中世以來の自由市泉州堺の市民の精神は元祿で終焉した。そして元祿迄は秀吉の時代である。京阪の舊幕期に殘つてゐた「祭り」はこの市民の人文精神の名殘の花やかさであつた。その終焉のときに、新井白石が現れて封建武斷派のために、儒教によつて大義名分をとく日本史を確立した。しかし同じ時宣長は古王朝の時代からの系譜をとく美的な日本史を私かに描いた。この宣長の教養の地盤には、上方商家風の傳統があるといふ意味の説を說いたのは、たしか東北大學の村岡博士であつたと思ふ。芭蕉が已に描いた系譜は、後鳥羽院の挫折で終つた宮廷の美的精神の繼承である。芭蕉を已が血統と思ひ定めた蕪村が、天明の浪曼調に王朝の美的世界の再現にまで進んだのは當然である。しかもそれさへ市民文化の人間精神と云ひ難く、維新のイデオロギーはやはり浪士の心に生れた雰圍氣の性質を多分にもつてゐた。

日本の市民文化はつひに傳統をもたないのである。その傳統は、すでに桃山時代の終焉――といふ餘燼は元祿であるが、そこで切斷された。市民文化的唯美主義は、わづかに宮廷の古の美的世界の復古的回想によつてなぐさめられてゐた。それは輝かしい蕪村の歴史的孤立の意味である。堺の商家の人、大阪に生れた元祿の來山の、いぢらしい唯美主義の挫折が、まことに日本の市民文化の發展阻止のさまを象徴してゐる。うすぎたない宗匠生活を一つの姿としたり、高祿良家の子弟に遊里沈溺の手びきすることを鬱憤の吐け口としたやうな、生活のダンデイズムに住んだ化政的文人の末世の精神は十九世紀の市民の颯爽の心でなくして、日本の封建の强力下の庶民性である。それしもなほヒユマニズムであらう。しかしこの日、古の宮廷によつて美的な世界と歴史を描いてゐた、日本の歴史派はむしろヒユマニズムにあらざるか。芭蕉の藝道も放蕩から入つたものであつた、しかし芭蕉にはつねに生死の復活がくりかへされてゐた、尊ぶべきヒユマニズムの芽はそこにある。

近代の市民文化の片鱗があらはれたときを思ふならば、それは二十年代の戰役ののちである。中世の自由市泉州堺の出なる一少女、鳳晶子の歌が、この時代を唱つた。「君死に給ふことなかれ」にくる「みだれ髪」の歌は、それだけが最もなつかしい市民文化の讃歌であつた。

江戸の潮流がしのぎを削るやうに摩擦し合つたのは、宣長の「歴史」と白石の「歴史」との對立であつた。いづれもが偉大な歴史家であつた。もしフイロソフイーとイデオロギーといふものがある時代に於て、その日に限つてあるならば、白石のは當時に於て最もすぐれたイデオロギーであつた、この日本に於ける最も偉大なイデオローグは、封建幕府の描かねばならない「日本史」を完成した。そして同じ頃に幕府の林氏の修史に對抗して着手された水戸の「大日本史」編史の事業は、宋學の精神であつた。この武家と宮廷との二つの歴史學の中で、對立は激化された。武家の「日本史」には、北條義時泰時を護衞する論巧行賞の政治學が一貫した。この武家の宋學の修史觀は現代に迄及んだ、現代の革新派の修史も歴史觀も亦この武家の「日本史」である。その「日本史」は江戸時代の貴族であつた文人たち、芭蕉の描いてゐる日本史の系譜ではない。芭蕉の「日本史」は宮廷の美的な世界史であつた。その勢力はかすかであつた。彈壓のためにかすかにあつたのではない、あまりにも世俗を拔きでてゐたゆゑに、風俗に映像しなかつたのである。

明治の傳統を三十年代まで指導したものも多くは武士の精神であつた。しかしながらそれを露骨大樣に表現するといふ、明治に發見された精神のありかたから、この「表現」の方から一種の浪曼精神を生んだのである。浪士の經世憂國の志によつて日本の市民文化は指揮されたのである。この奇怪な事情から彼らは一身に近代社會の發展を描いて了つた矛盾にゐたのである。そこに市民生活の急激な發展も勿論描かれてゐた。

文化的劣等國や戰敗國が、その自覺から描かねばならない文化への決意には、むしろつねにいたましい焦燥がある。明治初期の精神はその自覺に霍亂してゐた。だが霍亂の中に光りのみちを見てゐた人も少くない、それを明治の精神と僕は呼ぶ。その時代のあらゆる青春の詩人より美しく大きく雄々しかつた岡倉天心などその隨一の人である。岡倉天心は日本の美しい歴史をうたつた詩人として、日本のあすへのみちを教へたのである。詩人のことばで教へたゆゑに、その方法と決意の論理は詩を理解せぬものにわからなかつた。鳥べの山に立つけぶりと歌つた天心には、それゆゑさびしい浪人の心が、ほとけの誓の匂ひによつて描かれてゐた。僕はこの壯大な世界體系を作つた人を思ふとき、どこの何が、かかる偉大の精神の子孫を生むものか、たゞ驚嘆するのである。天心こそ最大の結構もつ三十年の精神の形相化である。

スパルタとアテネといづれが新しく、また古く將來へ向つて久しいか、現代日本を實質的に支配してゐる封建的な剛健の日本史觀に對し、僕は古く宮廷の美的な藝術系譜に象徵された日本史の世界體系を思ふのである。スパルタが久しいか、アテネが久しいか。アテネ人の文化との競爭に死鬪しつくして、いたましい敗北の嘆聲をあげつゝ叛軍に斬首されたのはネロ皇帝である。スパルタの方法を用ひてもネロはアテネに克ち得なかつた。たゞそこには藝術家ネロのいたましい最期の歌がある。ネロは己のローマ藝術を以てアテネにうちかたうとしたのであつた。その方法にユニークを發見した人である。日本の古代の宮

廷の美的精神はアテネの典雅であつた。女性を裸體にして體操させることなどなかつた、
質實の女體を作るために裸體體操を課したのは、北條泰時以後の武家である。武家は復讐
心の涵養にすぐれた天分を發揮した。しかし彼らは敗戰記の詩人でなかつた。敗戰記の詩
人は、東國の武家でなくして、京都に移り住んだ武家の人々である。
江戸の文化を傳統的に流れた潮流は、武家の儒教倫理學と、庶民の浮世文學であつた。
王朝的詩人は彗星のやうに現れて去つたのである。明治文化の再建の日に、化政文人や西
鶴、芭蕉、巣林子が選び出されたのはたゞしいことである。が事實の結果はなりゆきの正
しさを教へる限りのことである。眞淵が回顧されたことも正しいなりゆきである。鐵幹或
ひは子規の樹立した系譜はその中で一番變革的であつた。子規の的は、しかし今日のお茶
やお花や琴曲の傳習に對してなされた位の的であつた。と云つてもそのために子規の偉大
な事業は弱められない、子規の西洋の眼と頭と心で組織した新歌學は、當時の市民的浪曼
主義と同じ世界心の聲であつた。地方の大名都市を遍歷してゐた京都風の歌學の亞流は、
この時代に衰退するさきに、文學的には三百年この方精神の衰退した日のたつきの道に過
ぎなかつたのである。

これ位の素描では、後鳥羽院以後の武家時代の藝文の歷史はのべつくせるわけもなく、
たゞ僕はこゝで明治の初期の藝文を指導した武士の精神を語ればよいのである。またわが
國に於ける美的精神の起伏を概觀すればよいと思ふ。明治藝文の先人がすべて、廟堂に立
つて經綸を行ふ心をもつ武士であり、經國憂世の志士であつたことは、三十年代來以降の

市民的文化の聲を廣大無邊な青春の單純の響でうたつた高山樗牛にも認められる。

文藝が男子の生涯をかけた事業であるかを疑つた、草創期の明治の文士はすべて、われらの時代の志士であつた。わが文藝評論史上最も溫厚な明治人の一人大西祝の仕事さへ、その最も有力なものは議會主義論の一つである。その草創期の精神は中江兆民に於て露骨に現れる。武士の經綸趣味が明治の市民社會の浪曼主義開花を先導したのである。そしてその前期の明治に於ては、樗牛も指摘したやうに、まことに雅醇の國文に於て見るべきものがなかつた。早く上田敏の説いた如く、初期明治の藝文界に於て最大の成果は、基督者の手になる舊約聖書の完譯であらうか。この遙かな古調に描かれた新しい市民社會の心ばへのあらはれが美事な當時の完成品の唯一である。武士の傳統が指導した時代に、透谷の「文學界」はいち早く新文學の萌の聲をうたつた。後に現れる明治の苦惱、新しい市民社會の開放の苦惱をそのまゝの形で歌つた人は、三十年代の戰役のさきに自殺した。自由精神の自覺からくる苦惱の聲はこの若い詩人によつて歌はれた。透谷には庶民的忍耐心がなかつた。後進國には讚歌の日がなかつた。明治の讚歌は、地上王國を己の精神信仰の中に描いた一人の鑑三によつて唱へあげられたのである。「文學は男子一生の仕事に非ざるか」といふ素樸な疑の形に換言せねばならないときを、早い透谷は近世藝術家の自覺の形で、身を以て表現した。天心が早い日に教へた藝術家の自覺の意味は、天心に於て前人未踏の批評大系を描かせたのである。この二つの時の結果、透谷を自殺せしめ、天心を遠いボストンに追ひやつた、この兩の犧牲者を踏んで、日本の市民社會の文化は開花しようとした。

藤村は透谷の若い心の屍を踏んで現れたのである。透谷の「文學界」はすでに芭蕉の方に傾いてゐたが、芭蕉の系譜を描いたのではなかつた。しかし透谷の屍から二つの芽が出た。明治末期の、自然主義と反自然主義との對立である。そして透谷の屍を踏んでゆくことが、三十年代の浪曼主義のしかあるべき道であつた。

文藝上にあらはれた青春が國家の進路と歩調の合つた三十年代には、國家と社會はまだ分離してゐなかつた。その分離の來る日を漠然と感じた先驅者の聲もまだ一世の聲でなかつた、歴史の聲とまではなつてゐなかつた。そのやがて來る呻吟を早く感じた透谷も、雜報記者に「大言壯語」をつねとして報道されるやうな明治人の一人である。透谷はすでに直率な丈夫ぶりの表現ではあきたりない自我の藝術家的意識の分裂のさまを見た。傳統の丈夫ぶりと西洋世界への國民的決意との混合になる新體詩形式は早くも彼を滿足せしめなかつた。彼は明治の國民にとつて世界的自覺の行進曲であつた新體詩的世界の、必然の崩壞と限度と矛盾を鋭く豫感した。この自由人として時代苦惱の自覺者は、魂の哀愁を描いてあまりにも早い近代の呻吟を歌つた。

僕らは古い戲作者の心を愛しんだ。その反抗の封建的形式を哀んだ。白きを黑きと書きつつかすかな言葉尻のもつれに、己が鬱憤と政道への反抗を、歪んだ形で現した彼らは悲慘である。この反抗心とその技術とは現代の庶民文學系統の中には生きなかつた。しかし明治藝文界の志士は露骨なまでの直率の表現を知つた。この颯爽とした風懷は明治のものである。中古以來知らなかつた「丈夫ぶりの表現」があらはれたのである。それは市民社會的文藝を建設する聲であつた、樗牛によつて最も高らかに、青春の聲として歌ひあげられたのである。ひたぶるな透谷はそれの限界さへすでに越してゐた。透谷が誰よりも未完成であつたわけである。

二十五年「文學界」の發刊があつて、又子規の革新俳句運動があらはれた。二十九年にとべば鷗外の「めざまし草」の發刊と鐵幹の「東西南北」がある。藤村の「若菜集」は三十年である。鐵幹の歌詞は古い丈夫ぶりの新しい現れであり、藤村の詩集は古調の中にとんでくる筈の新時代を描いた。三十一年には日本美術院が創立され、子規が短歌革命に着手した。二十年代の末期から活躍した樗牛は三十五年末、日蓮を描いて歿してゐる。平民社の設立は三十六年であつた。「みだれ髮」は三十四年の上梓である。そして四十一年には「明星」が廢刊された。「明星」は市民社會的浪曼主義を指導しつつ、この四十一年に廢刊したのである。漱石の反自然主義的主張は四十一年に出、鏡花の反自然主義運動の文藝革新會もこの年である。鷗外の「スバル」潤一郎の「新思潮」も同年に發刊された。荷風はそのさきに出てゐた。つひに「明星」の時代は三十年代のものである。いくらか輕佻を帶びた日本の市民社會文藝の個人解放と詩人的自覺は、「明星」の戀愛觀に負ふものが多い。そしてその先導の聲の役をなしたのは、樗牛と鐵幹である。樗牛がそれをなしたことは意味ふかいのである。同じ武士の流れといつても、鷗外は樗牛のもつた浮薄の心をのこさなかつた。樗牛のひいていつた歌の流れは、「明星」に代表される時代の新聲と同じものであつた。明星に於て鐵幹は初めて日本の詩人と英雄の系譜を描いたのである。

「矛とりて護れ武夫九重の御階の櫻風そよぐなり」と歌はれた至尊の歌は、明治藝文の道を示した。古からの至尊調は、封建の武士の側の傳統を作つてゐたのである。そして明治の建設のときは、武夫の心に導かれた藝文の時代であつた。武夫の心から「明星」にゆく道に紆曲はないのである。しかし「明星」は始めて市民社會的近世を劃した。その彫琢の功は概して晶子のものである。犢牛の聲は直率である、鐵幹も直率である。たゞこの大仰の表現は古の武士の心得なかつたものである。そして「御階の櫻」が、つひに古王朝の美觀と美的生活を象徴するとすれば、「明星」の描いたものはその近代の粧ひ――と云ひたい程に、古王朝の榮花に近くしてなほ距つたものであつた。天心が世界の廣さに描いたもの、そしてそれを描かせた詩心は、鐵幹の壯士風懷に近くして、その幾倍か大きい形であつた。明治の精神の「藝術家の自覺」は近代の獨立進歩の市民の心から生れたものよりも、浪士・時代の監視者・現代の指導者の一體を意味する新しい武士の心の繼承であつた。しかしながらこの方が、江戸の庶民文藝の繼承者より近代藝術の眼目とする颯爽の風にとんでゐたのである。まことに江戸の市民は、近世の巴里市民の心をもつたのでない。自由市民の誇りの心はむしろかよわい「みだれ髮」の女性によつてうたはれねばならなかつた。

しかしながら明治といふ時代は白村の「近代文學十講」によつて閉ぢられた。僕はこの本をくりひらく時に、何ゆゑか「世繼」の感じを濃くいだくのである。それはまさに世繼たる大正以降の文藝をまだしも一等大がかりのところで代表してゐる感じである。この意味は、白村の本を例へば漱石の「文藝評論」と比較して見ればよいのである。そして白村には憐牛の若い切實な民衆と文化への關心は描かれてゐなかつた、なかつたとはいはない、自然法に似たもののあらはれが見えないのである。この博識多辯の教授は、博識の特權意識を以て極めて常識的に日本の民衆を輕蔑した、といふのがこの間までの僕の考へであつた。過日つれづれのまゝに「象牙の塔を出でて」などをくりひらいてゐて感じたことは、大學教授にして官吏なる白村は大正時代の成金たちと同じ文化しかもたない當時の爲政者と同僚の大學教授を輕蔑してゐるのであつたといふことを知つた。

明治といふ時代は日露戰爭の峠で終つた不完全な時代であつた。一切を官吏が指導せねばならぬ時代であつた。「藝術家の自覺」といふこの近世人文精神の曙たるべきものさへ、官吏の指導下に生れた。それは後進國の當然の道であつた。獨逸や伊太利亞と同じく日本は明治開國の初めに後進國であつた。敗れずして戰敗國であつた。その日のゆゑに、日本の長い過去から未來に及ぶ精神の實相を教へ、日本の文化の事實を教へた天心を僕は尊敬するのである。天心の精神はいくらかの人々の中にあつた同じ心であつた、たゞ天心の翼もつた詩精神は、その最大の結構を形相化したのである。誇らしい過去を教へ、輝かしい未來を暗示して、ゆたかさとのどかさの心をといたのである。天心の確信は彼の「日本史」によつてゐた。それはどんな封建武家の儒教的日本史とも異なつた彼の「日本史」であつた。それが彼に焦燥の代りに斷案を答へた。絶望と苦惱の中につねに甦りを感じ、廣大無邊の未來を照らすものを見た。彼は後進國日本のゆくての展けを知つた。これは武家政治の儒教的日本史にはわからなかつた。かつて彼らは現代に於ても、現在の一契機をポイントとして、忠誠の誓ひを強ひた。未來を照らすもの、などいふ僕の表現は、僕の反對者の反對にあふのである。これらの反對者のある者は歴史としての日本史の研究に既に興味をもたないと云ふ、この現代的焦燥の言は、氣の毒なばかりである。天心の藝文の歴史研究の結果にみたものは、人間の自然法に似た意志の道であつた。彼が日本人は未來に生きてゆく、との形で表現したものは、人類の文化を意志する精神の謂であつた。自己の文人的處生の確信を一政權に悉く委ね、又は一つの黨新聞紙の教示に依存するものは幸福である。しかし批判的な精神の糧はつねに歴史研究に依據する。僕らの時代は批判の精神の代りに、服從を強ひる時代である。明治の時代は指導を強ひた時代であつた。しかしその指導は民衆を輕蔑して行はれたのでなかつた、彼らには世界を見た上で、己の後進者たる自覺の悲しみがあつた。かつて忠誠が趣味であり、犧牲が美觀とされた古王朝の時代は、また近世市民社會の建設期には再生したけれど、現代の風潮はそれを倫理としてゐる。これは、多言を要しない、現代がわるい時代だからである。時代が殺伐になつたのである。

しかしなほも明治は不完全な時代であつた。明治文化を回顧して一等すぐれてゐるものは詩歌藝文である。詩歌藝文の世界に於てのみ近代市民社會的形態とその青春があつたのである。官吏の指導した明治文化はつひに近代國家の體制を完成するまへに終つた。だがその幾多の天才を集めた明治浪曼主義よりも、中山みき子の呪歌のひゞきもつ未來記の形式が、むしろ多くの民衆と社會人の心を集めた。明治文化の一般世俗は中山みき子を眞向から充分に許容したのである。そして明治末年には千里眼の全國的流行があつた。若い藤原唉平が當時の大學總長山川健次郎なども共にその實驗に從事したのである。大帝の神去られた二年あまりのまへである。

だがその不完全さは當然のことである。誇らしささへもつ事情である。明星時代の一人の歌手であつた高山樗牛に於ても、この共通の稚さはあつた。鐵幹にもあつたものである。むしろそれは無意識にも彼らの決意をかりたてた。幸ひにも彼らの決意の線は、國家と民衆の線に沿つてゐた。子規、鐵幹、樗牛とこの前期の指導者の心の糧もやはり武夫の傳統であつた。爛熟した形の詩文人として、近代市民社會と古王朝との二つのときと同じ高さで見うる詩人は、むしろ明治大正の交替期の數人によつてあらはれる。上田敏が心に描いた唯美主義の夢のやうな詩人は、子規、鐵幹、樗牛になかつた。もし明治の唯美詩人として一世を覆ふにたる人といへば、鐵幹の妻、晶子一人である。

明治といふ時代は後進國日本を官吏が指導せねばならなかつた時代であつたことは、殘念ながら當然であつた。そして鐵幹の「明星」は諸多の文化に先んじ、孤立してその指導者達の間で觀念的に開花した。市民精神が日本を指導した日はなかつた、近代市民が古代と同じ高さの復古でとり出した、古典的な批判精神は、日本の社會に存在しない。現代に於てさへつひに存在しないことを、旦夕の新聞紙雜誌が報告し自らも示してゐる。つひに近代の市民精神が日本を風靡しなかつたといふ悲慘の事情は、いよいよ藝文界の天才の苦惱だけを後世に向つて顯彰するのである。日本の初期の指導者は近代史の曙を學んで母國の歷史を描くさきに、頹唐期の西洋に學び、時の後進國の方法を手本と學ばねばならなかつた。鷗外と漱石はこの時代に於て、日本の歴史を知り世界史を知つた人として、日本文化の根柢をさゝへた人と見えるのである。それは日本の精神の糧の地盤を確保してゐた。この二巨人の偉業は霍亂時代に覆はれた光明の道を自ら確保してゐた。彼らは現代の藤村の地位の如く代々の識者の友であり、そして識者の教師である。彼らは決意に方法を與へ、確信に根柢を與へる。初期の建設期にはこちらを弱小視して反撥を生むために、無茶な封建武士の敵對心と復讐心が教育に利用せられた。さういふ現狀の果てを見て驚きを味つた天心は、始めて美術史を通じて日本史を樹立し、この明治の甦生の必然性を壯大に歌つて内外の民族の魂にやきつけねばならなかつた。新時代のヂヤーナリストたる樗牛も、同じ聲を歌つて市民的自覺をまづ呼びさまさうとした先驅者である。

樗牛もやはり日本になかつた傳統の變革者の一人であつた。古王朝を愛惜した彼も、その世界になかつた「丈夫ぶり」の表現を自得した。われらの長い傳統は耐へ耐への果に戰ひに立つ、それを積極の叫びの丈夫ぶりに表現した近代先驅の一人であつた。平家滅亡の哀愁を歌つた彼は、近代ヒユマニズムを根柢としてゐた、やはり一人の先驅の「詩人」であつた。日蓮と平家、この矛盾對立が、彼の詩人のなつかしさを僕に教へた。さういふところで彼は依然として古王朝の趣味に共感を感じた人である。その共感をあくまで誇大明確に描き得たことは、明治の先覺者の特權であつた。丈高に時代精神をのべ、文學者の文化批評の精神の意味を論じ、あるひは美的生活論や本能滿足論に及んでニイチエを論讚したりした。彼のニイチエ論は詩人の文章ゆゑに專らニイチエの長所美德に共感を描くことに終つた。かういふ詩人の業を不服とするものは第三流の學者の常である。しかし樗牛が平家滅亡の繪巻物に流した涙は、あざやかなまでに若い青春のものであり、あでやかにかなしい詩人の心の誇示であつた。

例へ樗牛の說に、未熟未完の若さが眼につくとしても、あるひはきめ細かな詩人のデリカシーに缺けるとしても、この人の肉身で歌つた青春は、明治の青春を最も潑剌とあらはしてゐた、彼は來るべき午前へのあこがれから、午前のまへの闇の時代の聲を一等鋭く感じてゐた。しかしそれは好ましい時代の產物である。彼には失つた青春も回想の鄕愁も毛頭なかつたのである。颯爽とした一ときの榮光の輝きから、彼の歌つたものは、あらゆる知識論議を絕したひたすらな青春の聲である。鄕愁を思ひあるひは喪失を知つた巨匠たち、たとへば鷗外や漱石にあつた鬱勃たる精神が、ピエチズムの中にロマンテイクの花を捺すことであつたなら、それはかつて若い病める子規がはからずも實踐したと同じ時代の世界精神の長生したものと云ふべく、共通の匂ひにしみてゐる。

明治の浪曼主義は世界への決意に開かれた。しかも當時の新興市民社會の實質的代辯者や指導者が、專ら實利主義を唱へたとき、藝文の世界の主潮にだけ哀切な唯美主義への甘い理想的憧れが表現されてゐた。實用文藝論に反對した透谷も、子規も、そして樗牛も、專ら遊離した感ある高層の人である。實用主義から入つた日本の市民社會はつひに、指導權を確保した時代がなかつた。「明星」は明治の終焉と共に一瞬にして四散したのである。そののちの大作家は、實用小說によつて自分を示さねばならなかつた。ブルジョア文學は完成しなかつた。樗牛が明治の藝文精神を身一つにした規模の大きい文明批評は、その基底に透谷らの詩歌にあらはれた近代市民文藝の曙光と、竝びに政治小説歴史小説傳奇小説の極端であらはされる壮士風の二つが、混合してなつてゐた。明治の藝文史はこの二つの流れに硯友社的な戯作氣質を加へるなら三つのものとして見られる、そしてわけて市民文化的花やかさを描いた飜譯文藝はつひに透谷の流れであり又は鷗外の流れである。

樗牛の指導精神にはのちの上田敏の風貌はないのである。最も唯美家らしい近代の俤にこい敏には、しかし冷かな防塞がある。上田敏には詩人にあらねばならない生死からの復活の時がなかつたのである、その點で鷗外の偉大さとも異つてゐた、前期の樗牛とも異つてゐた。「海潮音」はあまりにも完璧な集である。三十八年初秋に上梓され遙かに滿洲なる森鷗外に獻げられた。上田敏は大學教授として官吏であつた、そして樗牛さへその意味で一種の官吏であつた。

日清戰役後の浪曼主義への昂揚の道は、日本を近代國家に上昇せしめようとする當時の指導者の意欲と同じものであつた。その上昇線に沿つて日本に近代文藝の雰圍氣を描いた者の中で、今は古風な樗牛は有力の一人である、が日露戰役の終焉と共に「明星」は廢刊されたといふことを僕はさきに誌した。日露の戰ひののちに日本人は何を感じたか、「個人の悲哀」「勝利の悲哀」として、抱月と蘆花の間に應答された論義は、すでに早く透谷が一人で近代の悲哀として感じたものであつた。野蠻荒蕪の北方に發生した大小説が日本の内地へ激流してきたのはこのころからである。さらに近代の享樂主義の洗禮は勝利ののちに起つた。そして、そのとき人々は安閑と化政の文人を愛惜した。ひそかな憤りは敏によつてもらされた。樗牛が「午前」の世界と感じた峠のむかうには、「勝利の悲哀」があつた。明治の日本の文人は敏感であつた。樗牛は峠をこすまへに歿した、従つて樗牛の青春の歌は、正義と勇氣とその他の美德の昂揚時の雰圍氣を愛する青年によつて、のちのちまで愛されるのである。

樗牛は明治四年山形に生れた。二十九年大學を出て仙臺高等學校の教授たること一年で職をやめ東京に出たのである。内村鑑三の「不敬事件」は樗牛の學生のときである、「第一高等中學校不敬事件」と題する短文は恐らくこのことを云つたものであらう、「吾等は日本帝國臣民として、平生甚だ這般の事を口にするを憚る者なり、今や之に向て佞辯利口を逞うせんとする者あるに至る、豈慨嘆に堪ふべけんや」とかいてゐる。この詩人的エツセイストは、年少にして西鶴を遊冶郎の文學と片づけて了つた。「哲學界に於ける禪學は猶ほ文學界に於ける俳句の如し。共に國民の小量と懶惰とを示す」などいふあとくされのない立論をしつゝ、その一方歴史研究の必要を大呼し、また文明批評家としての文學者の意味を啓蒙した。時代精神などいふあでやかな文章で、砂漠を吹く嵐のやうな行爲を日本の新時代の藝文界に敢行したのである。敢行し得た時代である。その風懷のわだかまりない一片の清調に代々の若者は樂しむのである。蘇峰を論じて「平民主義は果して自己の位置を作らむが爲なりし乎。……あゝ彼れは今日藩閥政府の高等官××（全集本原文二字伏字）となり了りぬ」云々と憤激した人は、「島崎藤村の四つの袖は朦朧派の病弊を最も明に表白したるものなり」と當時の藝術派を否定して、晩翠の「烱は沈み水咽ぶ、五城樓下の夕まぐれ、高きに登り佇めば、遠く悲雷の響あり」などをひいて、晩翠初期の甘い理想主義を衆に先んじて推賞したのである。この間口の廣さから、彼の文藝評論も亦史上の人物の茫大の領域に亙つてゐた。ニイチエや日蓮に於ける彼の態度は同時に、平家や月夜の美觀に涙流す同じ態度から出てゐた。その文章は底にふくむものに缺け、內部にたゞよふものに乏しいけれど、なほ今日の有閑批評家が知識未熟などと澄しいふのは笑止である。

明治藝文史上の自覺のために最も偉業といふべき法隆寺の發見と王朝の再生のために、樗牛の功績は大である。美學を學び美術史を講じた樗牛は未拓の世界にきく喜びにたしかにふれてゐたのである。その美術史は天心の獨創には及ばぬとはいへ、けふの文藝界の常識の上にあると思ふことは間違ひでない。彼の詩人的事業をその美學の知識で測るのも第三流學者の笑止に耐へない心掛である。彼の間口の廣い藝文界への關心は、恐らく世の青年の正義感の思ひを全幅にすべてを描いたものであつた。そこに彼の意味と生命がある。彼は感傷時代と同意語なる學問研究時代から倫理研究の反省時代に移り、ついで浪曼的な文藝の時をへて宗教時代へ急轉する。この近代の詩人の年代記を彼は十年の短い生涯で直線的に描いた。時代思潮一般に卽していへば、彼は「國粹主義」を打破するために「日本主義」を樹立した。その意味では彼らの「日本主義」は反つて當時の西園寺公望らの「世界の日本」で現された「世界主義」と對立する筈がないのである。彼の「日本主義」は「世界主義」の內部反省からきた決意の方法であつた。そしてその時の彼の獨逸的國家主義は、明らかに三十年の戰役の峠にゆくべき國民の聲と協和してゐた。鐵幹についで浪曼的な市民の歌の指揮棒を振つた隨一の人である。あるひはそれが彼の說の限界である。つひに彼は峠のさきを知らずに歿した。彼の疾風時代の破壞は、「歷史」を肉身で以て知つてゐた彼に於ては建設と一なる意味で自然になされた。

樗牛が「クオ・ヴアディス」に感動したといふ事情は理解される。云ふまでもなくこの本の成立動機も知り、內容に描かれた二潮流についての知識も知つてゐたのである。樗牛はそれを論じて大歷史家に劣らぬ大作家の仕事を述べた、そして使徒の演說に何よりもさきに感動の限りを盡した。內村鑑三が外遊の旅鞄に入れて歸つたといふ一册きりの小說本もこの「クオ・ヴアディス」であつたといふ。「人生終ひに奈何」などいふ大味の文章を書いた樗牛は何をよんだか、また鑑三は何をよんだか。「クオ・ヴアディス」に專ら悲痛なネロを思ひ、痛ましい皇帝の心の中に於ける「藝術家」像を思つて、あるひは粹判官の哀愁の人工勝利を愛しんだ僕らは、まことになさけない限りである。これも惡い時代に生うけたと辯ずべきであらうか。

日淸戰役後の浪曼主義建設への自然道に活躍した樗牛の「日本主義」によつてもつひに古王朝の「御階の櫻」は明治藝文に移植されなかつたのである。かつて蕪村が芭蕉の燈をうけて遙かに孤立して完成した王朝の趣味は甦生しなかつた。敏の思ひ描いたルイ王朝に糸をひく近世唯美派の精神は、やはり古い粧ひのものか。僅かに「明星」があつて、しかも日露戰勝の祝賀氣分の中でそれは崩壞した。

東京奠都によつて寓される明治文化は尙武心に發したものである。中にひそかに浪士の心に導かれたものもあつただらう。國學派は浪士の心に方法を與へたが、浪士の心から古き御階の櫻の匂ひは再生しなかつた。むかし賀茂眞淵は江戸奠都の必要を論じたその一項に、江戸の地東國の剛健にあつてとき、京畿の優雅を排したのである。眞淵は「翼もたわに吹くあらしかな」などの大仰な丈夫の調べを愛した人であつた。この眞淵の考へをそれを考へることなく訂正して了つた「歴史家」を、僕は天心の異つた古き丈夫ぶりの中にみるのである。かつて子規はその系譜の中に鎌倉の右大臣を選ぶことを知つた、しかし僕は芭蕉に教へられた日より、そのときに後鳥羽院をさきに選ぶ爛熟と文化の雄大な精神のイロニーを愛しむのである。

さて、明治を經てきた現代の國文學者佐佐木信綱は、數年前のあわただしかつた時代に感慨をあらはさぬ聲で次のやうに語つた――日蓮が鎌倉の町で反對者の礫をあびつゝ辻說法をしてゐた日、その同じ日程遠からぬ同じ町で、仙覺は萬葉集の訓讀に最初の筆をおろしたのである。

そしてこの仙覺によつて萬葉學の緒は失はれなかつた。日蓮の感慨は淚ぐましいばかりの激調でその文集によみうる、仙覺の感慨の聲はどこかに誌されてゐるかも僕にはわからなかつた。しかもかすかな仙覺抄も明治の日本を建設する精神の糧のために、遠い中繼をしたものと云はねばならぬのである。さうして僕は萬葉學の現代の大成者の感慨に深くうたれた。過去の人間を愛情したものが、來るべき未來の人間を希望しうる、たとへ現代の悲惨の中に於ても、といふのは代々の詩人の誓ひに似た安心であり、確信でないか。それは神の恩寵の如く慈悲の如く信じられてゐた。

勝利の悲哀

明治の新文學の中で、一等西歐的雰圍氣のあふれた最初の作品は、他の何よりも鷗外の「舞姫」である。「嗚呼、ブリンヂイシイの港を出で、より、はや二十日あまりを經ぬ」とこの小説「舞姫」は展けゆく世界的雰圍氣をことばの中にをさめて始るのである。「ベルリンの都」「ウンテル・デン・リンデン」あるひは「ブランデンブルグ門」さういふ單なることば、地理書にさへ稀でないことばが、この一篇の中ではあでやかになやましい異國へ展けゆく新しい時代の心を示してゐる。「余は獸苑を散歩して、ウンテル・デン・リンデンを過ぎ、我がモンビシユウ街の僑舍に歸らむとクロステル巷の古寺の前に來ぬ」かういふ文句は漱石はつひにかいてゐないのである。僕は今も鷗外の一短篇の中に、僕らの異國遠距離崇拜の傳統心理を思ひ出してゐた。咲く花の匂ふが如くと歌はれた古王朝の天平人たちが、やはり遠距離崇拜の日にあつた。内面的、背後的なくらさは、乏しい少年の日の好古癖を通してさへ、あらはに僕らを怖れさせたほどである。「舞姫」に出てくるドイツの地名は、それを僕らは地理書の中に再びさぐり得ないほどに、絢爛と狂燥した新時代の憧れ心であつた。夢に似た西歐、それへの向日性のやうな、われらの島國の一つの時代の心を示したのは鷗外の「舞姫」であつた。

どんなにか美しい、限りなく廣い、そんな古いときの西歐を今現在の私に教へてくれたのは、しかも鷗外の物語の中に綴りこめられた、異國の土地の名にすぎなかつたのである。さういふ西歐への心ばへは長崎の「聖教日課」も、あるひは「ろざりよ」も、まして横濱の新教も上州の教界の英雄も教へなかつたのである。「浮雲」の中に早い西洋小説が描かれたといふ説など、二十世紀の僕らには大人の童話の匂ひがした。僕らにヨーロッパの地名を教へ、そのもつ近代の匂ひをたゞよはせてくれたのは、一等早い鷗外であつた。さうして同時に西歐の地圖を、むかうの國の言葉でよんだ日、今の世の幻滅を教へてくれたのも鷗外である。僕らのヨーロッパ的童話は日本の軍醫總監森鷗外が教へたのである。「浮雲」の作者でないのである。

漱石がその文學論の序文の中にかいた在歐感想錄にはいたましい絕望があつた。しかし漱石は在歐の結果何もしなかつたのではなかつた。大きい事業は、怖らく明治の大事業は漱石と藤村を小說家としたことであつた。二人は小說家となつたのである。日露戰爭後の混亂の中で二人は小說家となつた。秋聲と鏡花と、前二者とのちがふところに、明治文化を論ずる一つの鍵がある。漱石と藤村にあらはれた小說への妥協と、秋聲と鏡花に於ける小說への妥協は異る觀點と態度の洗禮にまつてゐる。それは又鷗外と敏の藝文運動から二者共に離れて卽してゐるといふ意味をもつてゐる。上田敏の意圖したと思へる近代の唯美主義の建設は、明治文化の中に何の大衆的記録もされなかつた。云はれる如く上田敏の末期に「人生のための藝術」の心が萌してゐたことは、この事情を示すものであらう。

明治文化の中に、その色どりとして又は匂ひとして、近代の最高のものである藝苑を作るといふ精神は、鷗外にあつた以上に、上田敏にあらはれてゐたのである。敏の古典論も、古歌謠複刻の類も、おそらくさういふ西歐的關心から發して、日本の地上に日本の材料を用ひて西歐的精神を建設する意企のあらはれであらう。かうして日本のための橋とならうとした人は、デイレツタント、ペダンチストとならねばならない宿世にゐた。大正の一般文化は、西歐の精神の移入もなしあげず、日本の古風の建物も失つて了つた。上田敏は自然主義流行の中で、最後に「聖教日課」を掘り出す仕事をしてゐた。それさへ西歐詩人の事業を日本に移し植ゑる心からであつた。たゞ長崎に傳つたこの異教の本には、おそらく感傷的には、足利末期秀吉時代の近代市民的氣質の萌芽がよめるかもしれない。日本の市民的氣質は桃山に隆盛し、元祿に於て餘燼を消費しきつた。その元祿の日に、江戸へ出てきた桃青と、大阪にゐた巣林子に於けると、この二つのあらはれの區別は相當注意されていゝものをもつのである。上田敏が意企した藝苑の建設は消滅した。日本の自然主義は、封建的な人間性のこじれ方に氣質の親近を味ひつゞけた。つひに十九世紀の壯麗な、國家と文化の建設のための行進曲は記錄されなかつた。子規、樗牛、鐵幹とかいてきた人々の精神は、遂に三十年の戰役の峠を越えなかつたのである。三十八年の戰爭ののちにわれらの島國の文人と大衆との間に感じられたものは、早い、まことに早いそしてなさけない「勝利のあとの悲哀」であつた。

二葉亭の「浮雲」に近代の小説の實現を思ふことは、枯淡の談理を語る文藝史の立場なら知らず、僕はたえて思はぬところであつた。近代の藝文、上田敏が心裡に描いたと思へる唯美の趣味はつひに描かれず作られなかつた。そしてその日を示すものはむしろ鷗外の「舞姬」であらう、と僕は考へる。しかしその「舞姬」の、前半のひろびろと展けゆくやうな島國の朝明を描いた部分に較べて、最後のいかに悲しい封建小說的陰鬱にとざされてゐることか、おそらくこゝ後半にあるものは新しい日本の朝でなく、古い封建の世のとざされた小說感である。裏日本の石見津和野に生れた鷗外のピエチズムの中からは、つひに最後まで展けが萌えなかつた。それは世界のどこにもない「近代」として成長し遂に後半までひらけがなかつた。古い板屋根の上に石を置いたやうな北國のわびしい住家から生れた日本の自由主義も、はるかののちのプロレタリヤ文學にまで生きのびつゝ、近代と古代の藝術の颯爽さの代りに封建の世の消極の耐へとその陰慘さが專ら尊ばれた。偉大な近代の作品は、たとへ異國偏境の國の產といへど、陰慘を描きつゝもどこかで展けてゐたのである。それは宗教の光りに導かれる道に展くとは限らない、どこか人間性の希望と高德と唯美の何かで、光明の道を通はせてゐた。日本の自然主義氣質にはつねに石を置いた屋根の下で語られる爐邊閑話と古い修身の匂ひにみちてゐる。

鷗外の藝文がやはり閉ぢられたまゝであつたことは、僕らに絕望感をさへ與へるのである。恐らく明治に於て唯一偉大と思へるこの詩人さへ、まだ曉の聲を歌ひつゝ世間のまへに閉ぢられてゐたからである。また時代の矛盾であつた、近代世界にない偉大な保守がこゝにあつた。そして維新官僚の合作になるやうな「人種改良論」や「主食物革命案」は、文藝の間では不思議とせずに踏襲されたのである。それはそれはわれらの先行文化が鷗外のの苦悩をおき去つたところから始るのである。

新しい日本のために、古い傳統の日本と新しい西歐の間の橋となることを念願した詩人が、まことにそれを自覺した詩人があつただらうか。僕らは鷗外の數箇の作品に日本の橋を思ひ描いた。その哀れな日本の橋は、今日の文化潮流から、古の名所の裏山の荒野の中におきすてられてゐる。この哀れな日本の橋は、われらの旅のつれづれにさへ思つてゐても、見忘れられるのである。僕らの「鷗外」への希望は、すでに失はれるのである。上田敏の最後に於ける絶望は、日本への絶望であつた。はつきりいへば文士とインテリゲンチヤに對する絶望であつた。明治の朝あけに、日本の文化面には一人の「伊藤博文」が存在しなかつたのである。内村鑑三の橋も、やはりあはれな日本の橋であつた。たゞ一人の天心は、ボストンに逃げ五浦にかくれねばならなかつた。

架橋者の悲しみを知るのは、むしろ昔からの日本人である。日本の文化傳統は、海への架橋の傳統であつた。しかし日本の橋には、つねに詩があつた。久しく限りない詩があつた、別して封建國士人の知らない詩、征服國士人の知らないもののあはれがあるのである。

鷗外に僕らが思ひ描いた橋は、後繼をもたない、繼承を得ない、そして古い名所のかげに忘れられた、と今も誌して悲しむのである。そしてこの時、漱石と藤村は尊敬を新しく教へる小説をかいたといふ意味が理解されるであらう。漱石の滯英感想錄はずつと新しく、その上でずつと古いのである。漱石と藤村はある時代の氣質を代表したのである。しかし鷗外ほどの時代の氣質も代表し得ない。それこそ架橋者の、その時代のかなしみである。僕らは明治を思ふときに伊藤博文と乃木希典を同時に愛情せねばならなかつたのである。明治藝文に乃木大將はあつたが、伊藤公があり得なかつたといふことは、文藝の當然の道である。

僕らの明治に一つの日本と西歐の橋を架す存在のなかつたことは、その上それにあたつたものが大衆生活の文化史の潮流から、傍へに押しやられて了つたことは、僕らの不幸である。しかし不幸はわれらの時代の未だ見ぬ天才、われらの小國民の中にもつであらう天才のための一つの幸福と期待かもしれない。日本と西歐とつなぐ架橋がなされなかつたために、近代日本文化は、本來の架橋に關しては何もなさなかつたのである。近來の詩人である萩原朔太郎や佐藤春夫にしても、この不均衡の文化事情の中では、いたづらに大衆との距離を與へられるにすぎないのである。おそらくこの二人の詩人だけが、「新しい」といふ意味をもつ近代人である。一切の明治人を集めて、なほ藝術的完成に於ては、この二人に匹敵し難い。明治は大きい事業をなした、しかもその事業はかゝる意味である。明治の精神はその新體詩の示すやうな、大きい純情な行進曲であつたけれど、文化としては未完不備のものであつた。眞に意味ある、同時に平均から離れた詩文化の具足者は、明星末期を意味するこの二詩人である。

明星の崩壊は三十年代の戰爭の直後である。このことが明治文化の弱さ、インテリゲンチヤ間に於ける約束の弱さを示してゐる。鷗外に展きれなかつたものは、明治の時代の事情であつた。一つの橋さへ架けられなかつたとき、われらのけふの文化さへ、西歐化される筈がないのである。われらの今日の文化的西洋化は、おそらく維新最初の「人種改良論」の範圍から出てゐない、それは鷗外をあるひは藤村を、距てたところにおき又は荒土におき去つたといふ一つの事情からさへ感じ得られる。僕らは今日の日本文化が西歐化されてゐるといふ巷說に疑をかける、第一に今日の文化は「人種改良論」から出ない西洋化である、われわれのもつ西洋性は單純に「伊藤博文」の恩惠にすぎないのである。西歐的であるとゝくものに、それゆゑ二つの意味で僕は憤りを感じる。僕らは日本の精神に世界性を獲得するために、あらゆる意味で「われらインテリゲンチヤ」のもつ西歐を燒却するのである。僕は明治の精神の諸相に、眞の世界人をたづね、僕らが民族の先哲の道を問ふのである。凡そ現代流行文化は近代の世界に比すべくもなく、古の世界的日本にはるかに劣ることを實證し、その上で、否定の果てにわれらのけふの決意を崇高の賭にまでもちゆくのである。

一切のいびつなもの、一切の傷れたもの、すでに唯一人として偉大であつた鷗外の、その精神の新聲の中に見た展かれなかつたものは、明治の三十年代の戰役の後には一般の聲となつた。鷗外に於て精神であり意志の根柢であつたものは、しかし一般には輕率にひらかれたうめきとなつたのである。この大きい峠を越さずして歿した樗牛は勿論その間の事情を知らなかつた。樗牛の知らなかつたことは、批評家としての彼の幸福であつた。「勝利ののちの悲哀」は一般のインテリゲンチヤの心懐となつて近代ヒユマニズム文化の唯一の指導者たる「明星」を崩壊せしめたのである。まことに島國と傳統の日本であつた、そして明治の精神とは、すでにこの三十年戰役にくる精神にすぎなかつたのである。僕が始めに日露戰爭を戰ふ心と呼んだ理由である。しかし文化の支配者たるバトンが第三階級から直ちに第四階級にうけわたさるには、日本の文化と傳統は複雑であつた。日本の近代はロシヤよりはるかに進み、そして複雑であつた。日本の大衆はすべて國語をよみかき、傳統の藝文になじんでゐるのである。

鷗外の「舞姫」をなじませて了つたものは、封建の世の遺風もあらう、漠然とした近代人の「勝利の悲哀」もあらう。漱石をこじらせたものもそれらの一つ一つがあらう。漱石が描いた毛唐に對する精神的勝利にも、歐風の若者にはなかなかなづみがたい封建の心理の何かゞあるだらう。しかしその心が、日本を自覺させ日本を自信させ、さうして日本を獨立させ、日本を守り通した明治の精神である。しかし透谷を自ら終らせたものは、一等はつきりした近代藝文家の自覺である。藝文家が永久にもつ「勝利の悲哀」である。透谷の若いいのちは誰よりもさきに、近代文人の自由と非自由の關心、開放されたヒユーマンの日の嘆きにふれてゐた。恐らく新體詩の限界を第一に知つた人であつた。楚囚の詩の作者は、新體詩形をのちの鐵幹の終つたところで始めた、尙早の人であつた。しかし透谷の悲哀は、鷗外の悲しさの形相なくしては意味づけられないのである。悲哀の名は透谷にふさはしく、偉大の名は鷗外にだけ當るのである。

漱石の精神的勝利感にも、やはり封建的な小說への妥協があつた筈である。一般に將軍城下の市民の氣質が流れてゐた。しかし自然主義的氣質に對する反對者であつた漱石の死は日本の主潮文藝を變貌させるだけの意味が確かにあつたのである。大正末より昭和にかけての日本藝文の氣質は、大杉榮的氣質でなくして、佐野學的氣質が多かつた。さうしてプロレタリア文學を以て代表されるものは、大正的官僚氣質である。しかも封建的な氣質にふかめられてゐた新しい談理である。官僚的氣質、それに封建的氣質があつた。文化——近代藝文的氣質は絕えて見えなかつた。上田敏がその衒學趣味で粧つて、試みぬかうとした藝文界の設立は完成しなかつたのである。日露戰爭ののちには、まづ「明星」が崩壞せねばならなかつた。

封建的精神は亞流で榮えた。白樺が貫いた光線の側では、それが頑強に生きた。白樺の中にも生きてゐた。この日本文壇の氣質的な共感を味ふ封建的文藝は、最もよくその「私小說」的雰圍氣の中にあつた。この「私小說」は近代の西洋のどこにもないものである。つまり「こくのある文章」や「澁い隨筆」といふもので代表される、板屋根の下の爐邊閑話であり、子供への修身實話の匂が、日本の自然主義以後の氣質である。そこにはもう云はるゝことばの近代としては、文化も、傳說も、歷史もない、そしてなつかしくヒユマニズムといふ考へは日本風に墮落させられた。

爐邊叢書の老人の昔話に、なつかしい人間性を愛しむことは、恐らく僕らの自然主義以降の封建的な文壇氣質であつた。それになつかしさを思ひ素樸なたのしみをおもひ描くことは好ましい、しかし我々の時代ではいつかそれに談理の自誇を思ひ初めた。これに比べるなら封建の城廓を焼き拂ひ、ペンキ塗りの木造洋館を建てた進歩主義は、凡そ間違ひではなかつた。我國に新しい洋館を作るならば、その建築には一切「日本的なもの」を排して、專らすぐれた西洋を移し植うべきである。立派な城廓のいくつかも失はれたであらう、惜しみて餘りあることである。建築の如き露骨に現代的利用の定まつたものに於てさへ、我國の言論家はそれに「日本的なもの」の附加などと論じてゐる。例へば今度帝都に出現した醜惡な議事堂建築に於て(僕はそのことを一月某日の某新聞紙に於て論じた)二月某日東京朝日新聞の議論によれば、これに「日本的なもの」の加味がないといふ意味で若い建築家に不評であるとあつた。この「日本的なもの」とは何をさすか知らない、たゞこれは完全無比の模倣といふ、日本の精神でのべるならい丶のである。凡そ無比の模倣といふことの中には、より以上なものへの建設がつねに含まれてゐる。明治の精神は、この形での西洋化から、次第に消衰していつたものであつた。漱石が明治天皇崩御の號外をきいて心うたれた悲しみは、この國民精神の挽歌であつた。大帝と共にこの世から消えるものへの哀歌であつた。

狀態への妥協は、藝文界の事情となつた。大正に深まり、さらに現代に於てそのピリオウドをうてといふ說もある。しかしすでにピリオウドはうたれたものであらう。すでに日獨役後にうたれてゐたのである。我々の時代には西洋化などなかつたのである。官僚的ないし封建的な、人種改良論だけがあつた。ペンキ塗洋館の教會を思ふさきに、數奇屋造りのキリスト教を考へた人が、如何に偉大な日本の橋の役を自覺してゐたかを、僕は改めて心する。偉大な内村鑑三であつた。日本の魂を失ひ西洋の精神を學び得なかつた近代日本が彼に對比されるのである。この醜態は藝文界に於て極つた、そしてこれを以て今の世に進歩を稱する人々は父祖の罪とした。まことに恥づべき精神の薄弱さを示す言説である。

着々と進展してゆくやうな、そんな征服事業はない。我國の十八世紀の克服は終らなかつたのである。我國の一切の愛國者は、この克服の擔手を次々の階級と思想に期待しつゞけた。そしてつひに混亂した。混亂の始めは三十年の戰爭の勝利の日にあつたのである。若い世紀が期待した近頃の進歩派のもつた氣質は、やはり封建的な素樸な談理の固陋のみであつた。

なつかしい明治の新體詩のしらべには、今の世にふさふものが殘るのである。それは世紀の進展のなされきらなかつたことを示してゐる。「月に吠える」が大正の始めに出現したことは驚異の一つである。この異常の詩人は孤立して出現した。そして孤立の事情はつゞくであらう。「明星」の末期の輝きはすでに孤立の輝きであつた。藝術至上主義的ダンデイズムはなかつた。新しい技巧小説派の人々はアメリカ化して了つた。「新小説」は藝術品でなかつた。たゞ妥協だけが商業主義的にあつたにすぎないのである。藝術至上主義的ダンデイズムの代りに、衒學趣味だけが若い哲學的文藝家にうけつがれた。僕らは文藝上のルーヴルを驅け足で廻るやうな文藝論文に親近して了つた。時代も歴史も國家も錯亂して我らの眼についた。日本の舊時代舊世界の克服は、それを情熱した精神は三十年の戰爭の勝利と共に衰微した。商業主義が支配して、近代の「批評」の失はれたことが、大正時代に於て文藝系譜の生れない事情を作つた。

新しい進歩が繼承したものは、透谷や明星の系譜でないのである。透谷や明星の、近代の文化主義でなくして、自然主義の爐邊閑話からであつた。正しい今の世に賭けてゐる系譜への決意は、透谷に對する藤村の關係、恐らくそこにある支持の關係のいづれに血統をおくかに始ることである。共に若い日の二詩人であつたから、僕は藤村にひたすらの尊敬のみを感じるのである。未完成の時代を個人で支へた詩人が藤村であつた。同じ所に發しつゝ、藤村の光榮は自負の孤獨道を選んで行つた。日本の未完成の支へを、あるひは混亂の結び眼を、そしてつひに日本は何かに支へられてゐるといふ絶望を救ふ感じを、この後年の小說家に僕らの少年は味つたのである。三十年の戰ひ以降の日本は、暗々のうちにさういふ支へを必要としたのである。さういふ日本の事情であつた。

最近の進歩主義の時代に於て、この支へ人がやゝ柄の小さい山本有三となつたことは止むを得ない當然である。哀れな絶望された日本文藝は、日本の橋を思ふさきに支へる斜柱を要求してきたのである。恐らく昭和年代の進歩主義文藝の主張と氣質を後世が冷酷に客觀するとき、この時代の代表者として示されるものは山本有三であらうと僕は思つた。この封建的氣質の左翼人よりやゝ少し自由な近代作家は、この時代の氣質の代表者である。このの頑固な封建的精神が、支へを要求した。同時に新しい近代の精神も亦何かの支へを要請せねばならなかつたのである。群衆のまへに、そして商業主義のまへに、新しい精神さへ古い教訓者を楯とせねばならなかつた時代である。さういふ時代に誰が訣別を實踐するか、それは我々の文化的に新しい時代の希望し待望する詩人その人である。

四十年以後の事情は文化的不均衡である。それは後進國の商業主義の原因であり結果でもある。偉大な個人文化の孤立は傷ましい結果の一つである。文學と民衆との接觸面たる文壇を指導するものさへ、近代の批判精神でなく、封建的な氣質である。自然主義的純文學にも、今日の大衆文學的新小說にも、この文壇の誤謬は公平な恩惠を與へてゐる。近代文化の小說は不遇され、哀れな支へ人の存在に安んじねばならない。すぐれたものは流通者たり又擁護者たるべきものの手によつて、むしろ民衆から距てられてゐるのである。實用と文化とが混同したのである、以上なものへの綜合でなく、一方の低質化であつた。僕らの時代は自嘲から文藝を始めねばならなかつた。これはまさに明治の精神がその消極面でふくんでゐたものの一部が、極めて露骨にあらはれたところであらう。

明治の精神は日露戰爭にくるべき精神であり、その氣質の表現した體系であつた。この戰爭の意味が多くの戰爭の意味と大きく異つてゐたことは、折りにふれてかいた。それは舊世界觀に新しい主張を加へるやうな誇るべき戰ひであつた。

よもの海みなはらからと思ふ世になど波かぜのたちさわぐらむ

と歌はれた明治天皇の御製の示さるゝやうにこの戰爭はまことに平和主義のために戰はれた。こんな決意の戰爭はないのである。平和主義に發してゐたゆゑに、天皇は戰爭をつねに懼れさせられた。この歌にはまことに畏くも「正述心緒」と題されてゐる所以である。日露戰爭はかういふ有難い御製にみちびかれ描かれた。我々の民族は明治に於て和魂の皇祖皇宗の正しい教へを天皇によつて新しくされた。

民草のうへやすかれといのる世に思はぬことのおこりけるかな

かういふ御製も僕らの小學生から中學生であつた平和會議時代にはくりかへしくりかへし教室で教へられた。後年いさゝか史を學び、文を尊ばれること厚かつた古王朝の宮廷の精神にふれた日に、「よもの海みなはらからと思ふ世に」と歌つて、宣戰を布告された大精神の眞意をも知つたのである。くりかへしいへば畏くもこれには「正述心緒」と古代の國風の題が附せられてゐる。明治の戰ひはかういふ文化擁護の正道であつた。「思はぬことのおこりけるかな」などいふ驚くべき大御心の御製を戰ひの日に歌はれた英主は、史を通じ東西に亙つて見ぬところでなからうか。二首共に三十七年に於ける御製である。從つてこの時代に於て與謝野晶子の「君死にたまふこと勿れ」は民草の誤謬ではない。まさに大御心にあることであつた。大帝の御製に、

年へなば國のちからとなりぬべき人をおほくも失ひにけり

「思はぬことの」と歌はれた大御心は、一般に平和主義に源する、そしてそれが、とりもなほさず明治の戰ひの意義であつた。語り苦しいまでに今にして畏くも有難い大御心である。さらに僕は二首明治天皇の詩人としての卓拔さをあらはされた御製をこゝに謹記するのである。

おもふこと多かる頃のならひとて常にはみざる夢をみしかな
　ともしびをさしかふるまで軍人おこせしふみをよみ見つるかな

やはり三十七年の御製である、こゝへは文部省藏版「明治天皇御集」より謹寫した。日本を半植民地狀態より開放することは、日本人の「自由」と「精神」のために必要であつた。昔足利末期から出現した市民的な人文精神の的にも、おそらくやはりかかるものを必要としたのであらう。その點で秀吉の外征は、單に封建僭主の恣意といふのが正しいのであらうが、なほ感傷的には精神的な明の封册よりの開放の手段の發現と考へうるのである。それは一分の理窟をもつて我々の少年少女の英雄秀吉への讚詞である。明治の戰爭のやうに、天皇の御製が示し給うたやうな、平和と建設のために戰はれた戰ひは史を通じてもないものである。その精神は明治天皇御集の中軸をなし大部をなす三十七、八年のもの、卽ち卷中の詩が示してゐる。聖德太子、天智天皇以降の我々の民族が如何に平和を愛好し、戰ひを避けたかを示し、荒魂はたゞ和魂のためにあつた、卽ち「思はぬこと」として現れるといふ心懷を示すといふことを、新しくそして永久に末世のためにさへ教へられたのである。同時にそのことは明治の人文の隆盛期の事情でもある。明治の行進曲たる新體詩は好戰進取の陣太鼓でなく、哀れな日本の建設のしらべであつた。かりそめの日本の橋の渡り初め式の笛太鼓の下さらへのたぐひであつたにすぎない。

しかし戰爭ののちに民衆に現れたものは漠然とした悲哀感であつた。安心が悲哀感になつた。それを一等さきに感じたのは敏感な文藝家であつたことは當然かも知れない。

日露戰爭の結果の經濟界の變移については僕は知らない。しかし日本の自然主義の氣質と風潮がもつ陰氣さで寓意されたところに、勝利とそのときの空虛感がある。その勝利者の哀愁にはこの戰爭そのものの性質を示すものがある。その戰爭はどんな意味の封建の世の戰ひでも亦近代の侵略戰爭でもなかつた。明治維新と共に新しく世界精神に記錄された戰爭であつた。そして自然主義文學がその封建のくらさで、明星のロマンチシズムを驅逐したことは、戰爭の思はぬ結果であつた。勝利の快樂の中には何か漠然と大きな寂寥を思はせるものがあつた。國民への失望と危惧を思はせるものさへあつた。自然主義の人でない德富蘆花がその間の事情をかいてゐる。「勝利の悲哀」と題する文章がある。「日露戰爭の終局に當りて、一種の悲哀、煩悶、不滿、失望を感ぜざりし者幾人かある」と書いたところに決定的な冒頭よりの記述が始つてゐる、「我らをして自白せしめよ。我等は北方の巨人を恐れたり。彼を惡めり。遼東還附以來は、彼を不倶戴天の仇と睨めり。……當初より彼は割合に呑氣にて、我は必死の覺悟なりき。我憤怨は強く、我頭腦の囘轉は彼よりも素早し。戰は始まれり。……勝利、勝利、大勝利、而して後彼の媾和談判。今日に於て舊創を發くは烏滸のわざ也。然れども彼の媾和當時に於ける日本國民の心的情態は寧ろ研究に値せざらんや。彼の媾和に關する騷擾を以て、單に失業者の亂暴、彌次馬の馬鹿騷ぎと看做し去るはあまりに淺薄也」怨情は霽れて見れば甚だ呆氣なかつた、確かに勝利ではあつたが完勝でなかつた、「我は已に力の終に近づかんとし、彼はこれより力を出さんとするの氣はひを感じては、其の勝利なるもの案外果敢なく不慥にして」と蘆花はかいてゐる。それにつゞけて、「戰爭の結果は心地よく割り切れず、所詮上帝の帳簿に心殘らぬ清算の記入をなし得ざる悶々が破裂せしのみ。而して此悶々は株式の繁昌に關せず、强國伍入の奧印濟に關せず、猶國民の胸に殘れり。此殘れる悶々とは卽ち日本の前途を支配する力なるを知らずや」この悶々と蘆花がかいた、それが株式の繁昌とは逆に市民文化的な明星ロマンチシズムを崩壞せしめ、爐邊閑話や石を重しにした板屋根の下の修身を誘發した。封建のくらさが、むしろ切實であつた。悶々は日本の戰後を支配した、この戰爭が平和主義のイロニーであつたからである。いたましく哀れな自然主義とその氣質が、今でさへ我らのなつかしい生母の國の風柄と思へる所以である。我らの父の戰つた戰爭は終つて、時代は反對に暗くなつた、戰後の疲勞でなく精神の挫折であつた、挫折した浪曼的精神は頑强な反撥をたゝへつゝ頽廢を開始した。頽廢はかゝるイロニーとしてあらはれたのである。それは文化上の頽廢でなく、眞の頽廢は異質の人數人によつて描かれたにすぎない。日本の十八世紀は精神文化の上ではつひに克服されなかつた。それは大正の戰爭に於ても克服されなかつた。つひに明治の精神は日露の峠を越さなかつた。勝利のあとの悲愁の心は、近代文化と藝文の哀愁を一般に描いたものでなかつた。もつと淡い全身をかけたあとの空虛感であつた。現象としていへば精神の挫折を平和主義の日本國民は勝利の日に味つた。それこそ戰ひに無常迅速を哲學したわれわれの生國の傳統であるか。この精神の挫折のために封建的警世家乃木希典を僕は愛情する。僕ら生國への愛情は乃木大將を否定する近代常識に同じない。僕らは乃木大將の身を以て示したかなしみを知る。示さねばならなかつた日と國の哀れさを充分に知るからである。哀れさを自覺したときの美しい自信をも知る。「芳賀矢一文集」に博士の乃木大將を語つた講演がある。「源平の武人と乃木大將」と題され、大正二年三月の講演であることに意味がある。博士はその中で古武士の典型として、日本の武士道の花といはれた源平の勇士に較べて、乃木大將の武人として遙かに嚴肅な倫理的完成を見出し、それらの比較から、古の日本の花といはれた頃の古武士にあつた卑俗の背徳性を語つて、むしろ大將の人工的に完璧な倫理實踐を聖代の產と逑べたものである。この論文は明治を顯揚し、聖代を謳歌した一つの文章であつた。口演を筆にしたといふべきにまでひゞく位に激しい禮讃である。すべては明治への信賴と自負に源したゆゑに空虛である。われらの大帝の日の無比の幸福であつた。時代への信賴の中樞點があつたゆゑに、一切の古武士よりすぐれた權化をこの混亂の同時代に描き得たのである。森鷗外も亦乃木大將に禮讃を展いたのである。かつての日に人工の倫理は權化とされた。しかし戰後の精神の中では、大將がかつてあつた以上に封建的警世家たることに意味がある。哀れな日本の日の負はされた使命である。

さて、芳賀矢一の新體詩に「明治大帝」のあることはこの間の事情を語つてゐる。日本の明治の國學を樹立すべき、官學の當面の責任者の第一の事業は、青年にして渡歐して、新しい日本學の方法論を世界に學ぶことであつた。その渡歐が國學のゆゑに意味がある。鐵幹が國風の變革を決意したとき、師落合直文が教へるに、鷗外などの世界文學に接近すべきことを第一の必要と語つた。明治の國學は、日本學を世界學から樹立することであつた。それは國學の家に育くまれた者のみならず、われらの鄕國の神道の學の家の子弟さへもが教へられた道であつた。むしろ後の國文學者が主としてこれらの渡歐を疑つた。愚かな不明である。しかし芳賀矢一に於ても、日本學は平行線の交錯に行かなかつた。不幸にも我々は一切の鷗外以下の先哲の道の中にさへ、まだ平行線を三次元的に空間的に結ぶ日本の橋の形を教へられてゐない。平田篤胤の國學が明治で變貌したやうにきいた。恐らく我々に必要なものはむしろ宣長學派でなからうか。芳賀矢一の明治への信頼の祕密の場には「明治大帝」があるのである。それこそ一般明治の精神の事情である。「玉鉾の道固めずば自動車の動くまにまにくづれゆくべし」そんなかりそめの歌さへ明治の初期の心である。新しい西洋をうけいれねばならないといふ新しい國學者の愛國心である。一切固陋の精神ではなかつた。大帝は詩人であり英雄であつた。大帝の大喪儀の夜、松明の火、鈍色の衣などの「古代の日本」に對し、電燈の燿き、文武官の大禮服、轜車の軋に對して弔砲の轟き、誄歌の古曲と喇叭の哀の曲、これらの對比に、「一として舊日本とを對照せぬものは無い」それは古き神代のまゝの日本に對し世界の新興國日本の對比であつた。恐らく世界に見られぬそのまゝの混亂の極の繪卷であつた。現身神として、この對立と混亂を支へ國民の信頼であり日本の橋であらせられた大帝はいま大喪儀の轜車で天昇りますのである。「此の間に國民の感受すべき偉大な教訓は、實に明治天皇の最後の教訓である」と博士は結んでゐる。しかし漱石はその時むしろ世相への悲觀面から、大帝の大葬に挽歌を奉つた。あゝ大帝に象徵された明治の精神は今消えゆく、と、むしろそれは大帝のゆゑにあつた混亂明治の統制點の昇天への怖れであつただらう、これは一面の眞理であつた。二つの平行日本に於て如何に偉大な大帝であつたかは、恐らく大帝の崩御ののちに日本の歩んだ狀態への妥協と還元に於て人は知るであらう。それは政府のみでなく若い國民さへうけついだ。そして現代をつくる。

明治の日本學は「國學とは何ぞや」の芳賀博士の講演によつて示されてゐる。それは平行線のまゝに決して日本學は完成されなかつた。しかし變革された方法論は與へられた、明治の愛國心であり、同時にそれは日本を文化國にするといふ世界への寄與に源してゐる。日本は世界文化から孤立した國である。何の寄與もなさなかつた國である。さういふ西洋の俗說に對し、日本が世界の暗黑時代に唯一の光榮を保存した光榮の擁護を外國の言葉で美しくといたのは岡倉天心である。明治の愛國心は日本そのものを文化國とするために働いたのである。「國學とは何ぞや」の中で、宣長の後の國文學者の墮落を叫んでゐる博士の言はけふにして心すべきものであらう。日本の國學者は芳賀博士の日本學の建設を繼承する代りに、日本文化から落伍したのである。

大正天皇崩御の時に作られた博士の「きさらぎの空春淺み」の歌は全國津々浦々で歌はれた。この奉悼歌は我國の挽歌の形式からは類を絕した形である。さらに同じ博士の新體詩「明治大帝」とも悉く異るものである。藝術的完全さから云へば大正天皇奉悼歌が勝ることは云ふまでもない。この奉悼の哀歌は全國民の心の琴線にふれたのである。そして邊土の端々にまで歌ひつゞけられた。そして僕はこの哀歌の中に何ゆゑともなく、木造洋館の教會で歌はれた讚美歌の、少年の日の哀愁のしらべにさへふれるのである。この藝術的完成の有無が、明治と大正とを差異づけてゐる。

一般に明治の新體詩は、どれ一つとして萩原朔太郎のやうに、又は佐藤春夫のやうには完成されなかつた。明治の時代には「海潮音」の詩人上田敏は、彼のもつた近代の藝文至上主義的文化と教養のために、つひに悲劇を味はせられた。（この間の事情は別に誌した）その近代文化の氣質は鐵幹の明星の崩壊と共に主潮を去つた。一般文化の不均衡さの中に孤立だけがあつた。紅葉のあと鏡花の絢爛にきた「日本の小説」も、まだ近代藝術と結婚せぬのではなからうか。もし日本の小説の本道を問へば、不可能な結婚に百千の犠牲と悲劇を作ることかもしれない。下品のものをその側から眺めて上品に描くことは大難事である。たゞ世界の小説に冠絶する道はないわけでない。たしかに決意としてあるのである。

我等の時代では歴史の抹殺と放棄が左右によつて公認されてゐるのである。芳賀矢一が傳說的な古武士を論難したほどに、毅然とした日本精神の自由は存在せぬのである。まことに惡い時代である。しかもこの惡時代は批判精神の衰滅のゆゑである。單に政權の彈壓のみではない。これは確信して云ふ、文學や藝文は露骨な宣傳パンフレツトでもなく、大賣出し廣告の引札でもない。文藝も大學も沒落した。それは人のためである。日本の文化的精神は勝利の日に早くも荒廢したのである。樗牛が早く戰前に警告した「我國民の精神の怠惰」かもしれない。しかし一切の罪は現代にある。貧困の日本は我らの父祖のものでなくして、現代の我らの輕薄不正による、と僕は思ふ。一切の貧困を父祖の惡い傳統の中にさぐつて現代を甘受する代りに、僕は稀有の世界精神を父祖の中に知つて、僕らの方法に決意を與へ、僕らの荒廢を救はねばならない。日本への關心はファッショか進歩かで別れるのではない、もつと基本の低いところで別れる。上述の如き極めて低い倫理段階であつて、政治的な言葉で口にするなど僕には仰々しいと思へる。現代の日本への關心は良いものをとり出すか惡いものをとり出すかに別れてゐる。責を己にとるか、他になすりつけるかに別れる。かういふこじれ方そのものはかなしい封建の遺風である。僕らの日本への關心、明治への關心は、これら封建遺風の殲滅にある。現代西洋模倣の一般文化が、近代文化の外形さへ稱し得ぬこと、あたかも昨今出現した國會議事堂の示す如き日本に於て、むしろ新しい壯麗な日本の橋の架橋への態度と決意が要求されるのである。かつて内村鑑三が墓碑銘に用意した嚴肅な座右銘を、我らの苦澁の日の君子の左琴とすべきであらう。崇拜と模倣とつひの建設と、この三位一體は完成しなかつた。鐵幹も子規も樗牛も、鷗外も敏も漱石も、何かに缺けてゐた。たゞ透谷の友藤村が、一人きりで西洋に對抗しうる國民文學の完成を努めたのである。その藤村の小說體系は、やはり陰雨に濕つてゐる。つひに僕らは上田敏の藝文界建設の努力を思つて、その末期に今一辨の香を薰じてゆかうと思ふ。その開國期の日本の橋のためにである。現代の文化を思ふとき、新しい國民文學を世界の高さで求めるときに、新しい日本の橋を必要とすると僕は信じる。

〈解説〉

神人一如の遥かな光栄

饗庭孝男

1

保田與重郎はつねに晴朗な悲劇を愛していた。それが彼の詩心にいたく訴える様を文章につづった。たとえば倭健命(日本武尊)や木曽義仲のようにみづからの行動がそのままに清冽な心のあらわれになると感動させるような人物である。歴史はこうした悲劇によってつくられるとも言いたげな趣きがある。

倭健命《やまとたけるのみこと》が天皇の命をうけ、西に東に叛逆の徒をほろぼしに行ったあと、伊吹山で重い病いにたおれ、国を偲んで、

倭は　國のまほろば
たたなづく　青垣山　隠れる

倭し　美し

はしけやし　吾家の方よ　雲居起ち來も

と望郷の思いを託して歌ったあと、美夜受比売と劍と想起して、

孃女の　床の邊に
吾置きし　つるぎの大刀　その大刀はや

と詠んで亡くなり、その魂が大きな白鳥となって天翔ったことに感銘する。悲劇をつよめるこの抒情性と相聞の念がつよく保田に訴えたのであろう。むろん、このことは、何よりも、一見、政治的に見えながらも、深く濃い文学性をもつ『古事記』の性格のあらわれに打たれたと思えなくもないが、しかし、「尊はなすべきことをなし、あはれむべきものをあはれみ、かなしむべきものをかなしみ、それでゐて稟質としての美しい徒勞にすぎない永久にあこがれ、いつもなし終へないものを見てはそれにせめられてゐた。それはすぐれた資質のものの宿命である。このために言擧しては罪におちた。しかし尊は詩人であつたか

ら、その悲劇に意味があつた」

と書く時、保田與重郎は的確に倭健命の宿命に心うごかされていたのである。

もとより、これらの歌が示す末期の宿命の美しさは重要だが、他方、天皇の命によって、東方の「まつろわぬ人等」を討伐せよという言葉に対し、その姨倭比売に向い、

「すめらみことはやくあれをしねとや思ほすらむ。如何なれか、西の方まつろはぬ人どもを撃《と》りに遣はして、返りまゐ上り來し間、幾時《いくだ》もあらねば、軍衆をも賜はずて、今更に東の方の十二道の惡《まつろはぬひと》人どもを平《ことむ》けに遣はすらむ。これに因りて思へば、猶吾早く死ねと思ほしめすなりけり」と「患へ泣き」した姿の人間的なあらわれに深い共感をおしまなかったにちがいない。戦に克たなければおのれが滅びる、という簡明な、しかし重い真実につき動されていた行為の人、倭健命の慟哭をわがものとしたのである。

けれども「戴冠詩人の御一者」をかいた保田の思いは、ただ、倭健命の表現における文学性のみにあるのではない。とりわけ、神人一如をなす「古事記」上巻、中巻に流れるその思想を尊く、高貴なものとする見方に賛同していたからにほかならない。そのいくつかを引用してみよう。

「まことに上代人は人事を人によつて語らず內なる神にかかりて諷し又歌つた」

「上代の自然人によつて、神と人との近接意識は實在せられた」

「この薄命の武人、光榮の詩人に於ては、完全に神典の自然な神人同一意識と、古典の血統意識とが混沌してゐた。（中略）武人の最後に、別れてきた少女を思ひ、少女の枕べに留めてきた大刀を思ひ、その大刀はやと歌ふ、武人でなくて可能ではあつても、詩人でなくては不可能である」

つまるところ保田は、倭健命を詩人であって武人として生きながらその情熱のありようは神人一如の時代の遥かな光栄をひきついだ、高貴清冽な人間であると考えていたのである。しかも上代の「自然」が根底において彼を支えていると見た。

保田與重郎は、日本の上代から今日に至るまで時代の転換点や屈折点、あるいは変革期にあたって、それを象徴し、代表する詩人、歌人、あるいは作家を描いたのである。倭健命しかり、大津皇子しかり、柿本人麿呂しかり、後鳥羽院は言うまでもない、木曽義仲も、西行も、芭蕉も、そこに数えられるであろう。彼らは日本の上代よりの伝統を愛し、時代の頂点をつくるとともに、その「最後の人」として次の時代にうけわたす人であった。しかも、その継承が出来れば、「最後の人」は死んでもよいのである。要は、伝統が正しく伝えられればそれでよい。「漢心」を排し「文明開化」を嫌悪した保田は、自らの著作を「最後の人」の世にのこすものとして現世を去ったのである。三島由紀夫のように、一身に日本の文化の伝統を背負って『文化防衛論』をかくような思い上りはしなかった。「文化」や「伝統」は一人でになないきれるものではないのである。だから三島は市ヶ谷で鮮血にまみれて自刃し、保田は畳の上で死んだのである。

2

　ところで保田與重郎は、このエッセイの中で「自然」という言葉を用いている。それを倭健命とむすぶのは、たとえば次のような一文である。

「日本人の上代にもつてゐた『自然』といふ考へは道のやうな考へである。創造を存在のまゝにかけるのである。この最も藝術的な道を尊（倭健命）も歩いてゐる。尊の詩はその悲劇の上にのみ開くやうな花であつた」

　この点についての彼の説明をさらにきいてみよう。

「しかしわが上代『自然』の日、すめらみことは神と共通してゐたゆゑに、神を祈る要なく神を祭り神に卽《の》つたのである」

　したがってそこから、言葉にしてもそれが「言霊」としてあらわれるとするのが保田の解釈であった。だからこの「自然」観を基にし、いいかえれば「同殿共床」という宇宙観から全てを解こうと考えたのである。「言霊」とは、内なる神にかりてあらわれ出るものであり、人の言葉ではない。したがって歌とは、語ではなく、その「自然」を了解した上での表現である。「のりと」とはその例にすぎない。倭健命の詩もそこに由来している。保田の言うところにしたがえば、倭健命の後をうけつぎ、業績を果したその子仲哀天皇の二人が上代の「同殿同床」という「自然」の最後の防衛者であったとする。

それゆえ、この父子の行為は「伝統が防衛に他ならぬこと」を語ったこととなる。その理由を保田は仲哀天皇崩御のあとの「大抜ひ」に求めている。神人一体はここで分離し、以後は人間の発見となるのである。

一般的に『古事記』の三巻に対する見解は、上中巻における神代と人代を一つのものとしてと考え、下巻はきわめて人間的行為や事績が重んじられたとされる。上、下の神人の祭事的統一観がうすれ、中国からの儒教的政治観が前面に出てきたという。その象徴が仁徳天皇の仁政物語であるとされる。

けれども、中巻、即ち倭健命や仲哀天皇の行為、神功皇后等の話はきわめて神話的であって、人間的部分から、神々の影が未だ十分には消えていない。しかし、先にあげた仲哀天皇の崩御を機として神代の中にも一つの転換がおとずれたと保田は考えている。先にふれた問題はその点にある。

おそらく保田與重郎は『古事記』の成立が『日本書紀』のような官製のもので

はなく、後宮の私的な工房《アトリエ》でつくられたというところに着目して、神人一体、「同殿同床」の「自然」を強調し、そこにうかび上ってくる人間味あふれる倭健命の生き方の中に悲劇的な上代の本質を見たかったからにほかならない。その上、相聞の歌や神々の挿話にページを割いているのもそのためにちがいない。

又、「彼らは行動としての戰を知つてゐたから、確然とした言擧の意味なさとむしろそれが人にしひる負目を自覺した。理窟が必要でなく、行爲を美化する魂の焚火が必要であつた」

と彼はのべている。さらに、

「人間の否定でなく、人欲と神氣を二つもつた人間を肯定する高次の場所である。人欲のあはさの自覺によつて神人分離が發生したのでないことを、日本武尊の悲劇は象徵してゐる」

このような保田與重郎の見方は、当然のことながら『古事記』の言語や文体に論及せずにはおかない。彼はそれを「神道」の教えと見、天皇の詔勅さえも歌としてとらえた。言霊の中にふかく入りこむためには思考において、かつて上代の「自然」に身も心も入れなければならない。しかし、近代の言語と表現の論理ではよくとらえられないことを彼(保田)はすでに本居宣長に見ている。即ち宣長は「あげくになつかしい判斷中止を己と人とに强制した」とまで見たのである。

「單なる模寫說にたよつて、ことばの完全無缺な現れを信じるには、上代の「自然」の考へは、あまりに心の表情と魂の陰影の自覺にとみすぎてゐた」という。このことをパラフレーズすれば、口承と伝承の言語、そのパロールの本質にまで到りつこう。それは身体論的に一種の憑依状態の身ぶり、手ぶりをもまじえ、その声のニュアンスまで考慮に入れなければならない。それが心の表情と魂の陰影と一体化していた以上は。

目で見たもの、耳できいたものを、目のみで伝える言語の平面性にたえ切れないと保田は考える。エクリチュールとパロールのそのいちじるしい懸隔を保田はおそれるのである。おそらく、彼が、内なる上代人の産物を直観において認識すること、歴史をつらぬいて、その「自然」に到達することを彼は求めたにちがいない。「漢心」の否定と同様に、彼は近代の論理化をしりぞけ、「文明開化」の照明による見直す行為を自らにも禁じたのである。このような思想が、このエッセイをいちじるしく晦渋にしていることは論をまたないが、我々としては倭健命の清冽な心と、その悲劇にふかく共鳴し、行為が全てであるとした上代人の「自然」にそくした身の処し方をここにくみとれば十分であろう。

保田與重郎文庫　3　戴冠詩人の御一人者　二〇〇〇年 四月 八 日 第一刷発行
二〇一〇年十二月二十四日 第二刷発行
著者 保田與重郎／発行者 中川栄次／発行所 株式会社新学社 〒六〇七―八五〇一 京都市山科区東
野中井ノ上町一一―三九 TEL〇七五―五八一―六一一一　定価九九〇円
印刷＝東京印書館／印字＝京都CTSセンター／編集協力＝風日舎
 ISBN978-4-7868-0024-5